KNAUR

Von Markus Heitz sind bereits folgende Titel erschienen:
Sanctum
Kinder des Judas
Blutportale
Judassohn
Judastöchter
Oneiros – Tödlicher Fluch
Totenblick
Exkarnation – Krieg der Alten Seelen
Exkarnation – Seelensterben
AERA – Die Rückkehr der Götter
Wédōra – Staub und Blut
Wédōra – Schatten und Tod
Des Teufels Gebetbuch
DOORS – Staffel 1
Die dunklen Lande

Über den Autor:
Mystery und Historie, Action und Abenteuer plus eine Prise Finsternis – Markus Heitz steht für ungewöhnliche Mischungen. Millionen von Leserinnen und Lesern begeistern sich für seine Romane, die abwechslungsreicher kaum sein könnten. Ob lebendige Schatten, geheimnisvolle Spiegelbilder oder andere Kreaturen der Dunkelheit – der Saarländer hat sie alle. Und vieles mehr.
Mit DOORS öffnet er buchstäblich neue Türen und mit ihnen unendliche Möglichkeiten. Wagen Sie es, über die Schwelle zu treten und unbekannte Welten zu besuchen?

MARKUS HEITZ

DOORS

VORSEHUNG

ROMAN

KNAUR

Der Abdruck des Zitats von George Bernard Shaw
erfolgt mit freundlicher Genehmigung der Society of Authors.
Die Zitate von Duden online sind entnommen von: www.duden.de.

Besuchen Sie uns im Internet:
www.knaur.de
Facebook: https://www.facebook.com/KnaurFantasy/
Instagram: @KnaurFantasy

FSC
www.fsc.org
MIX
Papier aus verantwortungsvollen Quellen
FSC® C014496

Originalausgabe August 2019
Knaur Taschenbuch

Ein Imprint der Verlagsgruppe
Droemer Knaur GmbH & Co. KG, München

Ein Projekt der AVA international GmbH
Autoren- und Verlagsagentur, Herrsching
www.ava-international.de
Redaktion: Hanka Leo
Covergestaltung: Isabella Materne
Coverabbildung: Shutterstock.com/Nejron Photo,
The7Dew, Julia Remezova, Artur Bociarski, d1sk
Illustration im Innenteil: Nejron Photo / Shutterstock.com
Satz: Adobe InDesign im Verlag
Druck und Bindung: GGP Media GmbH, Pößneck
ISBN 978-3-426-52464-0

2 4 5 3 1

Wenn Sie erfahren wollen, welche tödliche Entdeckung die Hackerin Suna Levent macht, lesen Sie von Beginn an.

Wenn Suna Levent die Flucht ergreifen soll, beginnen Sie auf Seite 22.

INTRO

DEUTSCHLAND, FRANKFURT AM MAIN, SPÄTSOMMER

Der Vorteil an der Frankfurter Freßgass war, dass sich niemand über Menschen in einem Café wunderte, die zwei Smartphones, einen Tabletcomputer und einen Laptop auf dem Tischchen deponierten. Im Schatten der Banktürme gehörte es zum Alltagsbild.

Auch die Bluetooth-Sprecheinrichtung im rechten Ohr von Suna Levent war in Mainhattan normal. Sie lauschte den Dankesworten ihres Gesprächsteilnehmers, der Aberhunderte Kilometer entfernt in seinem Büro saß und via Internet über eine sichere Leitung auf Englisch mit ihr redete, während sie die braunen Augen wechselweise auf die Displays richtete. Der gravierende Unterschied zu anderen Leuten in Frankfurt bestand darin, dass es in diesem Gespräch nicht um Bankgeschäfte ging.

»Um es nochmals zu betonen: bester Stoff, den Sie geschickt haben«, sagte der Mann.

Suna grinste. »Habe ich Ihnen doch gesagt, Takahashi-san.«

Die junge Deutschtürkin, der man ihre Volljährigkeit zu ihrem eigenen Bedauern nicht ansah, nippte an ihrem schwarzen Kaffee, in den sie Kardamom, Zimt, Nelken, Pfeffer, Piment und Muskatnuss gestreut hatte. Sie führte die Gewürze stets mit sich.

»Wie sind Sie da rangekommen, Miss Levent?«

»Hat lange gedauert, bis ich einen Hersteller dafür fand.« Suna beobachtete die Anzeigen, auf denen beständig neue Infos aus dem Internet und dem Darknet erschienen. In ihrem Anzug und dem weißen Hemd mit dem locker gebundenen Schlips wirkte sie wie eine Praktikantin eines Investmentbüros. Die abgeranzten Sneakers brachen das Bild jedoch. »Verraten Sie mir: Was hat am meisten geknallt?«

»Bei mir oder meinen Freunden?«

»Beides. Damit ich weiß, was ich Ihnen als Nächstes schicken kann.«

»Waldmeister«, lautete die Antwort. »Auch das Toffee-Salzkaramell war extrem gut. So was wie Ihre Schaumküsse findet man in Tokio nicht.«

»Immer wieder eine Freude. Sie sehen, ich lege das Geld aus dem Stipendium Ihrer Stiftung gut an. Die kleine Firma fertigt die besten an. Ich mag die mit flüssigem Kern am liebsten.« Suna lehnte sich vor, öffnete ein Befehlsfenster und änderte den Suchalgorithmus von einem ihrer selbst geschriebenen Stöberprogramme. Dieses nannte sie *Akilli ihtiyar,* nach einem türkischen Märchen. »Ich habe ein paar Neuigkeiten für Sie, Takahashi-san.«

»Oh, sehr gut.«

»Die Berichte sende ich Ihnen vom neuen Spot, also in etwa« – Suna blickte auf die eingeblendete Uhr –»einer halben Stunde. Aber ich wollte schon mal sagen, dass ich meine Schätzchen verbessert habe.« Stolz schwang in ihrer Stimme mit.

»Könnten Sie das ausführen?«

»Sagen wir, ich komme jetzt in die Chatverläufe nicht weniger Kommunikationsanbieter und lasse dort nach Ihren Stichworten suchen. Inland und Ausland. Und auch Videoverbindungen, wobei die Spracherkennung bei der Auswertung noch Schwierigkeiten macht. Je nach Sprache.« Suna trank vom Kaffee und gab zwei weitere Stück Zucker hinein. Wie gerne hätte sie einen Vanilleschaumkuss gegessen. *Mit flüssigem Kern.* »Aber es funktioniert nicht schlecht. Die Filter reagieren inzwischen auf Ark, Arkus, Meteoritgestein, Particulae und

Particula, Tür, Durchgang und die anderen Parameter, die ich von Ihnen bekommen habe, Takahashi-san.«

Suna wusste, dass ihr Tun hochgradig illegal war: das Ausspionieren von digitaler Kommunikation, wie es die CIA, der MI6, das chinesische Ministerium für Staatssicherheit, der FSB und so ziemlich jeder Geheimdienst der Welt tat. Sunas Software trojanerte sich in legale und illegale Behörden, suchte mit deren Rechnerfarmen nach den vorgegebenen Schlagworten und prüfte im nächsten Schritt autonom, ob sie miteinander in Beziehung standen.

Dafür bekam Suna als Lohn ein sogenanntes Stipendium von der Kadoguchi-Stiftung, offiziell für ihr Studium. Bei zehntausend Euro pro Monat ein schönes Sümmchen, plus Gratifikationen bei zusätzlichen Leistungen. Steuerfrei.

Suna betrachtete es als Testlauf ihrer Software, die später Behörden und illegale Rechnerzentren von Regierungen nutzen würden. Abgesehen davon klangen die Suchworte Türen, Meteoriten, Ark, Particulae weder gefährlich noch terroristisch. Mehr nach Esoterikspinnern und niedlichen Weltverschwörern.

»Ich bin auf eine Sache im CERN gestoßen, Takahashi-san.« Suna vergrößerte die Anzeige, um sie besser lesen zu können. »Sie wissen, was das europäische Forschungszentrum in der Schweiz macht?«

»Sicherlich, Miss Levent. Physikalische Grundlagenforschung auf allerhöchstem Niveau.« Takahashi klang angespannt. »Der Unfall?«

»Ja. Nur dass es womöglich *kein* Unfall war. Jemand schreibt in einem Chat, dass es unverantwortlich gewesen sei, das *Fragment* mit Teilchen zu beschießen, ohne die Beteiligten in der Anlage zu warnen.« Suna überflog den Nachrichtenverlauf. »Die erwartete Detonation des Particula sei glimpflich verlaufen. Der andere Teilnehmer des Chats wiederum geht von Sabotage aus.«

»Sehr gut, Miss Levent! Bitte alle Details dazu an uns. Was noch?«

»Einen toten Museumswächter in London, während der langen Nacht der Museen, in der Ägyptischen Abteilung«, las Suna vom nächsten Artikel auf dem Monitor ab. »Ein nicht benannter Augenzeuge behauptet, es habe etwas mit dem Sarkophagdeckel zu tun. *Die unglückselige Mumie* wird das Exponat genannt. Ziemlich abgefahrene Sachen. Wie in den alten Gruselfilmen.«

»Wieso reagierte Ihr Suchprogramm darauf?«

»Weil im Bericht steht, dass der Augenzeuge auf *Steine aus der Sonne,* also Meteoriten, aufmerksam machte, die angeblich im Deckel dieses Sarkophags eingelassen sind.«

»Ist der Deckel verschwunden?«

»Dazu steht hier nichts.« Suna hatte sich abgewöhnt, diese wirren Meldungen in Einklang bringen zu wollen. Sollte Takahashi selbst schauen, was davon für ihn zusammenpasste. »Und natürlich berichtete ein Junge vom Fluch einer altägyptischen Priesterin, der dabei eine Rolle spielt.«

»Natürlich.« Takahashi lachte. »Fehlen noch lebendige Mumien.«

»Solange es keine Zombies sind. Mumien sind cool.« Sunas Blicke wanderten auf den Monitor des Laptops. Neue Fenster waren aufgepoppt. »Takahashi-san, eben kamen noch zwei Sachen rein.«

»Lassen Sie hören, Miss Levent.«

»Es ist die Rede von einem Professor Sergej Nikitin, der in Cadarache Versuche mit Particulae vornehmen soll, damit jemand anderes weiter an *Lithos* arbeiten kann. Im Jules-Horowitz-Reaktor.« Suna prüfte in einem neuen Tab, wovon die Rede war. »Das ist ein Materialtestreaktor, der noch gar nicht in Betrieb ist. In Südfrankreich. Eigentlich startet er erst 2021.«

»Anscheinend läuft er bereits«, fügte Takahashi an. »Spannend.«

»Jedenfalls ist der Wortlaut der Nachricht recht unfreundlich. Scheint, als stünde der Professor kurz vor dem Rauswurf.« Suna leerte den Kaffee mit einem großen Schluck, das Gewürzpulver verteilte sich auf ihrer Zunge. »Dann habe ich noch einen Wilhelm Pastinak. Er soll den Schlüssel zu einem Ark haben, durch das, was er bei sich zu Hause eingelagert hat.« Sie las die Nachricht erneut und verstand nichts davon. »Ich lass das jetzt mal. Da kommt ein Dialog, der nach Kochrezept klingt. Verfasst ist das Original auf Russisch. Hab ich von einem Programm übersetzen lassen. Keine Ahnung, wie genau das ist.«

»Ich kümmere mich darum, Miss Levent.«

»In einer halben Stunde haben Sie alles. Ich bin hier schon zu lange im Hotspot.«

»Fühlen Sie sich verfolgt?«

Suna zögerte. »Nur von meinem psychotischen Ex. Weswegen fragen Sie?«

»Nur so. Man … weiß ja nie.«

Suna runzelte die Stirn. »Ich kann mir denken, dass es nicht ganz so harmlos ist, was mich die Stiftung suchen lässt, auch wenn ich nicht verstehe, was es soll.«

»Sie müssen sich keine Sorgen machen.«

Nervös schaute sich Suna um. »Oder liegt es an der Kadoguchi-Stiftung? Haben Sie Stress mit irgendwelchen Behörden? Steuerfahndung? Werden Sie observiert?«

Takahashi lachte. »Nein, da ist nichts.«

»Nun ja, die Struktur Ihrer Einrichtung ist nicht ohne. Letztlich führt die Finanzierung über Umwege zum Konsortium der Van-Dam-Familie.« Suna hatte sich informiert. »Dann der Name der Stiftung: Kadoguchi. Dass das Wort *Portal* oder *Tor* bedeutet und ich meine Spürprogramme nach *Türen* suchen lasse, ist vielleicht kein Zufall. Was meinen Sie?«

Schweigen.

»Takahashi-san?«

»Ich würde Ihnen raten, nicht die Hand zu beißen, die Sie füttert, Miss Levent«, sprach Takahashi kühl. »Halten Sie sich an Ihren Auftrag, und senden Sie mir bitte die Berichte. Richten Sie Ihre Programme vorerst auf Herrn Pastinak und Professor Nikitin. Mehr müssen Sie nicht tun. Und *sollten* Sie auch nicht. Einen guten Tag.« Der Mann legte auf.

Suna hob die Augenbrauen. »Wow«, murmelte sie. So kannte sie den kontrollierten Japaner nicht. Innerhalb weniger Sekunden hatte sie den Eindruck bekommen, in üble Scheiße geraten zu sein. Ganz ohne ihren psychotischen Ex-Freund.

Zur Nervosität gesellte sich Paranoia, die ihr als Hackerin bekannt war; mal unterschwellig, mal ausgeprägt, bis hin zu Phasen mit akuten Schüben und Angststörungen, bei denen Suna sich tagelang in ihrer Wohnung verschanzte oder sich rund um die Uhr mit dem ÖPNV bewegte, um kein leichtes, stehendes Ziel zu sein.

Schnell weiter. Hastig legte sie die neuen Suchparameter für *Akilli ihtiyar* fest, raffte die Smartphones an sich, packte Tablet und Laptop weg. Mit wenigen Handgriffen waren die Ladekabel der Powerbank angeschlossen, damit den Geräten unterwegs nicht der Saft ausging. Sie platzierte das Geld für den Kaffee auf den Tisch und verließ das Café.

Auf dem Weg zum nächsten Hotspot sah Suna sich immer wieder um, nutzte Scheiben und reflektierende Oberflächen, um hinter sich zu blicken.

Noch wusste sie nicht, was es mit den Particulae auf sich hatte, im regulären Netz fand sie nichts darüber. Dank ihrer anderweitig gewonnenen Erkenntnisse nahm sie an, dass es sich dabei um extraterrestrisches Gesteinsmaterial handelte. Offenbar gab es verschiedene Interessenten dafür; wer genau und wofür, war ihr nicht klar.

Mit den Meldungen über CERN und den Forschungsreaktor im französischen Cadarache, der offiziell noch nicht lief, erreichten die Infos einen neuen Level.

»Du hättest es Takahashi nicht sagen sollen«, schimpfte Suna leise vor sich hin und bog in eine Nebenstraße der Freßgass ab. In der Öffentlichkeit kamen ihre Selbstgespräche selten gut an, aber sie halfen ihr beim Nachdenken und Verarbeiten. »Da hast du dich mal schön selbst reingeritten.«

In den Spionagefilmen wurden Hacker und Mitwisser ausgeschaltet, wenn sie vom Plan und ihrem Auftrag abwichen. Ihr Puls stieg, Schweiß brach ihr aus und rann unter dem Hemd hinab.

»Scheiße.« Suna griff in ihre Jacke und nahm einen Blister mit Beruhigungstabletten heraus. Sie würden sie körperlich träge machen, aber die guten Medikamente gegen Panikattacken stellten sie gedanklich kalt.

»Erledige deinen Job«, raunte Suna. In einer ruhigeren Gasse ging sie in die Hocke, lehnte sich mit dem Rücken an die Mauer, nahm den Laptop heraus und loggte sich in das offene WLAN ein, um den Router von Frieda Illmann zu nutzen, die offenbar hinter dieser Wand wohnte. »Mach einfach deinen Job. Nicht einmischen. Hab ich dir immer gesagt.«

Mit den hastig ausgepackten Smartphones ging sie in zwei weitere, schlecht gesicherte WLAN von Bewohnern der Straße, Peter Uschmann und Theo Reuters, verband ihr Tablet damit und schaute, welche Neuigkeiten ihre emsigen Programme farmten.

Die Leute bemerkten nicht, dass Suna auf ihre Netzwerke zugriff und was über ihre Router und durch ihre Leitungen rann, bis sie möglicherweise eines Tages Besuch bekamen von dem Netzanbieter oder einem Sicherheitsteam. Das kam davon, wenn man die Passwörter nie änderte.

Während sie den Bericht an Takahashi fertig machte und eine Entschuldigung formulierte, flogen weitere Informationen herein. Zu Wilhelm Pastinak.

Sunas Finger kamen jäh auf der Laptoptastatur zum Erliegen. Sie starrte mit offenem Mund auf die Anweisung, die sie abgefangen hatte.

Auf dem Display blinkte in Englisch:

BRINGT DEN ALTEN PASTINAK ZUM SCHWEIGEN!
UND DAS UMFELD EBENSO.
ALLES ABGREIFEN, WAS IHR DORT FINDET.
AUF AUFZEICHNUNGEN ZU TÜREN ACHTEN.
PRÄMISSE: KEINE PARTICULAE ZURÜCKLASSEN.

Suna blinzelte, eine Hitzewelle rollte durch sie. Wurde sie soeben Zeugin eines Mordauftrages?

»Scheiße. So eine beschissene Scheiße!« Aus einer simplen Beobachterin war plötzlich jemand geworden, der entscheiden konnte, was als Nächstes geschah. Das ging weit über das hinaus, was die Stiftung von ihr verlangte.

Was mache ich jetzt?

Es wäre ihr ein Leichtes, Wilhelm Pastinak zu kontaktieren und zu warnen – aber mit welcher Begründung? Dass sie aus Versehen die Nachricht erhalten hatte, glaubte ihr kein Mensch.

Eine weitere ging ein.

LITHOS IN GEFAHR.
LIQUIDIERUNG VON NIKITIN NÖTIG.
UNFALLVERSCHLEIERUNG EINLEITEN. HEUTE NOCH.
BEI NACHFRAGEN: LIQUIDIERUNG JEDER BETREFFENDEN PERSON.
CODE: NACHTSCHWARZ.
AUTORISIERUNG: FOR THE UNIFORM

»Ihr wollt mich doch verarschen«, wisperte Suna. »Das … das kann nicht sein!«

Sicher steckte Takahashi dahinter, um ihr eine Lektion zu erteilen und ihr indirekt zu drohen. *Nein, das ist zu abwegig.*

Aber sollten es ernst gemeinte Befehle sein, wurden zwei Menschen mit ihrem Wissen eliminiert. Das machte sie zur Beteiligten.

»Fuck!«, rief sie und starrte das Display an. »Was soll die Scheiße? Ich will nicht mit reingezogen werden!«

Sunas eigenes Smartphone klingelte, der Rufton meldete ihren Kumpel Egon. Sie betätigte die Annahme über die Bluetooth-Verbindung.

»Was?«, blaffte sie. »Ich hab jetzt echt keine Zeit für Schaumkuss …–«

»Jemand hat im Darknet ein Kopfgeld auf Nótt ausgesetzt«, unterbrach er sie. »Gerade eben!«

Suna gab einen Laut von sich, der zwischen Hilflosigkeit und Wahnsinn schwankte. Nótt. Das war ihr Hackerinname. Noch so ein Märchen- und Mythending. »Verarsch mich nicht, Alter. Ich hack dir deinen Spieleaccount tot, wenn –«

»Eine Million Euro. Für deinen Tod. Und wer deine Daten besorgen kann, *sämtliche* Daten«, fuhr Egon fort, »bekommt noch eine obendrauf.«

»Was heißt *für meinen Tod?* Kaltstellen und –«

»Nótt steht auf der Abschussliste, Suna! Einer *echten,* beschissenen Abschussliste! Es ist nicht irgendeine Drohung, um dich einzuschüchtern«, redete Egon aufgeregt weiter. »Was hast du gemacht? Wo bist du reingeraten? Welchem Arschloch bist du auf die Füße getreten? FSB? CIA? MI6? Mossad?«

Suna warf sich zwei weitere Pillen ein, um die Panik zu dämpfen, auch wenn sie damit mehr oder weniger zu einem Faultier werden würde. *Was war der Auslöser?* Ihre Nachforschungen für die Kadoguchi-Stiftung konnten es keinesfalls sein, dafür war die Liste der Suchbegriffe zu banal, zu harmlos. Es ging weder um Staatsgeheimnisse noch Bankzugänge oder Aktienmanipulationen. Sondern nur um Dreckstüren. Und elende Particulae – was immer das war. *Oder sind das in Wahrheit irgendwelche Regierungscodewörter?*

Dann fiel ihr noch eine Möglichkeit ein.

»Mein Ex. Irgendeine Scheiße von meinem Ex«, sprach Suna. Ihre Kehle und der Mund waren trockener als die Sahara. »Er kann diesen Kack angezettelt haben. Wie soll das Geld bezahlt werden?«

»Über Netcoins.« Im Hintergrund klapperte er auf einer Tastatur. »Der Aufruf verbreitet sich extrem schnell. Zwei Leute haben sich bereits gemeldet, die den Job machen wollen. Ex-Söldner. Nótt hat kaum Freunde, ne? Weißte selbst.« Egon senkte die Stimme. »Suna, sobald sie persönliche Daten von dir finden, bist du –«

»Das war so klar!« Aus dem Schatten einer Mülltonne trat ein junger Mann, den Suna bestens kannte. Orangefarbene Jeans zu weißen Shirts trug nur einer in ihrem Umfeld. »Immer noch die alte Hotspot-WLAN-Route. Es ist so leicht, dich zu finden.«

»Scheiße, der auch noch«, flüsterte sie. »Egon?«

»Ja?«

»Finde raus, wer das Kopfgeld aussetzte. Ich ruf dich gleich wieder an.« Suna beendete die Verbindung und erhob sich langsam, blieb dabei mit dem Rücken gegen die Hauswand gelehnt und hielt das Tablet in der Hand.

Ihre Finger flogen über die digitale Tastatur und setzten warnende Mails auf: eine an die Schreinerei von Wilhelm Pastinak, eine an die persönliche Website von Professor Nikitin. Sollten die Männer selbst entscheiden, was zu tun war.

Ohne aufzublicken, fragte Suna: »Was willst du, Stefan?«

Mit einem langen Schritt stand der dunkelblonde junge Mann vor ihr und nahm ihr das Tablet weg, bevor sie die Mails absenden konnte. »Schau mich gefälligst an, dumme Bitch!«

Sie ballte die Hände zu Fäusten und sah ihren einstigen Liebhaber an. Sie hatte ihn bereits nach einem Monat abgeschossen, weil er ihr nachgeschnüffelt und versucht hatte, an ihre Daten zu kommen. An ihre Programme. Er hatte an Nótts Geheimnisse und Wissen herangewollt, über die Gefühle der Frau. Der älteste Trojaner der Welt.

»Gib es mir zurück.« Sie entdeckte Abschürfungen, Prellungen und Blutergüsse in seinem eigentlich ansprechenden Gesicht. »Was ist mit –«

»Das waren Freunde von dir!«, schrie er sie an. »Du feiges Stück! Hetzt mir deine Türken-Assis auf den Hals.«

»Ich? Nein, ich …« Suna grabschte nach dem Pad. »Los, her damit!«

Stefan zog das Gerät weg und verpasste ihr eine Ohrfeige, die Suna zur Seite warf und auf die Knie fallen ließ. »Sie hatten sich maskiert, die Dönerficker. Der eine wurde von den Wichsern Xatar genannt. Wie der Türsteher vom *Shishaversum*. Dein guter Kollegah.«

Suna sah wütend zu ihm auf. »Ich hatte damit nichts zu tun.« Sie wich seinem ersten Tritt aus. Die Schuhspitze streifte die Wand, Putz bröckelte ab. »Bist du irre? Du –«

Der zweite Tritt traf sie in die Seite. Unwillkürlich krümmte sie sich und hielt sich die brennenden Rippen. Das Atmen tat weh, Tränen schossen ihr in die Augen.

»Das bezahlst du mit Schmerzen«, brüllte er und zertrampelte ihre Tasche. »Wie konnte ich dich mal geil finden, hä?« Knackend barsten die Smartphones und der Laptop unter der Wucht und dem Gewicht.

»Nein!«, rief Suna und wollte sich über die Computertasche werfen. Aber es war zu spät. Der stechende Geruch von sich zersetzenden Akkus und der Rauch verrieten, dass die zerstörte Powerbank durch eine Spannungsspitze eine Katastrophe angerichtet hatte.

»Und wenn sie dich im Krankenhaus zusammenflicken,

wirst du an mich denken.« Stefan zog ein Klappmesser. »Und wenn du mir deine Kümmel-Assis wieder schickst, bringe ich dich um. Mir scheißegal, was du denen vorlügst.« Er machte einen Schritt auf sie zu und ließ den Tabletcomputer achtlos fallen, der halb aus seiner Hülle rutschte. »Du kannst sagen, du wärst mit dem Gesicht durch eine Glasscheibe gefallen.«

Suna stemmte sich hustend in eine sitzende Position. Sie hatte Xatar einmal von Stefan erzählt und was er mit ihr abgezogen hatte. »Ich wusste nicht, dass er losgeht und dich verprügelt.« Sie betastete ihre Seite. »Aber gerade wünsche ich mir, er hätte dir die Eier abgerissen.«

Stefan rammte ihr das Knie ins Gesicht.

Suna konnte sich eben noch wegdrehen, das Knie traf sie daher nicht frontal auf die Nase, sondern seitlich am Kopf und warf die junge Deutschtürkin gegen die Wand.

Eine Platzwunde tat sich auf. Benommenheit breitete sich gnädig in ihrem Denken aus. Sie sah Stefan undeutlich, schmeckte ihr eigenes Blut im Mund. Die Lippe war gerissen, und sie hatte sich auf die Zunge gebissen. Sie war ihm hoffnungslos unterlegen.

»Hey, Sie!«, erklang unvermittelt eine Frauenstimme. »Was machen Sie da?«

Stefan wandte sich um. »Geht Sie nichts an. Verschwinden Sie.«

»Ist das ein Messer in Ihrer Hand?«

»Verpiss dich!« Stefan hob den Arm und ließ die Klinge im Licht aufleuchten. »Und nicht die Bullen rufen.«

»Werde ich nicht.« Die unscheinbare Frau kam mutig näher – und zog eine Pistole unter dem Kurzmantel hervor. »Ganz sicher nicht.«

»Mit der Schreckschusswaffe machst du mir –«, setzte Stefan an.

Es knallte zweimal.

Suna sah das Shirt auf Stefans Rücken zucken, dann entstand dort ein centgroßes Loch, an dessen ausgefransten Rändern Blut haftete. Roter Sprühnebel verteilte sich hinter ihm, darüber schoss eine armlange Fontäne aus dem Hinterkopf. Leise prasselte das Rot auf den Asphalt.

Zuerst regte sich Stefan nicht. Dann verlor er das Messer und fiel steif wie ein Stück Holz rückwärts um und schlug auf der Straße auf. Es roch nach frischem Blut.

Suna wollte schreien, vor Angst, vor Grauen und um Hilfe. Doch aus ihrem geöffneten Mund drang nur ein leises, heiseres Fiepen.

Die Frau in Alltagskleidung kam näher und warf einen Blick auf die offene Tasche und die zerstörten Elektrogeräte. Sie ging vor Suna in die Hocke, um auf Augenhöhe mit der Verletzten zu sein. Sie war etwa vierzig, die halblangen blonden Haare hatte sie im Pferdeschwanz nach hinten gebunden. Aus dem Lauf ihrer Halbautomatik stieg gräulicher Rauch, die abgefeuerte Waffe hielt sie lässig in der Rechten. »Suna Levent?«

»Nein. Nein, das bin ich nicht«, stieß Suna aus und atmete hektisch, trotz der brennenden Rippen. »Das ist eine Verwechslung.«

»Was wissen Sie über die Türen?«

»Welche –«

»Particulae? Das Ark-Projekt?«, hakte ihre Retterin nach. »Cadarache. Versuche mit Particulae. Lithos. Jules-Horowitz-Reaktor. CERN. Schreinermeister Pastinak.«

»Keine Ahnung. Wirklich, keine Ahnung! Es ist eine Verwechslung.« Suna hasste das Zittern, das sich über ihren Körper ausbreitete. »Sie müssen mich –«

»Aber Sie sind doch Nótt?«

»Ich weiß nicht, von wem Sie sprechen.«

»Sie haben Erkundigungen eingezogen.« Die Frau blickte auf die qualmende Computertasche. »Schade, dass das alles nur noch Schrott ist. Sonst hätte ich die Wahrheit gleich vor Augen gehabt.«

Sie weiß nicht, dass das Tablet unbeschädigt ist. Suna sah ihre Chance, Nikitin und Pastinak doch noch zu warnen. Das Auftauchen der Killerin bewies, dass nichts von dem, wonach sie gesucht hatte, harmlos war. Suna hasste Takahashi und die Stiftung aus ganzem Herzen dafür, sie in diese Lage gebracht zu haben. »Ich bin nicht Sundra Lovend oder wen immer Sie suchen.«

Die Frau lächelte kalt, knapp und müde. »Netter Versuch, Kleines.« Die Mündung schwenkte hoch und richtete sich auf die Stirn der Hackerin. »Tut mir leid. Wissen schützt vor Strafe nicht. Den Rest lasse ich mir von deinem Freund Egon erklären. Er weiß gewiss, wie ich an dein Back-up komme. Oder deinen Cloudspeicher.«

Die wird mich abknallen! Suna stieß sich mit ganzer Kraft von der Wand ab und warf die Frau um.

Fluchend ging die Killerin zu Boden. Krachend löste sich ein Schuss und verfehlte Suna um Zentimeter.

Suna hechtete nach Stefans Messer und packte es, schleuderte es mit einem Schrei nach der Frau und versuchte dann, das Tablet unter der Leiche ihres Ex-Freundes herauszuziehen.

Die Klinge wirbelte durch die Luft und traf überraschend präzise den zur Abwehr erhobenen Unterarm der Killerin, was die Frau zum Aufschreien brachte. Die Finger gaben die Pistole frei, sie klapperte auf die Straße. »Fuck! Team Alpha, greift sie euch!«

Sie ist nicht allein! Suna bekam das Tablet nicht unter Stefans totem schwerem Körper hervorgezogen. Die Hülle hatte sich verkantet. Blut verteilte sich über das geborstene Display, füllte die Sprünge und Risse. Sie erkannte zwei offene E-Mail-Fenster.

Ein weiterer Schuss krachte, neben Suna platzte ein Stück Mauer ab.

Die Killerin tastete mit ihrem unverletzten Arm nach der verlorenen Pistole. »Das war es für dich, Nótt!«

Schritte verrieten, dass das alarmierte Team anrückte. In etwa drei Sekunden wären die Leute hier.

Die Zeit reichte allerhöchstens aus, um eine Mail auf den Weg zu schicken – aber an wen?

Professor oder Schreinermeister?

Und wenn sie stattdessen die Flucht ergriff? Drei Sekunden Vorsprung waren entscheidend. Lebenswichtig.

»So eine Scheiße!«

Nikitin und der Reaktor, der offiziell noch gar nicht lief und Experimente mit etwas namens Lithos machte?

Pastinak und seine Türen mit Particulae samt Aufzeichnungen?

Oder ihre eigene Sicherheit, um dem Mysterium auf den Grund zu gehen, das zu ihrem Kopfgeld geführt hatte?

Die Schritte näherten sich rasend schnell.

Die Killerin bekam ihre verlorene Pistole zu greifen.

Sunas drei Sekunden waren fast um.

Eine Entscheidung musste getroffen werden.

Eine Entscheidung auf Leben und Tod …

KAPITEL I

DEUTSCHLAND, FRANKFURT AM MAIN, SPÄTSOMMER

So eine Scheiße!« Suna warf sich herum und ließ den zerstörten Tabletcomputer unter Stefans ausblutender Leiche zurück. Ihr Leben ging vor. Sie musste es bis in das nächste Café schaffen, in die Öffentlichkeit, dahin, wo es Menschen gab, die Schutz bedeuteten. *Danach kümmere ich mich um die anderen zwei.*

»Hier Teamleader Alpha«, erklang es hinter ihr verzerrt aus einem Funkgerät. »Hängen fest. Wiederhole, hängen fest! Zugriff nicht möglich.«

Die Killerin fluchte. »Beeilt euch. Haltet mir den Rücken frei.«

Suna biss die Zähne zusammen, rannte geduckt auf das Ende des Durchgangs zu. Sie bekam mehr als drei Sekunden, und das nutzte sie voll aus.

Immer näher rückte der Ausgang aus der Gasse. Suna rann Schweiß in die Augen, Anstrengung und Angst trieben ihr das Wasser aus den Poren.

»So eine verfickte Kackscheiße!«, keuchte sie stoßweise.

Erneut knallte es hinter ihr.

Dann folgte der Schmerz.

Er begann im Oberkörper, dicht neben der Wirbelsäule, ein Stechen wie von einer glühenden Kippe, die sich unauslöschlich durch ihren Leib brannte. *Fuck!* Ganz deutlich spürte Suna den Weg der Kugel durch ihren Körper, das Abprallen von der Rippe, das Trudeln des Projektils durch die inneren Organe und das Zerfetzen ihres Herzens. Aber es gab nicht auf und pumpte sinnlos weiter, was die restlichen

Kammern hergaben. In ihrer Brust breitete sich flüssige Wärme aus.

»Fuck, fuck, fuck!« Suna verlor die Kraft in den Beinen. Weniger als einen Meter vor dem Ausgang der Gasse brach sie zusammen. Das Atmen gelang ihr kaum, Blut lief aus der kaputten Lunge in die perforierte Speiseröhre und rann über ihre starren Lippen.

Die Fotze hat mich erschossen! Zu gerne hätte sie geschrien, stattdessen starrte sie auf den rissigen Asphalt, auf den ihr Blut floss. Nichts an ihr ließ sich mehr bewegen, sie lag leblos da wie eine Puppe. *Die Hurenschlampenfotze hat mich einfach abgeknallt!*

Suna hatte niemanden retten können. Nicht Nikitin, nicht Pastinak, nicht einmal sich selbst. Die falscheste Entscheidung ihres Lebens, falscher, als sich mit dem Wichser Stefan einzulassen.

Jemand packte ihr Bein und schleifte sie zurück, ihr Kopf hüpfte über Unebenheiten.

Suna fühlte keine Schmerzen mehr, ihre Sicht verlor die Schärfe, und Kälte brach über sie herein. Sie kannte das Gefühl des Kreislaufzusammenbruchs, aber nie war eine Kugel schuld daran gewesen. *Einfach erledigt. In den Rücken geschossen,* dachte sie unentwegt. Jeder andere Gedanke ließ sich nicht greifen. Es blieb nur repetierender Unglaube.

»Ich hab sie«, sagte die Killerin schräg über ihr, die sie tiefer in die Gasse zerrte, weg von neugierigen Augen. »Wo seid ihr, Team Alpha?«

»Noch eine Minute. Dann evakuieren wir Sie«, erwiderte die Funkgerätstimme.

»Keine Evakuierung. Ich komme raus. Schickt ein Fahrzeug zum Einsteigen.«

»Und die Hackerin? Kommt sie freiwillig mit?«

»Nein. Sie ist tot.«

Bin ich nicht!, schrie es in Suna. Ihr Verstand wehrte sich gegen das Ende.

Nach zwei Sekunden Stille drang es aus dem Funkgerät: »Wiederholen.«

»Das war kein Versehen.«

»Ich dachte, die –«

»Beeilt euch.« Die Killerin unterbrach das Gespräch.

Suna wurde losgelassen und auf den Rücken gedreht, sodass der Blick aus ihren braunen Augen unfokussiert in den sommerblauen Himmel fiel, bis sich das Gesicht der Fremden ins Bild schob. Der Tod war etwa vierzig, trug die halblangen blonden Haare im Pferdeschwanz und sah sehr gewöhnlich aus. Es gab nichts an ihm, was ihn von anderen abhob. »So, Kleines. Dann machen wir mal eine Liebestragödie draus.«

Suna fühlte, dass ihr zerstörtes Herz nach einem letzten Stottern aufhörte zu schlagen. In ihrer Körpermitte wurde es wärmer, als zerflösse ihre Lebensenergie.

Aus der Panik wurde Friede. Sie dachte an ihre Eltern, an die schöne Kindheit, an ihren ersten Computer, an Abende am Strand der Piratenbucht neben den Ruinen der antiken Stadt Antiochia ad Cragnum nahe Gazipasa, an einen verbotenen Schluck Wein, der so süß geschmeckt hatte wie der Kuss von Cem. Suna konnte das Meer und den Wein riechen.

Vorbei.

* * *

Laetitia sah über die Schulter, von wo sie ein Quietschen und schnelle, schwere Schritte vernahm. *Ich hoffe, es ist die Kavallerie.*

Gunnar bog in seiner Tarnung als Stadtreiniger mit Schiebewägelchen in die Gasse. Der dunkelhaarige Mann war ein Hüne, aber die orangerote Kleidung machte ihn erstaunlich unauffällig. *Die Magie des Alltags.*

»Bist du irre?« Gunnar stellte hinter sich einen Absperrungspylonen auf, hetzte zur gegenüberliegenden Seite der Gasse und platzierte dort den zweiten. Geschickt wich er dabei dem Toten in den orangefarbenen Jeans und dem weißen Shirt aus, der frische Schnittwunden an den Armen trug, und der Blutlache, die sich aus den Löchern in Brust, Rücken und Hinterkopf auf dem Asphalt ausbreitete. »Wieso hast du die Hackerin erschossen?«

Laetitia zeigte die Gasse entlang, eine rote Blutspur markierte den Fluchtweg. »Sie wäre mir sonst abgehauen. Und untergetaucht.«

»Wir wissen, wo sie wohnt und wo dieser Egon wohnt. Sie konnte nicht verschwinden.« Gunnar blickte nervös zwischen den Zugängen hin und her. »Was jetzt?«

»Ich habe sie ein bisschen drapiert.« Sie deutete zwischen den Toten umher. Suna Levent in ihrer niedlichen Pseudo-Broker-Aufmachung hielt die Pistole wie eine Animefigur mit beiden Händen umklammert und wies ebenfalls Stichwunden auf. »Er hat ihr aufgelauert und angegriffen, sie kämpften miteinander.« Mit der Schuhspitze tippte sie das Taschenmesser am Boden an, das sie sich zuvor aus dem Arm gezogen und gereinigt hatte. »Dabei kamen die Waffen zum Einsatz. Sie versucht zu entkommen, er zieht sie da vorne zurück, sie bekommt die Pistole zu greifen. Peng, peng. Er nimmt ihr die Knarre im Sterben ab und peng.«

»Hast du die Waffe ausgelöst? Ich meine, nachdem du sie ihr in die Hand gedrückt hast?«

»Nein. Schussgeräusche wecken Aufmerksamkeit.« Laetitia verstand seine Intention. »Es geht dir um die Schmauchspuren.«

»Wenn die Kriminaltechnik keine findet, werden die Bullen stutzig.« Gunnar brummte unzufrieden. »Das hätten wir anders lösen müssen.«

»Ihr hättet da sein müssen.«

»Wir standen im Stau.«

Laetitia gab ein kurzes Lachen von sich. »Es ist jetzt eben so.« Sie deutete auf die rauchende Tasche, in der die Hackerin ihre Ausrüstung transportiert hatte. »Das ist Schrott. Aber das Pad funktioniert noch. Darauf habe ich etwas Interessantes entdeckt.«

»Zeig mir das im Wagen.« Gunnar bedeutete ihr, in die leere Tonne zu steigen, während er die Pylonen rasch einsammelte. »Ich will weg, bevor die Bullen im Hof auftauchen.«

Laetitia stieg in das saubere Gefäß und schloss den Deckel. Der Stich in ihrem Fleisch brannte. Kaum hockte sie im Reinigungswagen, krachten zwei weitere Schüsse, und sie zuckte zusammen. Gunnar hatte es nicht lassen können, Schmauchspuren auf die Finger der Toten zu bringen.

Er schob den Wagen an und rumpelte ihn über die Freßgass. Laetitia blieb ruhig. Sie saß in einem sicheren Versteck und vertraute sich dem Hünen an. Ändern ließ sich ohnehin nichts mehr. Um sie herum erklangen verstärkt laute Rufe, Sirenen näherten sich.

Im Halbdunkel der Tonne betrachtete sie die Wunde in ihrem Arm. Das Messer hatte die Sehnen verschont, die Finger arbeiteten, wie sie sollten. Die Ein- und Austrittswunden würde man spielend leicht tackern oder nähen können, es war keine komplizierte Verletzung. *Das wär's noch gewesen, dass mir das Gör meine Karriere ruiniert.* Erleichtert wickelte Laetitia den Mantelärmel als Notverband um den Arm.

Danach sah sie sich den beschädigten Tabletcomputer an, verband ihn über Modem mit dem Server ihrer IT-Leute. Die beiden Warnmails an den Schreinermeister Pastinak und an Professor Nikitin löschte Laetitia, nachdem sie die

Informationen kopiert und kommentiert an die Zentrale weitergeleitet hatte. Es eröffnete sich ihres Erachtens eine Möglichkeit, zwei Fliegen mit einer Klappe zu schlagen. *Vorausgesetzt, man fädelt das Ganze geschickt ein.*

Es dauerte eine Weile, bis das Wägelchen anhielt und der Deckel über ihr geöffnet wurde.

»Kannst rauskommen. Alles safe.« Gunnar half ihr beim Aussteigen. Er hatte seine Stadtreinigungskleidung abgestreift, stand nun in Unterwäsche und Achselholster mit einer Walter CCP vor ihr im Laderaum eines Kleinlasters mit kleinen getönten Scheiben, der just anfuhr. Es machte ihm nichts aus, seine Muskelberge zu zeigen. »Lass Hellmond nach dem Schnitt sehen. Sie ist Ärztin.«

Draußen zogen die Hochhausfassaden vorbei, der Wagen verließ die Innenstadt und bewegte sich rasch in die Außenbezirke, vermutlich in Richtung Offenbach. Dort hatten sie ein Hotel bezogen.

»In Ordnung.« Laetitia legte den Mantel ab, setzte sich auf die schmale Pritsche und hielt Hellmond die Wunde hin. Die Frau in Straßenkleidung griff nach dem Rettungssanitäterrucksack und machte sich ans Desinfizieren und Inspizieren. »Wohin fahren wir?«

»Über einen kleinen Umweg zu Egon, dem Freund von dieser Levent.«

»Nein.« Laetitia biss die Zähne zusammen, als ihr Hellmond eine lokale Betäubung an den Wundrändern setzte, um in Ruhe nähen zu können. »Wir brauchen ihn nicht. Und es würde unsere Liebesdrama-Inszenierung ruinieren.«

»Wie bekommen wir sonst Zugriff auf die Daten der Hackerin?«

Laetitia hob andeutungsweise das Pad. »Haben wir bereits. Alles geprüft. Unsere IT-Cracks sitzen schon dran.« Sie grinste, als sich ein Gedanke anschlich.

»Warum dieses zufriedene Gesicht?«

»Ich habe eine ziemlich gute Idee.«

Gunnar schnaubte und schlüpfte in eine Hose, wobei seine Brustmuskeln und der Bizeps anschwollen, als wollte er den Stoff zerreißen. »Dann sperre ich dich öfter in die Tonne.«

Hellmond lachte leise. »Und?«

»Ich hab mir angesehen, was Levent an Informationen besorgt hat. Sie konnte die Zusammenhänge nicht sehen, dafür wusste sie zu wenig über die Hintergründe.«

»Du hältst sie wirklich nur für eine Beschafferin?« Gunnar zwängte sich in ein enges Matrosenshirt und richtete die kurzen dunklen Haare, dann schlüpfte er in Turnschuhe. »Sie ist nicht involviert?«

Laetitia nickte. »Ich sah ihr in die Augen, als ich ihr ein paar Stichworte gab. Weder Particulae, das Ark-Projekt noch Cadarache, Lithos, CERN oder Schreinermeister Pastinak lösten etwas bei ihr aus. In ihrem Gesicht flackerte nichts Verräterisches auf.«

»Sie könnte gut ausgebildet worden sein.«

»In ihrem Alter und mit einem Jahresvorrat an Beruhigungsmitteln in der Tasche, damit sie nicht in Panik verfällt, wenn ein Eichhörnchen sie anfiept? Nein. Nur ein Nerd.« Laetitia entfernte die schmutzige, blutige Hülle vom Pad und tupfte das gerinnende Rot vom geborstenen Display; das Blut saß tief in den Sprüngen und Rissen. Es gab dem Gerät eine unerwartet künstlerische Note. »Sie hat sich die Finger an den Informationen verbrannt.«

»Was hat das mit deiner Idee zu tun?« Gunnar setzte sich neben sie.

»Levent war für die Kadoguchi-Stiftung tätig. Du weißt, was sich angeblich in deren Räumlichkeiten verbirgt? In der Zentrale in Tokio?«

Gunnar machte eine zustimmende Miene.

»Das ist die Gelegenheit, um deren Schlagkraft auszuloten. Takahashi muss entscheiden, was er mit den erhaltenen

Informationen tun möchte.« Laetitia vergrößerte die Artikel, die sie im Netz zu Nikitin und Pastinak gefunden hatte. »Diese beiden Männer besitzen Schätze, die nicht von dieser Welt sind.«

»Und?«

»Beide sollen umgebracht werden. Damit verschwänden Wissen und Dinge für lange Zeit, wenn nicht sogar für immer.« Sie lächelte und rieb die Finger, blutfeucht vom Bedienen des Pads, an der schmutzigen Hose ab. Sie freute sich auf eine Dusche. »Ich bin mir sehr sicher, dass die Stiftung einschreiten wird.«

Nun lachte Gunnar. »Kadoguchi soll die Kastanien aus dem Feuer holen!«

»Und wir beide holen uns die leckeren, gerösteten Kastanien, sobald sie ein wenig abgekühlt sind«, ergänzte Laetitia. »Gegen einen Konzern ins Feld zu ziehen und eine Forschungseinrichtung zu plündern, das ist mir eine Nummer zu groß. Wer weiß, wie viele mächtige Freunde PrimeCon hat? Und einen alten Schreiner foltern, bis er Geheimnisse verrät, nun, das ist auch nicht unbedingt das, was ich tun möchte.«

»Sagte die Frau, die gerade zwei Menschen umgelegt hat«, kommentierte Hellmond und zurrte die letzte Naht fest.

Laetitia zeigte auf Gunnar. »Frag ihn. Er wird bestätigen, dass mir Mord nichts ausmacht. Schnelles Ende und fertig. Aber dieses Nägelziehen und Geschreie, Säure, Strom, die ganze Sauerei, nein, das ist nichts für mich.« Sie sah auf die mit Fäden verschlossenen Wunden. *Was zum Teufel?* »Gab es dafür nicht mal Wundkleber? Ich will keinen Narben!«

»Ich bin mehr der altmodische Typ.« Hellmond legte einen schützenden Verband um die Stelle. »Man sieht schneller, ob sich etwas entzündet oder nicht. Gut eincremen, und es bleibt nix zurück.«

»Dein Plan hat einen Fehler«, bemerkte Gunnar.

»So? Welchen?«

»Wenn die Kadoguchis *nichts* tun, sind wir am Arsch und bei beiden Angelegenheiten raus. Du hast die Mordaufträge gesehen? Da stecken PrimeCon und die Arkus-Spinner dahinter. Sie haben ihre Leute vielleicht schon losgeschickt! Ich glaube nicht, dass wir –«

Laetitia tippte auf dem Pad. »Überlass das ruhig mir und unseren IT-Nerds. Und ich werde Nótts Erkenntnisse dramatisieren. Die Stiftung kann nicht anders, als sich zu engagieren.« Sie gab ihrer Stimme eine theatralische Note. »Das Schicksal der Welt und so!«

»Das Schicksal der Welt.« Gunnar verzog die Lippen. »Na, dann hoffen wir, dass die Nerds und du gut im Fabulieren sind.«

»Ich hatte immer Einser, wenn es um das Ausdenken von Geschichten ging.« Laetitia schrieb an der Mail, die sie Takahashi senden würde. Als Suna Levent. Dass es ihre letzte Nachricht wäre, steigerte das Drama. *Gut für uns.*

Ihre Organisation, an deren Spitze seit Kurzem ein Mann stand, der sich schlicht Sir nannte, brauchte die Particulae und die Pläne, mit denen man die Zeit zurückdrehen konnte. Um sie zu verändern. *Zu unseren Gunsten.*

Die Mail ging nach wenigen Minuten mit einem rauschenden Geräusch raus in die Weiten des Internets. Gleich darauf flackerte das Display des angeschlagenen Tabletcomputers und erlosch.

Unsere Technikabteilung bekommt das wieder hin. Schickes Ding. Laetitia befahl der Fahrerin, Gas zu geben.

* * *

JAPAN, TOKIO, FRÜHHERBST

»Guten Abend, Mistress und Mister Bérgerac! Willkommen bei der Kadoguchi-Stiftung. Schön, dass Sie die Zeit fanden, mit uns zu feiern«, sagte Yūki Takahashi sein Sprüchlein mit maximaler Freundlichkeit in der Empfangshalle auf. Seine persönliche Assistentin raunte ihm vor jedem Gast den Namen zu, damit er sich und anderen keine Schande bereitete.

Zudem reichte er allen Angekommenen die Hand, was in Japan nicht üblich war. Asiatische Sitten waren mitunter steif und gaben gleichzeitig Halt, aber die Zeiten änderten sich, und bei einer international agierenden Organisation mit Gästen von sämtlichen Kontinenten passte er sich den Gepflogenheiten an. Für diesen Tag.

Die Bérgeracs verbeugten sich im Austausch ungelenk, um zu zeigen, dass sie den Reiseknigge gelesen hatten.

Yūki lächelte erfreut. »Meine Mitarbeiterin führt Sie gerne ein wenig in unserem Gebäude und den Ausstellungsräumen herum und bringt Sie selbstverständlich in die Halle, wo wir den Festakt begehen. Genießen Sie den Aufenthalt, Mistress und Mister Bérgerac.«

Nach einigen Höflichkeitsfloskeln verschwand das Paar, geführt von der eigens abgestellten Mitarbeiterin, zur Garderobe und von da zur Tour durch die Etagen der Stiftung.

Yūki atmete einmal durch und richtete den maßgeschneiderten schwarzen Anzug, zu dem er ein weißes Hemd und einen weinroten Schlips trug. »Wie viele noch?«

»Noch achtzehn, Takahashi-san.« Keiko Nakatomi, seine persönliche Assistentin im Businesskostüm, sah auf die Liste auf ihrem Pad; über das Headset koordinierte sie und gab seine Anweisungen weiter. »Sechs davon sind auf dem Weg nach oben, sagt der Concierge.«

Die Empfangshalle war puristisch und japanisch schlicht gehalten. Moderne Bauelemente mischten sich mit dunklem Holz, sattgrünen Bambusbäumen und weißlichen Papierwänden – in Dimensionen, als wären sie für Riesen errichtet worden. Jeder kam sich hier wie eine Spielzeugfigur in einem übergroßen Puppenhaus vor. Über allem schwebte ein hauswandhohes Bild des Fuji-san, des heiligen Berges Fudschijama. Der Mensch sollte sich klein und nichtig fühlen.

Der Lift öffnete sich und gab die neuen Besucher frei, die sich leicht versetzt auf den Eingang zubewegten. Vorweg ging eine Frau Ende zwanzig, die es offensichtlich gewohnt war, in hohen Absätzen und engen Kleidern zu gehen; beides stand ihr perfekt. Ihre Garderobe wirkte elegant, vielleicht einen Hauch zu offensiv, aber so clever geschnitten, dass sie nicht ihr Dekolleté, sondern ihren Nacken betonte. Diese Stelle galt in Japan als überaus attraktiv. Ihre blonden Haare trug sie kurz, der Undercut verlieh ihr Strenge.

»Milana Nikitin«, las Nakatomi vor, nachdem sie das Gesicht mit dem Porträt auf dem Display abgeglichen hatte. Ihre Stimme verriet, dass sie sich wunderte. »Sie ist die Tochter von Professor Sergej Nikitin.«

Yūki runzelte die Stirn und ließ sich die elektronische Liste zeigen. Deutlich prangte der Name der Russin darauf. »Ich kann mich nicht erinnern, ihre Einladung unterschrieben zu haben.«

Nakatomi deutete eine Verbeugung an. »Ich werde umgehend prüfen lassen, wie sie eine Einladung ohne Ihre Unterschrift bekommen konnte, Takahashi-san.«

Milana hielt einen Schritt vor ihnen an und verbeugte sich gekonnt, nicht zu tief und nicht zu gering. »Guten Abend, Mister Takahashi. Danke für die Einladung.« Sie überreichte den personalisierten Ausdruck an die Sekretärin, um ihn scannen zu lassen.

»Die Freude ist ganz meinerseits, Miss Nikitin.« Yūki fielen ihre blauen Augen auf, in denen sich Strenge spiegelte.

»Und lassen Sie mich betonen, dass es mir eine Ehre ist, in absehbarer Zeit für die Kadoguchi-Stiftung tätig sein zu dürfen«, fügte Milana hinzu. »Es ist mein erster Auftrag außerhalb von Russland, und ich versichere Ihnen, dass ich Sie nicht enttäuschen werde.« Nochmals verneigte sie sich.

Wovon redet sie? Yūki wusste nichts zu erwidern und beschränkte sich auf ein Lächeln. Lächeln ging immer. Ein westlicher Geschäftsmann hätte an dieser Stelle nachgefragt, was sie meinte, doch die Höflichkeit verbat es einem Japaner. Er würde das Gesicht verlieren, weil er keine Kenntnis vom Sachverhalt hatte, und sie wäre beschämt, weil sie sich erklären müsste.

Daher sagte er nur: »Meine Mitarbeiterin führt Sie gerne ein wenig in unserem Gebäude und den Ausstellungsräumen herum und bringt Sie selbstverständlich in die Halle, wo wir den Festakt begehen. Genießen Sie den Aufenthalt, Miss Nikitin.«

Milana schenkte ihm ein Lächeln. »Ich werde die Räumlichkeiten genau studieren, Mister Takahashi, und analysieren. Damit ich Ihnen mehr bieten kann, als Sie und die Kadoguchi-Stiftung jetzt schon präsentieren. Sie machen es mir nicht leicht, das sehe ich.« Nach einer zweiten Verbeugung folgte sie der Mitarbeiterin.

»Takahashi-san, es tut mir leid«, sagte Nakatomi, die auf dem Display wischte und nach Vermerken suchte. »Ich habe keine Ahnung, wovon Miss Nikitin gesprochen hat.«

»Das wird mir der Mensch erklären, der sie eingeladen hat.« Yūki vermutete, dass der Professor selbst dahintersteckte. Es bot sich an, seine Tochter bei einer feierlichen Veranstaltung zu platzieren, damit diese als Eventmanagerin für besonders Betuchte Akquise unter den Gästen betreiben konnte. »Ich nehme an, ihr Vater wird es in die Wege geleitet haben. Erkundigen Sie sich nach der Party bitte bei ihm, warum er damit nicht zu uns gekommen ist. Und wer ihm half.«

»Ja, Takahashi-san.« Nakatomi schrieb eine Notiz an die Einladung.

Yūki blickte zum nächsten Besucher, einem jungen Mann, der offenbar nur ungern in Jackett, Krawatte und Stoffhose unterwegs war. Die kräftige Statur verriet, dass er körperliche Arbeit gewohnt war. Die langen braunen Haare trug er auf japanische Weise im Zopf. Das Gesicht sagte dem Gastgeber: nichts.

Ein Tag voller Überraschungen. »Wer ist das?«

Nakatomi suchte sich durch die Dateien der Besucher. »Ah, ich habe ihn. Anton Gärtner.«

»Das klingt deutsch.«

»Das ist korrekt. Aus Annweiler am Trifels, Takahashi-san.«

Noch jemand, an dessen Einladung sich Yūki nicht erinnerte. Dabei hatte er ein wirklich gutes Gedächtnis. Aber bei dem Namen Annweiler klingelte eine Alarmglocke in seinem Verstand. »Wieso ist er eingeladen?«

»Das … steht hier nicht«, gab Nakatomi verwundert zurück. »Angegeben ist lediglich: *Fachmann für Holzinnenausbau.*«

Yūki kannte keinen Grund, einen Schreiner zur Gala der Kadoguchi-Stiftung einzuladen. »Checken Sie das Internet«, konnte er gerade noch sagen, dann stand der Deutsche vor ihm. »Mister Gärtner, seien Sie willkommen bei unserer kleinen Feier.«

»Ich bedanke mich, Mister Takahashi«, erwiderte er mit einem akzentbehafteten Englisch. »Diese Einladung bedeutet mir viel, müssen Sie wissen. Einen japanischen Auftraggeber hatte ich bislang nicht. Es wird mein Portfolio erweitern. Und Sie werden sehen, dass ich mindestens so exakt arbeite wie jeder japanische Schreinermeister.«

»Gewiss.« Wieder musste sich Yūki ins Lächeln retten.

»Gestatten Sie mir die neugierige Nachfrage: Hatten Sie schon Gelegenheit, meine Entwürfe zu betrachten?«

Yūki erkannte, dass intern gewaltig viel schiefgelaufen war. Weder wusste er von Entwürfen noch von einem passenden Projekt noch von der Einladung an Anton Gärtner. »Verzeihen Sie mir, Mister Gärtner. Es war einiges los. Ich kam zu nichts.« Er deutete auffordernd den Gang entlang. »Meine Mitarbeiterin führt Sie gerne ein wenig in unserem Gebäude und den Ausstellungsräumen herum und bringt Sie selbstverständlich in die Halle, wo wir den Festakt begehen. Genießen Sie den Aufenthalt, Mister Gärtner.«

»Gerne.« Gärtner nickte freundlich und ging los. Der Geruch von Rasierwasser hing in der Luft, auch noch viele Sekunden, nachdem der Schreinermeister sie passiert hatte.

»Ich habe keine Ahnung, Takahashi-san, wer das verbockt hat«, begann Nakatomi und malträtierte das Pad.

»Wer hat die Einladung abgezeichnet?« Yūki war genauso schlecht gelaunt und verärgert wie seine Assistentin. Der oder die Schuldige musste gefunden werden, und bei einer Abmahnung würde es nicht bleiben.

Nakatomi suchte und öffnete die Freigabeliste. »Sie, Takahashi-san.«

»Was? Unmöglich! Was sagt das Internet über ihn?«

»Anton Gärtner ist Inhaber der Schreinerei Holz und Kunst, ehemals Wilhelm Pastinak.« Nakatomi klickte sich durch die aufgeführten Artikel. »Mehrere renommierte Designerpreise, internationale Kundschaft, neuer Stern am Himmel des Möbel- und Inneneinrichtungsbaus«, fasste sie zusammen. »Pastinak war sein Ausbilder, Takahashi-san.«

Yūki wusste nun, wo die Verbindung zu Kadoguchi lag, ließ sich aber nichts anmerken. Niemals hätte er den jungen Mann eingeladen. Unter keinen Umständen. *Es ist viel zu gefährlich.*

Doch jetzt kannte er die Schuldige: Nótt hatte ihm das eingebrockt, als Abschiedsgeschenk. Die Nachrichten hatten über den Tod der begnadeten Hackerin berichtet, die einer Beziehungstat zum Opfer gefallen war.

Sofort geriet er ins Schwanken. *Nein, sie kann es nicht gewesen sein. Sie wusste zu wenig über Pastinak.* Yūki machte sich ernste Sorgen wegen der Gäste, die nicht auf seine Weisung hin eingeladen worden waren. Milana Nikitin hätte er noch verstanden. *Aber Anton Gärtner?*

Vier Männer im Smoking kamen auf Yuki zu, die dank der Backen- und Schnurrbärte etwas Altertümliches umwehte. Der Stil sah nicht nach sogenannten Hipstern aus, sondern selbstverständlich, als trugen die Herren diese Art von Gesichtsschmuck schon seit Langem. Schon immer. Einer der beiden Jüngeren besaß nur einen Arm, die Gesichter waren braun gebrannt.

»Captain Mandeville und Captain Strong, britische Botschaft«, raunte Nakatomi. »Die anderen sind ihre Adjutanten.«

Yūki nickte ihnen freundlich zu. Damit war der Reigen der Botschafter geschlossen. »Gentlemen, es ist mir eine Freude, die Gesandten des englischen Volkes bei der Veranstaltung dabei zu wissen.«

Mandeville salutierte militärisch, sein Begleiter tat es ihm nach. Nicht im Mindesten sah es peinlich oder affektiert aus, sondern gewohnt und passend zur sehr geraden Körperhaltung der beiden. »Takahashi-san, wir bedanken uns, die Interessen der Herrscherin in Nippon vertreten zu dürfen«, sprach Mandeville klar und direkt. »Wir sind sehr gespannt, was die Kadoguchi-Stiftung präsentieren wird, Sir.«

»Und ein Geschenk brachten wir mit«, fügte Strong hinzu und machte ein geheimnisvolles Gesicht. »Es wird eine Überraschung sein, Sir.«

»Wir wollen, dass sich die gesamte Aufmerksamkeit auf Ihre Rede richtet, Takahashi-san«, ergänzte Mandeville und sprach zur wartenden Mitarbeiterin: »Bemühen Sie sich nicht, wir finden den Weg alleine.«

Sie wandten sich ab, und bevor die nächsten Gäste heran waren, wechselte Yūki mit seiner Assistentin einen Blick, der besagte: Briten bleiben halt Briten.

* * *

Anton Gärtner schlenderte am Büfett entlang, an dem sich die Hungrigsten bedienten, die nicht warten wollten, bis Yūki Takahashi seine Rede gehalten hatte. Die Krawatte nervte ihn ebenso wie der Kragen, der sich um seinen Hals legte, als wolle er ihn erwürgen. *Ich bin einfach kein Anzugtyp.* Sogar wenn er mit Betuchten über Aufträge sprach, bevorzugte er normale Kleidung, noch lieber Arbeitshose und Weste.

Mehrfach war er von den Mitarbeiterinnen und Mitarbeitern aufgefordert worden, die leckeren Sachen zu kosten, aber Anton beließ es beim Betrachten und kulinarischer Vorfreude. Die Kadoguchi-Stiftung ließ sich nicht lumpen und hatte ordentlich aufgefahren, sowohl klassische japanische Küche inklusive Süßigkeiten als auch kontinentales Fingerfood, um für alle etwas zu bieten. Roher Fisch, fermentierte Sojabohnen und Algensalat waren nicht jedermanns Sache.

Antons auch nicht. Er war aber neugierig auf die zuckrigen Köstlichkeiten, nachdem er sich die Zutaten auf den kleinen Schildchen durchgelesen hatte. Süße Bohnenfüllung, Mango-Kokos, Pflaume. *Mochi. Nie gehört.*

Eine kurzhaarige Blondine, die von der anderen Seite an den Desserts entlangflanierte, lief in Anton hinein. Sofort machte sie einen halben Schritt zurück. »Oh, verzeihen Sie«, sagte sie peinlich berührt auf Englisch. »Ich war abgelenkt von diesen ganzen leuchtenden Farben.« Sie sah ihn neugierig an, die blauen Augen richteten sich auf seinen Anzug. Das Kräuseln um ihre Mundwinkel verriet Belustigung.

Anton wusste, was sie tat. *Sie scannt mich auf Markenware.* »Ging mir nicht anders«, sagte er mit einem freundlichen Lächeln. »Ich hätte vorher etwas essen sollen.«

Sie lachte hinreißend. »Das kenne ich zu gut.« Ihre gepflegte Hand reckte sich ihm entgegen. Ohne Zweifel bewegte sie sich öfter in höherer Gesellschaft, ihr Kleid saß perfekt. »Milana Nikitin. Eventmanagerin.« Ihrem Akzent nach kam sie aus dem Osten, vermutlich Russland.

»Ah, dann haben *Sie* sich das alles ausgedacht?« Anton ergriff ihre Finger und drückte sie leicht. Gelegentlich nutzte er unabsichtlich zu viel Kraft, und seine Haut musste ihr vorkommen wie Schleifpapier. Der Umgang mit Werkzeug und Holz hinterließ Spuren.

»Nein, ich bin lediglich eingeladen worden, um ein Auge darauf zu werfen und ein eigenes Angebot zu machen. Für den internationalen Ableger der Stiftung. Man möchte jemand mit westlicher Denkweise«, erklärte sie offen. »Und was verschlägt Sie hierher, Mister …?«

»Gärtner. Anton Gärtner«, stellte er sich vor. »Wir haben wohl eine Gemeinsamkeit.«

»Abgesehen davon, dass wir auf der gleichen Veranstaltung sind?« Sie lächelte ihn offensiv an.

Anton mochte es, von ihr angeflirtet zu werden. Ein wenig Selbstbestätigung war angenehm, auch wenn sie das aus rein beruflichen Gründen tat. »Ich bin ebenfalls eingeladen worden, um Kontakte zur Stiftung zu knüpfen.«

Ihre Freundlichkeit wich schlagartig. »Sagen Sie nicht, dass Sie Eventmanager sind! Sonst muss ich zu Takahashi gehen und ihn fragen, was er sich dabei dachte.«

»Konkurrenz belebt das Geschäft.« Anton ließ sie in dem

Glauben, als Revanche für den Scanblick. »Wir könnten uns den Auftrag ja teilen.«

»*Njet*«, kam es wie aus der Kalaschnikow geschossen. »Ich mache keine halben Sachen, also nehme ich auch keine halben Aufträge, Mister Gärtner.« Ihre Flirtlaune verflog, ihr Tonfall war unterkühlt. »Auf den Schreck muss ich einen Wodka trinken, glaube ich.« Sie sah sich nach der Bar um. »Und dann noch gegen einen Deutschen, die Meister der Akribie!«

Es wurde Zeit, das Missverständnis aufzulösen. »Miss Nikitin, ich –«

»*Dotchi?*« Ein älterer Mann mit einem stattlichen braunen Schnauzbart eilte mit langen Schritten durch die plaudernde Menge. Ein russischer Redeschwall flog aus dem Mund des Mannes. Der vertraute Umgang zwischen ihm und der Blondine sprach für Vater und Tochter. Auf Anton machte es den Eindruck, dass er nichts vom Kommen seiner Tochter geahnt hatte.

»Entschuldigen Sie, Mister Gärtner.« Sie brachte den älteren braunhaarigen Mann im abgetragenen Anzug mit einigem Gestikulieren zum Schweigen. »Darf ich Ihnen meinen Vater vorstellen: Professor Sergej Nikitin.« Sie zeigte auf Anton. »Das ist Mister Gärtner aus Deutschland, und er will den gleichen Auftrag wie ich.«

»Nein, einen Moment. Miss Nikitin, ich bin kein Konkurrent für Sie.«

»Oh, da haben wir einen sehr überzeugten Mann!« Sie zog die perfekt gezupften hellen Augenbrauen in die Höhe, die Lippen wurden schmal. »*Charascho, charascho.* Sie schleppen einen schweren Fehdehandschuh im Gepäck, *da?*«

Egal, was er sagte, er machte es nur schlimmer. »Ich bin Schreiner«, schob Anton schnell hinterher, um nicht wieder missverstanden zu werden.

Milana Nikitin stutzte, die Brauen zogen sich zusammen. »Was meinen Sie mit *Schreiner?* In Ihrem alten Beruf?«

Er lächelte erleichtert. *Ich hatte Angst, dass sie mich gleich mit einem Stäbchen ersticht.* »Das *ist* mein Beruf. Ich bin kein Eventmanager. Sie haben mich missverstanden.« Dann grinste er. »Ich hatte Sie in dem Glauben gelassen, um Sie ein bisschen zu foppen. Tut mir leid, dass ich Sie verärgerte. Und wenn mich Mister Takahashi fragt, werde ich von Ihnen schwärmen. Falls das etwas nützt. Entschuldigen Sie bitte.« Er deutete eine kleine Verbeugung an. »Ihnen beiden einen schönen Abend.«

Die Frau lachte auf. »Mister Gärtner, Sie überraschen mich. Ein Deutscher, der einen subversiven Humor hat.«

»Sind Sie ihr Freund?«, mischte sich der Professor ein, der ihrer Unterhaltung offenkundig nicht richtig gefolgt war.

»*Njet,* Batjuschka! *Das* ist *nicht* mein Freund«, rief Milana und errötete. »Entschuldigen Sie bitte, Herr Gärtner. Das fragt er jeden Mann, der sich in meiner Nähe aufhält. Es ist mir sehr peinlich.«

»Ich bin schon verheiratet und habe drei wundervolle Kinder, Professor Nikitin. Damit komme ich für Ihre Tochter nicht infrage.« Anton reichte dem älteren Mann die Hand. »Es hat mich sehr gefreut, Ihre Bekanntschaft zu machen.«

»Sie sind kein Wissenschaftler?« Nikitin hielt seine Hand fest. »Oh, Sie sind Handwerker, habe ich recht? Schwielen wie ein Baumfäller.«

»Schreiner, Batjuschka.«

Nikitin ließ Antons Rechte los. »Darf ich Sie anrufen, wenn es hier was zu machen gibt?«

»Batjuschka, du bist unmöglich! Das ist kein Hausmeister, den du einfach bestellen kannst. Und für was könntest du ihn gebrauchen?«

Anton musste lachen. »Ich bin nur zwei Tage hier, Professor Nikitin. Aber sollten Sie meinen Rat brauchen, bin ich sicher, dass Mister Takahashi den Kontakt zu mir herstellen wird.« Er versuchte kein drittes Mal, sich zu verabschieden. »Was forschen Sie denn in Tokio für die Stiftung?«

»Das würde mich auch interessieren«, meinte Milana.

»Ach? Sie wussten nicht, dass Ihr Vater in der Stadt ist?«

»Bis eben wusste ich nicht mal, dass er in Japan ist. Ich vermutete ihn in Frankreich, in diesem Zentrum in Cadarache.« Sie sah ihn auffordernd an. »Wozu brauchst du einen Schreiner für deine Kernforschungen?«

Anton verzog anerkennend die Mundwinkel. »Kernforschung?«

Nikitin atmete tief ein. »Diese Unterhaltung zwischen uns beiden, Mister Gärtner, führen wir später weiter. Wirklich, ich bräuchte jemanden mit geschickten Händen. Ich rede nachher mit meinem Stab und wie ich das mit Takahashi regle.«

»So. Und jetzt lassen wir Mister Gärtner mal in Ruhe, Batjuschka«, sprach Milana und hakte sich bei ihrem Vater unter, schwenkte ihn weg vom Büfett. »Komm, wir müssen auch noch einige Dinge besprechen.« Sie hob die Hand und winkte zum Abschied. »*Do svidaniya*, Nicht-Konkurrent!«

Anton grüßte lässig zurück und musste sich das Lachen verkneifen, als er Vater und Tochter heftig gestikulierend zur Seite gehen sah. *Die beiden haben definitiv ein paar Dinge zu klären.*

Applaus brandete auf. Yūki Takahashi ging durch den Saal, nickte und lächelte sich durch die Menge in Richtung Podium. Die Rede stand unmittelbar bevor.

Die kleinen Küchlein namens Mochi lachten Anton zu sehr an, um noch länger von ihm ignoriert zu werden. Er hatte den Warnhinweis gelesen, dass man behutsam essen sollte, und biss vorsichtig von dem klebrigen Bällchen ab. Die süße Füllung pappte sofort zwischen den Zahnreihen und im ganzen Mund. Dass jedes Jahr mehrere Menschen durch die Mochi einen Erstickungstod erlitten, erklärte sich nun von selbst. Das Reismehlpuder färbte seine Finger weiß. *Scheiße zu essen, aber lecker.*

Eine Sicherheitsmitarbeiterin, die durch ihr europäisches Äußeres auffiel, warf Anton amüsierte Blicke zu. Sie trug die halblangen blonden Haare im Pferdeschwanz; auf Achselhöhe zeichnete sich unter dem Jackett der Griff einer Waffe ab. Sie deutete an ihren Mundwinkel, um ihn auf Flecken aufmerksam zu machen. Dazu sagte sie lautlos und langsam: »Erstes Mochi?«

Anton grinste und nickte, um es mit einem Happs in den Mund zu schieben und zu kauen und den Geschmack zu genießen. Er musste sehr, sehr lange kauen.

»Meine Damen und Herren, liebe Gäste, liebe Freundinnen und Freunde«, setzte Takahashi zu seiner Rede an, das Licht wurde gedimmt, und ein Spot richtete sich auf den Japaner.

Da fiel Anton auf, was ihn an den Worten der Securitylady verwunderte: Sie hatte ihre knappe Frage auf Deutsch formuliert. *Woher weiß sie, wer ich bin?*

Bevor er sich darüber den Kopf zerbrach, wurde er von einem bizarren Schauspiel abgelenkt, das sich halb verborgen hinter einem aufgehängten Tuch abspielte.

Anton konnte nicht anders: Er musste hinstarren. Und kauen.

* * *

»Die Vorsehung hat tausend Mittel, die Gefallenen zu erheben und die Niedergebeugten aufzurichten.«

Johann Wolfgang von Goethe:
Wilhelm Meisters Wanderjahre (1821)

KAPITEL II

JAPAN, TOKIO, FRÜHHERBST

Was Sie eben gesehen haben, waren einige Projekte, die wir begonnen und mit Erfolg vorangebracht haben. Ich versichere Ihnen, dass die Kadoguchi-Stiftung wie in den vergangenen zwei Jahren den Blick auf das Wohl der Menschheit richtet, um eine bessere Welt für morgen zu gestalten.« Yūki Takahashi sah von seinem Manuskript auf, an dem er vor zwei Stunden noch letzte Veränderungen vorgenommen hatte. Seine Rede kam zum Abschluss, und er blickte in überwiegend begeisterte Gesichter. Das freute ihn. Zufriedene Menschen gaben mehr Geld. »Damit habe ich Sie nun zwanzig Minuten von unserem köstlichen Büfett abgehalten, meine Damen und Herren.« Unter leisem Gelächter reckte er das Glas Sekt halb in die Höhe. »Stoßen wir auf die kommenden Jahre der Kadoguchi-Stiftung an und darauf, dass ich Ihnen nächstes Jahr noch bessere Neuigkeiten verkünden darf.«

Applaus brandete auf und mischte sich mit dem Klirren des Anstoßens. Die Gäste prosteten Yūki zu, mal wurde am Glas genippt, mal wurde es in einem Zug geleert, um sich gleich Nachschub zu sichern.

Das gedimmte Licht im Empfangssaal wurde heller, und Yūkis Blick glitt zu dem großen Vorhang neben dem Eingang, der von der Decke hing und leicht hin und her schwang. Yūki nahm an, dass die bestellte Band dahinter aufbaute. Der dicke schwarze Stoff diente gewiss als Schallschutz, um seine Rede nicht zu stören. *Apropos stören.* Es befanden sich zwei Personen auf der Party, die er nicht offiziell eingeladen hatte: Milana Nikitin und Anton Gärtner. Seine Assistentin hatte ihn vor der Rede in Kenntnis gesetzt, dass sie wirklich nicht auf der Liste der versendeten Einladungen standen, aber unter den Zugangsberechtigten zur Veranstaltung auftauchten. Jemand hatte ihnen die elektronischen Tickets passgenau geschneidert und zugeschickt.

Yūki überließ die Recherche seinen eigenen IT-Spezialisten, doch das musste bis morgen warten. *Suna Levent kann es nicht gewesen sein.* Sie war zu diesem Zeitpunkt bereits tot, erschossen von ihrem Ex-Freund, wie die Medien es kolportierten.

Gerade wollte er das beleuchtete Podest verlassen, als Captain Mandeville die Erhöhung sportlich enterte und ihm so überraschend die Hand hinstreckte, dass Yūki sie überrumpelt nahm und sie schütteln ließ. Entgegen allen Gepflogenheiten und ohne vorherige Absprache mit dem Protokoll. *Was wird das?*

»*Marvellous, Sir! Marvellous!*«, rief der Brite überschwänglich und mit angenehmem englischem Akzent, was ihm zusammen mit dem altertümlichen Backenbart einen herrlich snobistischen Anstrich verlieh. »Lassen Sie mich im Namen des britischen Volkes danke für das sagen, was die Kadoguchi-Stiftung in der kurzen Zeit ihrer Existenz geleistet hat, Mister Takahashi! Ausdrücklich, Sir. Sie sind ein wahrer Gentleman. Nein, ein Samurai!«

Yūki wusste, dass er nicht flüchten durfte, um sein Gesicht nicht zu verlieren. Also lächelte er. Schon wieder. Seine Assistentin zuckte erstaunt mit den Schultern und verbeugte sich entschuldigend, weil sie den Briten nicht aufgehalten hatte. *Unangenehm.*

Mandeville deutete mit großem Gestus zum Vorhang. »Ich habe mir erlaubt, Mister Takahashi, der Kadoguchi-Stiftung stellvertretend für ganz Japan ein Geschenk von hohem kulturellem Wert zu machen.«

Ein leises Raunen ging durch den Saal. Die Blicke richteten sich auf den schweren Stoff, der faltenlos herabhing und sich leicht im Luftstrom der Klimaanlage bewegte. Leise Mutmaßungen waberten umher, was sich dahinter wohl verbarg. Mandeville gab ein Zeichen, und Captain Strong zog mit den Adjutanten an der Leine, die den Sichtschutz fallen ließ. Die Scheinwerfer richteten sich auf die Geschenke, die dort aufgereiht standen.

Sofort wurde aus dem Raunen ein Rufen.

Yūki hielt sich mit einer Hand am Pult fest, das Lächeln gefror in seinem Gesicht und wandelte sich in ein Zerrbild. *Woher hat er die?*

Das konzentrierte Licht fiel auf vier Mumien, die auf steinernen Erhöhungen hockten. Die vertrockneten Leichname trugen orangefarbene Gewänder, wie es bei buddhistischen Mönchen üblich war, der Stoff wirkte kein bisschen verschlissen. Zwischen ihnen erhob sich eine weitere zweieinhalb Meter hohe Abdeckung. Ein fünftes Geschenk wartete auf seine Enthüllung.

»Sokushinbutsu«, entfuhr es Yūki leise. Sechzehn dieser außergewöhnlichen Mumien gab es noch weltweit zu bestaunen. *Und diese.*

»*Ladies and Gentlemen!* Was Sie da sehen, sind vier buddhistische Mönche, die sich der Zeremonie des rituellen Selbstmumifizierens unterwarfen«, erklärte Mandeville. Yūki bekam vor Überraschung keinen Ton heraus. »Sokushinbutsu wird es genannt und ist seit mehr als hundert Jahren verboten. Diese Mönche haben sich für ihren Glauben einer unfassbaren Prozedur unterworfen, mit Vergiften und Entwässern und sich danach eintausend Tage in der Lotusstellung einmauern lassen, an deren Ende der Tod stand.« Er legte eine Hand auf Yūkis Schulter. »Wenn sich der Leichnam nicht zersetzt und in diesen Zustand überging, glaubt man, dass sich der Mensch in einen Buddha wandelte und die höchste Stufe erreichte. Diese vier erlangten den Zustand des Nirwana.« Mandeville wandte sich Yūki zu. »In den tiefsten Tiefen der Archiven des Empires Ihrer Majestät fanden sich diese vier Mönche, die wir Ihnen und Japan zurückgeben wollen, Mister Takahashi, verbunden mit einer Entschuldigung. Es war nicht rechtens, sie entwendet zu haben.« Dann verbeugte er sich.

Die ersten Gäste klatschten begeistert, ohne wirklich ermessen zu können, welche immense Bedeutung diese vier Buddhas hatten.

Yūki räusperte sich und erwiderte die Verbeugung, bevor er sich zum Mikrofon drehte. »Mister … Captain Mandeville, ich weiß nicht, was ich sagen soll«, gestand er. Die Situation überforderte ihn völlig. Eine Mischung aus Freude und Verwirrung jagte durch ihn. »Meinen Dank für die Rückgabe. Das werde ich sofort bekannt machen, und ich bin sicher, dass auch unsere Regierung ein Dankesschreiben an Ihre Königin senden wird.« Der Anblick der vier mumifizierten Buddhas, wie sie in der riesigen Halle auf den Podesten hockten, war faszinierend. Yūki konnte die Augen kaum abwenden.

»Ich weiß nicht, wie die vier Mönche in den Besitz Großbritanniens kamen, aber wir geben zurück, was nicht uns gehört. Meistens.« Mandeville begab sich wie ein versierter Politiker ans Pult und riss die Aufmerksamkeit an sich. »Nun, mein lieber Mister Takahashi, fragen Sie mich, was wir noch in den Archiven fanden!« Seine Stimme presste sich über die Mikrofone laut und deutlich, geradezu aufdringlich in den Saal.

Erneut tuschelten und raunten die Menschen miteinander. Die Spots richteten sich sogleich auf den verhüllten Gegenstand in der Mitte der Bühne.

Yūki vermutete eine Stele, eine Statue, einen Dämon oder einen Drachen, vielleicht einen steinernen Buddha. »Ich kann es kaum ermessen, Captain.«

»Zeigen wir es ihnen doch, Mister Takahashi.« Der Captain nickte Strong zu, der sogleich an einer anderen Schnur zog.

Leise surrend glitt der Stoff herab und gab einen offene ägyptische Sarkophag-Kombination frei, die aufrecht stand. Ein kleinerer Holzsarg wurde von einem aufwendigen zweiten Kasten gefasst, der mit Blattgold verkleidet und mit Schnitzarbeiten versehen war.

Darin ruhte eine weibliche Mumie, wunderschön gekleidet wie eine Herrscherin. Den perückenbedeckten Kopf zierte eine Krone mit einem Federpaar. Über dem teuren, reinweißen Stoff lag ein prunkvoller Überwurf mit gewirkten Goldfäden, um den Hals und an den Fingern saß Gold- und Edelsteinschmuck, über der Brust hielt sie einen Stab und eine mehrriemige kurze Peitsche über Kreuz, das Gesicht wurde von einer goldenen, bemalten Maske beschirmt.

Wieder erklangen Rufe aus den Reihen der Gäste. Sie spekulierten über ein Versehen und ein Missverständnis, laute Lacher und Gekicher machten die Runde. Das letzte Geschenk schien ein schräger Scherz zu sein.

»Ladies and Gentlemen«, rief Mandeville fröhlich. »Es ist mir eine besondere Ehre, Ihnen Mutemhat vorzustellen. Sie ließ es sich nicht nehmen, bei diesem Tag dabei zu sein. Sie hat viel Gutes über die Kadoguchi-Stiftung gehört und kam, um mit eigenen Augen die Wunder zu sehen, die in diesem Gebäude vorgehen.«

Was soll das denn? Yūki warf Mandeville einen Seitenblick zu. »Verzeihen Sie, Captain. Ist das der ausgefallene Humor der Briten?«

»Sie meinen, weil wir eine ägyptische Priesterin samt ihres Sarkophags nach Japan brachten?« Mandeville trat vom Pult weg und ging auf ein Knie herab, senkte ehrfürchtig das Haupt in Richtung der Mumie. »Sie ist eine Herrscherin, ganz gleich, wo sie sich befindet.« Er reckte die Arme empor.

»Zeige den Menschen deine Macht, Mutemhat, Priesterin des Amun-Ra! Wir, deine Diener, erwarten deine Befehle.«

In der Halle gingen Strong und die Adjutanten in dieselbe Haltung. Sie knieten sich hin und erbaten die Gnade ihrer Herrscherin, was Befremden und Irritation bei den Besuchern auslöste.

Die Sicherheitsleute blickten fragend zu Yūki.

»Sir, würden Sie bitte mit dem Schauspiel aufhören?«, bat er Mandeville und hielt das Mikrofon einen Hauch zu spät zu.

Der Captain und seine Leute verharrten in ihrer Position.

Diese Gaijin! »Sir, ich –«, setzte Yūki an, als ein Schrei erklang. Er wandte den Kopf in Vorahnung zu den Geschenken.

Die vier mumifizierten Mönche erhoben sich aus ihrer Lotusstellung, die sie über hundert Jahre eingenommen hatten, und richteten sich auf. Sie wirkten kleiner als moderne Erwachsene, die vertrocknete Haut zeigte Risse, und die orangefarbenen Roben hingen weit um ihre ausgemergelten Leiber. Behände sprangen sie von den Podesten, auf denen sie drapiert worden waren, und flankierten den Sarkophag.

»Haben Sie Schauspieler engagiert, die uns Angst machen sollen?« Yūki beugte sich zum regungslosen Mandeville. »Sir? Wissen Sie überhaupt, was –«

Die ägyptische Mumie machte einen majestätischen Schritt aus ihrem Sarkophag und spreizte langsam die Arme, zeigte dem Publikum die neunschwänzige Peitsche und den Stab. Ihre Körperhaltung war die einer Königin, während sie den Kopf drehte.

Einer der Mönchsmumien nahm ihr die goldene Larve vom Antlitz, darunter kam das gut erhaltene Gesicht einer Frau zum Vorschein, deren grüne Augen sehr lebendig wirkten. Sie ließ die Blicke über die Menge schweifen.

Eine Schauspieltruppe. Warum auch immer Mandeville das amüsant findet.

»Der Spuk hat jetzt ein Ende, Captain«, raunte er dem Briten zu. »Das wird ein Nachspiel haben. Es ist nicht lustig.« Yūki nahm die Hand vom Mikro. »Sicherheitsdienst, bitte geleiten Sie die Schauspieltruppe zum Ausgang und setzen Sie die Damen und Herren einstweilen am Empfang fest, bis die Polizei eintrifft. Verehrte Gäste, ich entschuldige mich tausendfach für die Unannehmlichkeiten.«

Drei Securityleute bewegten sich zu den lebendig gewordenen Geschenken und breiteten die Arme aus, als wollten sie scheues Wild in die richtige Richtung leiten. Aber die vier Mönche stellten sich vor der Priesterin auf und schirmten sie gegen die vorrückenden Angreifer ab.

Das darf doch nicht wahr sein.

»Bitte, fügen Sie sich den Anweisungen«, bat Yūki über die Lautsprecher. »Machen Sie es nicht schlimmer. Sie wollen keine Anzeige wegen Hausfriedensbruch und Körperverletzung riskieren.«

Als einer der Sicherheitsleute nach einem mumifizierten Geistlichen griff, schnappte sich der Mönch dessen Arm und hielt ihn fest, um ihm mit dem rechten Fuß blitzschnell gegen die Brust zu treten.

Der Getroffene wurde rückwärts geschleudert. Der Arm riss aus dem Gelenk wie aus einer locker sitzenden Steckverbindung. Blut sprühte auf den Mönch, kreischend fiel der Sicherheitsmann auf den Boden und wälzte sich, presste die andere Hand auf die Wunde.

Vor Entsetzen aufschreiend wichen die Gäste vor den Mönchen zurück.

»Das sind keine Schauspieler, Mister Takahashi«, kommentierte Mandeville und erhob sich. »Das sind Untote, erweckt aus ihrem langen Schlaf. Von Mutemhat.«

Die beiden verbliebenen Sicherheitsleute zogen ihre Waffen und legten auf die vier Gegner an, die sich ihnen mit raschen Sprüngen näherten und sich nicht um die Kugeln kümmerten, die ihre ausgemergelten Körper durchschlugen. Es staubte im Licht der Scheinwerfer, als die Projektile aus den Rücken und den Köpfen austraten. Mehr nicht.

Gleich darauf lagen die Sicherheitsleute mit herausgerissener Kehle und eingeschlagenem Schädel auf dem Parkett. Es hatte die Mönche nur wenige rasche Handbewegungen gekostet. Die Waffen übergaben sie an Strong und die Adjutanten, und schon standen sie wieder schützend vor der Ägypterin.

Einige Gäste drängten zum Ausgang, vor dem Strong und die Adjutanten Aufstellung bezogen hatten. Die Pistolen hielten die Flüchtenden auf. Andere versuchten, mit Smartphones Hilfe zu rufen, aber dem hektischen Tippen und unverständigen Kopfschütteln der Menschen nach zu schließen verweigerte die Technik den Dienst. *Der Überfall war lange geplant. Alles war geplant.* Auch sein Handy bekam keinen Empfang.

»Mein Name ist Captain Mandeville«, sprach der Brite laut ins Mikrofon. »Ich bin Offizier Ihrer Majestät Königin Victoria wie meine drei Freunde.« Er salutierte zu seinen Leuten. »Wir kämpften in der Schlacht von Tel-el-Kebir vor mehr als hundert Jahren in Ägypten für das Empire. Aber ich erwarte nicht, dass Sie darüber etwas wissen, *Ladies and Gentlemen.* Wir machten uns danach schuldig, Mutemhats Ruhe gestört und ihren Sarg geschändet zu haben, um uns den irdischen Gelüsten hinzugeben. Die erzürnte Priesterin des Amun-Ra erwachte und warf einen bitteren Fluch über uns. Sie, verehrte Versammelte, werden uns helfen, diesen elendigen Fluch aufzuheben.« Er drehte sich zu Yūki. »Mit Ihrer Erlaubnis und Hilfe, Mister Takahashi. Führen Sie uns bitte in das geheime Labor der Stiftung.«

Yūki sah, dass sich die fünf restlichen Sicherheitsleute nicht bewegten. Mit gezogenen Waffen standen sie verteilt im Raum und verständigten sich mit Blicken sowie Handzeichen. Ihr Funk schien ausgefallen zu sein. *Sie warten auf meinen Befehl. Oder warum zögern sie?* »Welches Labor?«

»Wir verfolgten einige Ihrer Mitarbeiter, die von Spionagemissionen zurückkehrten, Mister Takahashi. Andere wiederum griffen wir ab und verhörten sie. Jene, die Sie gewiss intern als vermisst führen. Was wir dabei erfuhren, stimmte uns zuversichtlich. Das nennt man wohl Vorsehung.« Mandevilles Freundlichkeit wich Millimeter um Millimeter aus seinen Zügen. »Wir haben hier ungefähr einhundert Geiseln, Sir. Alle zehn Sekunden werde ich eine hinrichten, sollten Sie und Ihre Leute sich verweigern, uns zu helfen. Alternativ kann ich Sie, Mister Takahashi, in der stiftungseigenen Sauna zu einer Mumie dörren. Danach gehorchen Sie meiner Herrin und werden alles tun, was sie verlangt.« Er zog einen altertümlichen Revolver aus dem Hosenbund des Smokings und setzte ihn Yūki auf den Oberkörper, genau dort, wo sich das Herz befand. »Ihre Wahl, Sir?«

Yūki zweifelte kaum an dem, was Mandeville über das Mikrofon verkündet hatte. Seit er für die Stiftung arbeitete, schloss er das Undenkbare nicht mehr aus. *Unmöglich kann ich das Wissen diesen Kreaturen überlassen!* Lieber gab er sein Leben zum Schutz der Erkenntnisse, die Kadoguchi besaß. Seines und das der Geiseln. »Schießen S…–«

»Halt«, rief Professor Nikitin und bahnte sich einen Weg durch die Menge. »Ich verrate Ihnen, wie man dorthin gelangt.« Seine Tochter folgte ihm und versuchte, ihn aufzuhalten. »Ich habe eine Zugangskarte. Aber richten Sie keine Unschuldigen hin.«

»Sie werden nichts dergleichen tun«, herrschte Yūki den Professor vom Podest herab an.

»Ich muss! Ich kann diese Menschen nicht sterben lassen«, widersprach der Russe. »Wir finden eine Lösung. Sie haben doch gehört, dass Mutemhat nur ihre Ruhe zurückhaben will.«

»Wie naiv sind Sie, Professor?« Yūki warf einen Blick auf den grinsenden Captain neben sich. »Sie werden keinen freilassen. Wir wissen nicht einmal, was diese Zombies –«

»*By Jove!* Da widerspreche ich aufs Schärfste, mein Bester«, hakte Mandeville ein. »Wir sind keine schnöden Zombies. Wir sind Unsterbliche, wenn auch gegen unseren Willen. *Well,* wir brockten es uns selbst ein.« Der Captain deutete eine Verbeugung in Richtung des Professors an. »Wir haben einen Mann der Wissenschaft mit Anstand. Professor Nikitin, Sie arbeiten an Lithos, habe ich recht?«

»Ja, Sir.«

»Sehr gut. Sie werden damit zweifach der Mann der Stunde.« Mandeville zeigte auf einen abtrennbaren Bereich des Saales. »Bitte, verehrte *Ladies and Gentlemen,* begeben Sie sich alle dort hinüber, und setzen Sie sich auf den Boden. Meine Leute werden Sie bewachen. Solange es nach dem Willen von Mutemhat geht, geschieht Ihnen nichts. Darauf gebe ich Ihnen mein Wort als Offizier Ihrer Majestät.«

Verschüchtert bewegten sich die Menschen auf ihr Gefängnis zu und setzten sich auf den Boden. Selbst die fünf Sicherheitsleute folgten den Anweisungen, weil sie wohl einsahen, dass sie gegen lebendige Mumien nichts auszurichten hatten.

Keiner will so wie die Kollegen enden. Ich kann es ihnen nicht verdenken. Eine letzte Möglichkeit gab es noch, die Situation herumzuwerfen. »Computer, Notfallprotokoll –«, setzte Yūki an, um das Schlimmste zu verhindern.

Mandeville hielt ihm blitzschnell den Mund mit einer solchen Kraft zu, dass er sich nicht dagegen zu wehren vermochte. »Sie haben Ihre Wahl getroffen, Mister Takahashi. Das akzeptiere ich.« Er feuerte seinen Revolver einmal ab und sandte die Kugel schräg durch den Solarplexus.

Yūki Takahashi hörte den zweiten Knall und fiel auf das Podest, kippte vornüber und stürzte auf den Boden.

»Wenn Sie Ihre Lider das nächste Mal heben, Sir«, vernahm er undeutlich die Stimme des Captains, »stehen Sie da drüben. Zwischen den Mönchen. Und sind einer von uns.«

* * *

Milana blieb an der Seite ihres Vaters, der durch das 46. Stockwerk marschierte, um Archibald Mandeville und seinen drei Leuten den Eingang in das Labor zu zeigen, damit den hundert Geiseln nichts geschah. Die Mumie schritt in ihrem wunderschönen weißen Gewand hinter ihnen und behielt sie im Blick, der Überwurf aus Goldfäden schleifte leise über den Boden. Die vier untoten Mönche bewachten unterdessen die gefangenen Gäste in der Halle.

»Batjuschka, was geht hier vor? Was ist in Cadarache passiert, dass du nicht mehr in Frankreich bist?«, raunte Milana. »Und was forschst du für Kadoguchi?«

»An einem hypervelocitären Axialdetonator.«

»Was?«

»Ein Scherz, Mila. Entschuldige. Du siehst es gleich. Mister Takahashi und die Stiftung retteten mir das Leben. Ich schulde es ihnen. Und der gesamten Menschheit«, gab er leise zurück. »Wichtig ist, dass den Geiseln nichts geschieht.« Er blieb vor einer unscheinbaren Tür stehen, in der neben dem Magnetkartenlesegerät einen Retinascanner eingebaut war. »Ich kann nicht zulassen, dass es in einem Blutbad endet. Und wir sahen, wozu diese Leute fähig sind.«

»Was immer das ist: Takahashi hat die Toten aus den Gräbern und nach Tokio gelockt.« Milana musterte den Captain und seine drei Begleiter, die in ihren Smokings wie vollkommen lebendige Geheimagenten wirkten. »Das kann nicht gut sein.«

Niemals hätte sie Mandevilles Worten geglaubt, aber die Beweise waren stichhaltig: die Mumie einer ägyptischen Priesterin, die ihnen im Nacken saß, und vier vertrocknete japanische Mönche, die sich schneller als jeder MMA-Kämpfer bewegten. *Was für eine Scheiße. Ich verstehe nichts von den Vorgängen hier.* Sie hätte bei der Einladung zur Veranstaltung misstrauisch werden müssen, anstatt sich geschmeichelt zu fühlen.

»Miss Nikitin, wir sind keine Toten. Wir sind unsterblich«, verbesserte Mandeville, dem der Unterschied sehr wichtig zu sein schien. »Wollen Sie auch unsterblich sein? Ihre Schönheit behalten? Leben und lernen und Dinge erreichen, ohne dass Ihnen dabei die Zeit unter den Händen zerrinnt?«

Milana fand den Gedanken nicht einen Wimpernschlag lang interessant. »Die Nachteile überwiegen.« Sie blickte über die Schulter zur schreitenden Mutemhat. »Zum Beispiel der Sklave einer vertrockneten Priesterin zu sein.«

»Es ist nur eine Phase. Das Stadium wird bald überwunden sein.« Mandeville lachte, und seine drei Freunde stimmten in die Heiterkeit mit ein. »Aber unter uns, Miss Nikitin: Ich bin froh, wenn ich mein müdes Haupt zur ewigen Ruhe betten darf. Ich habe alles gelernt, was ich lernen wollte. Sprachen, Wissen, Dinge, die man tun und lassen kann. Mehr als hundertvierzig Jahre geben viele Möglichkeiten.«

»Sie werden zu Staub zerfallen, wenn diese Mumie den Fluch von Ihnen nimmt, oder?« Milana sah ihrem Vater dabei zu, wie er die Tür öffnete und vorweg ging. Die Truppe folgte ihm. »Was bringt Ihnen dann Ihr Wissen?«

»Sie gehen von falschen Voraussetzungen aus.« Mandeville schenkte ihr ein verzeihendes Lächeln. »Wie ich schon sagte: Die Unsterblichkeit hat für mich ihren Zweck erfüllt.«

Sergej gab den Zugang in eine Schleuse frei, vor der ein größeres Stahlschott gesetzt war. Erneut kamen Magnetkarte und Scanner zum Einsatz, und der Eingang in ein leeres

Kontrollzentrum öffnete sich, von der weitere Türen abgingen. Breite Glasflächen mit dicken Scheiben erlaubten den Durchblick durch alle Räumlichkeiten. Was ihr Vater für die Stiftung tat, war für die Anwesenden ersichtlich.

»Da sind wir.« Er ging vorweg und schaltete die Lichter im Raum und den angrenzenden verlassenen Laboren ein.

Milana bestaunte die Vorrichtungen ringsherum, die für sie nicht nach Kernenergie aussahen. Gestänge ragten aus Wänden, Laservorrichtungen, Scanner, Messgeräte, ein Sammelsurium aus Bekanntem und weit mehr Unbekanntem. Es erinnerte sie an die undefinierbaren Wissenschaftseinrichtungen aus Science-Fiction-Serien. *Sie könnten alles Mögliche erforschen.* »Batjuschka, was geschieht an diesem Ort?«

Sergej blieb ihr die Antwort schuldig.

Mutemhat schritt an ihnen vorbei, Mandeville und die drei Briten neigten andeutungsweise ihre Häupter. Die wachen, grün glimmenden Augen richteten sich auf den schwarzen Stein, der an eine aufrecht stehende polierte Grabplatte erinnerte. Eingespannt in mehrere Halterungen ragte der Monolith auf, gelegentlich huschte ein Flirren und Schimmern über die plane, glatte Oberfläche. Die Messinstrumente um ihn herum waren ausgeschaltet. Wie riesige blinde Augen glotzten sie auf das Objekt und die Menschen jenseits des Glases im Kontrollzentrum.

»Die Steine aus der Sonne«, murmelte die Priesterin abwesend und legte eine knöchrige Hand gegen die dicke Scheibe, die sie von dem Artefakt trennte. »Sie haben sie verschmolzen. Zu einem!«

Mandeville gab seinen Freunden die Anweisung, sich genauestens umzuschauen. »Das muss Lithos sein, Gebieterin. Hätte nicht gedacht, dass es so groß ist.«

Milana beobachtete die vier Briten beim Durchsuchen des Raumes. Sie gingen routiniert vor. *Das tun sie nicht zum ersten Mal.*

»Sie haben die Steine aus der Sonne verschmolzen!«, brach es wütend aus Mutemhat heraus, als erfasse sie nun erst die Tragweite. »Öffnet die Kammer für mich! Ich will sehen, was zu retten ist.«

Sergej zögerte. »Es kann gefährlich sein. Außerdem weiß ich nicht, was Sie vorhaben. Sie wollten Zugang haben, und den gewährte ich Ihnen. Jetzt lassen Sie die Geiseln frei.«

»Öffne, Gelehrter!« Die Priesterin hob die Peitsche und zeigte damit auf Milana. »Soll deine Tochter ihre Haut wie ein zerfetztes blutiges Kleid tragen?«

Milana zuckte zusammen. »Batjuschka, nein. Sie wird ...«

Die Peitsche schoss viel zu schnell heran, als dass sie ausweichen konnte. Die langen vierkantigen Riemen mit den Knötchen darin rissen den Stoff ihres Designerkleides auf und zogen zwei blutige Striemen in die weiße Haut.

Milana schrie auf und hielt sich die getroffene Stelle. »*Suka!*«

»Ich spreche jede Sprache dieser Erde. Und für deine Beleidigung wirst du deinen Arm verlieren.« Mutemhat holte zum zweiten Schlag aus. »Es sei denn, ich stehe gleich vor diesem Artefakt.«

»Nein, halt!« Sergej tippte auf die Konsole ein, und ein weiteres Stahlschott schwenkte auf. Der Eingang zu Lithos war frei. »Bitte. Aber –«

Mutemhat schlug dennoch zu.

Die Enden pfiffen heran und zerfetzten das Kleid am Bein, hinterließen fünf rote Striemen. Milana riss es die Füße weg, sie stürzte neben ihrem Vater auf den sauberen Boden und schrie auf. Rote Spritzer verteilten sich auf der Konsole und auf den Kacheln.

»Genieße die Pein. Ich hätte dir das Bein abschlagen können, Sterbliche.« Die Priesterin wandte sich um und trat in die Kammer mit dem schwarzen Stein. »Solltest du mir noch einmal widersprechen oder deine Zunge nicht hüten, tue ich es.«

Milana starrte sie hasserfüllt an und biss die Zähne fest zusammen, einerseits vor Schmerz, andererseits um die Beschimpfungen zurückzuhalten. *Sobald ich einen Flammenwerfer gefunden habe, lasse ich das Weib brennen!*

»Captain, schauen Sie sich das an!« Ein Adjutant deutete auf das Whiteboard an der rechten Wand, an dem vergilbte Zeichnungen hingen, manche detailliert, andere grob und versehen mit handschriftlichen Anmerkungen, einige Sprengzeichnungen. Es ging um eine Tür, die aus verschiedenen Komponenten bestand und an der sich Schieberegler befanden. »Das sind Baupläne.«

»Her zu mir.« Mandeville warf Milana einen warnenden Blick zu. »Seien Sie froh, Miss Nikitin. Und glauben Sie besser, was die Gebieterin Ihnen versprach.«

Sergej nahm einen Verbandskasten aus der Wandhalterung und beugte sich zu ihr, desinfizierte die tiefen Kratzer mit einem Spray. »Tut mir leid, Mila.«

»Was will die Stiftung damit, Batjuschka?« Milana presste die Lippen zusammen, als er die brennenden Wunden abtupfte. »In was bist du hineingeraten? Warum bist du aus Frankreich weg? Sag es mir endlich, damit ich diesen Horror verstehe!«

»PrimeCon hat die Kontrolle in Cadarache übernommen. Mit dem Reaktor, an dem ich arbeitete, unternahmen sie illegale Versuche.« Er nickte zum Labor, wo sich Lithos erhob. »*Das* wollten sie der Menschheit vorenthalten.«

»Was kann dieses Ding, Batjuschka?« Milana stand mit seiner Hilfe auf, und gemeinsam sahen sie durch die Panzerglasscheibe zu Mutemhat, die Lithos umkreiste, bedächtig und langsam, eine Hand auf die schwarzsilbrige Oberfläche gelegt, als streichelte sie es.

»Zu viel, um es in wenigen Sätzen erklären zu können. Aber das Artefakt bedeutet: unendliche Energie«, sprach Sergej begeistert, wie es nur Wissenschaftler vermochten, die für ein Projekt brannten. »Lithos ist die Lösung, was elektrische Ressourcen angeht. Es werden noch einige Untersuchungen nötig sein, aber dieses Konstrukt erschafft Strom. Aus sich selbst heraus! Es liegt an den Particulae, aus dem es besteht.«

Milana verstand nichts von dem, was aus dem Mund ihres aufgekratzten Vaters sprudelte, nur dass es eine sehr große Sache war, für die Konzerne und eine uralte ägyptische Priesterin zu töten bereit waren. Es klang wie eine Art magische Batterie.

»Was soll das? Wer sind Sie?«, erklang unvermittelt eine Stimme hinter ihr. Das Englisch war furchtbar, aber verständlich. »Wer hat hier das Sagen? Wo ist dieser Japaner, der mich entführt hat?«

Milana und Sergej wandten sich dem älteren Mann zu, der in einem weißen Overall steckte, die Hände und Fußgelenke in Fesseln wie bei einem Schwerverbrecher. Er war um die siebzig, das Bäuchlein wölbte sich unter dem Stoff, und sein grauer Bart reichte bis über die Kehle. Einer von Mandevilles Freunden brachte ihn herein.

»Hey! Finger weg von meinen Plänen!«, herrschte der Mann die Plünderer an. »Die gehen Sie nichts an!«

»Captain, ich habe den Gefangenen gefunden«, sagte der Engländer. »Das ist Mister Wilhelm Pastinak, der Schreinermeister aus Deutschland.« Er zeigte auf die Zeichnungen am Whiteboard. »Die sind von ihm. Stand auf dem Dossier, das wir in der Ablage neben der Tür zur Zelle fanden.«

»Ah, der Experte für die Particulae und die Mastertür!« Mandeville klatschte einmal laut in die Hände. »*Splendid!* Die Gebieterin wird begeistert sein.«

»Finger weg, sagte ich!« Pastinak wollte zum Whiteboard stürmen, doch der Brite hinderte ihn, indem er ihm die Hand gegen die Brust legte und ihn auf Abstand hielt, als wöge der kräftige, betagte Mann nichts. »Lassen Sie mich los!«, tobte er. »Wo ist der Japaner? Ich will sofort mit ihm sprechen!«

»Mister Takahashi ist tot«, erklärte Mandeville und stellte sich, seine Leute und die Priesterin vor, die im angrenzenden Laboratorium Runde um Runde drehte und leise dabei redete. »Sie sehen vor sich die aktuellen Befehlshaber des Stockwerkes 46.«

»Zur Hölle mit Ihnen! Sie wissen nicht, was Sie anrichten! Genau wie dieser Japaner.« Pastinak blickte aufgebracht zu Milana und Sergej. »Und Sie beide? Was haben Sie damit zu tun?«

Bevor Milana etwas erwidern konnte, drang Mutemhats Stimme aus dem Raum. »Mandeville! Komm zu mir und bringe die Gefangenen mit. Und eine Weltkarte.«

»Eine Weltkarte?« Der Captain sah sich suchend um. »Keine da.« Auf einem Computer rief er eine Darstellung der Erde auf, die er auf dem großformatigen Drucker anfertigen ließ. »Strong, du bringst die Karte gleich nach.« Er scheuchte Milana, Sergej und Pastinak in die Forschungskammer. »Vernehmen wir die Worte der Gebieterin. Ich bin gespannt, was sie vorhat.«

»Und ich bin neugierig, was sie mit Lithos tut.« Im Vorbeigehen schaltete Sergej die Messinstrumente ein. Niemand hielt ihn auf. Die Module fuhren hoch, die blinden Monitoraugen erwachten zum Leben und zeigten Diagramme, Werte und für Laien unverständliche Muster mit Symbolen und Zahlen.

Milana war froh, dass die ersten Schmerzen in Bein und Schulter nachließen, humpelte neben ihren Vater und überlegte, was sie unternehmen könnte. Schon nach wenigen Sekunden in dem angrenzenden Raum kam sie zu dem frustrierenden Schluss: nichts. Ihre Widersacher waren zu stark, zu schnell und ihr in allen Belangen überlegen.

Mutemhat hatte eine Hand auf Lithos gelegt. »Sie haben

aus vielen kleinen Particulae einen großen erschaffen. Seine Energie ist unglaublich! Es sind einige sehr alte Steine aus der Sonne darunter.« Ihr Gesicht wirkte zufrieden. »Lasst uns herausfinden, wie ich sie nutzen kann.«

Sie schloss die vertrockneten lederartigen Lider und murmelte etwas in einer längst vergessenen Sprache. Abrupt schimmerte das Konstrukt silbrig. Die einzelnen Fragmente wurden sichtbar und zeigten, wie sich Lithos aus den Stückchen zusammensetzte.

»Halt!«, warnte Sergej entsetzt. »Was machen Sie da? Dazu benötigt man …«

»… göttliche Macht«, ergänzte die Priesterin und lachte leise. »Unser Fund ändert alles, Captain. Es gibt *neue* Pläne. Sobald ich meine fehlenden Steine zurückhabe und mein Sarkophag seine Ursprünglichkeit erhalten hat, gehen wir sie an.«

»Ich verstehe das nicht.« Pastinak steckte die Hände in die Taschen des weißen Overalls. »Was soll ich bei diesem Schauspiel? Ich habe damit nichts zu tun. Gebt mir die Pläne, und –«

»Doch, Sterblicher. Nach allem, was ich hörte, kennst du dich mit den Steinen aus der Sonne aus«, verbesserte ihn Mutemhat. »Drei ganz bestimmte fehlen mir noch. Sie gehören in den Deckel meines Sarkophags, und ich will sie in meinem Besitz wissen.«

»Dir helfen? Einen feuchten Dreck werde ich tun«, gab der Schreinermeister zurück.

»Du wirst mit Mandeville und seinen Freunden aufbrechen und ihnen helfen, meine Particulae aufzuspüren«, befahl die Priesterin. »Solltest du dich weigern, Sterblicher, töte ich sämtliche Geiseln.«

»Welche Geiseln?« Pastinak blickte fragend zu Milana und Sergej. »Was redet sie?«

»Sie haben etwa hundert Leute in der Halle festgesetzt«, erläuterte Milana. Sie hoffte, dass er einlenkte, um nicht auf der Stelle von der Peitsche in zwei Hälften geschlagen zu werden.

»Oh.« Der Schreinermeister erbleichte. »Das sind … sehr viele Leben.«

»Die ich alle auslösche, wenn du mich hintergehen willst.« Die Priesterin richtete ihre grünen Augen auf die Menschen. »Ihr habt keine Ahnung, was mir Lithos ermöglicht.«

Strong brachte die zwei mal ein Meter große Weltkarte herein. Unvermittelt glitt sie aus seinen Fingern und rollte sich in der Luft schwebend auseinander. Erneut murmelte Mutemhat Unverständliches, die Fingerspitzen der rechten Hand auf den Ausdruck gerichtet.

»Was meinte sie mit den drei Steinen?« Pastinak verfolgte wie Milana und Sergej, was sich auf der Karte tat.

»Es fehlen drei, die aus dem Sarkophag stammen und von denen wir nicht wissen, was mit ihnen geschah. Wir haben die Steine damals herausgebrochen, um sie zu verkaufen, und Mutemhats Fluch ausgelöst. Mehr berichte ich Ihnen später, sofern es Sie interessiert.« Mandeville beobachtete ebenfalls das fahnengroße, schwebende Papier. »Die Steine können überall sein.«

Milana hatte akzeptiert, dass Dinge geschahen, die sich mit irdischen Regeln nicht erklären ließen. Lebendige Mumien, zur Unsterblichkeit verfluchte Briten, eine auferstandene Priesterin, die über extreme Kräfte verfügte. *Das bedeutet nicht, dass ich aufgebe.* Sie malte sich aus, wie sie Mutemhat mit einem Flammenwerfer abfackelte.

»Gibt es so etwas wie einen Selbstzerstörungsmechanismus für das Laboratorium, Batjuschka?«, raunte sie ihrem Vater zu. »Irgendeine Ablenkung, damit wir entkommen und die Geiseln befreien können?«

»Nein. So dämlich ist die Stiftung nicht. Oder ich weiß nichts davon.« Sergej ergriff ihre Hand. »Außerdem könnte ich es nicht. Lithos ist zu wertvoll.«

Das kann auch nur ein Wissenschaftler sagen! Milana unterdrückte das Aufbrausen. »Wertvoller als unser Leben?«

»Als das Leben von Tausenden und Hunderttausenden«, gab er zurück. »Es ist der Schlüssel zur Zukunft.«

»Es dient einer Mumie als Energielieferant«, widersprach sie mit Bestimmtheit. »Mutemhat klang nicht so, als würde sie mit ihrem Spiel aufhören, sobald sie ihre drei fehlenden Steine erhalten hat.«

»Lithos darf nichts geschehen.« Sergej blickte ihr fest in die Augen. »Und wenn es mich das Leben kostet: Ich muss es erforschen. Seine Funktionsweise verstehen. Die Particulae ergründen. Wir stehen buchstäblich vor einem neuen Zeitalter!« Er nickte zur Priesterin. »Sie kann mir hilfreich sein. Sie … tut etwas damit, was wir vorher durch Bestrahlung und Teilchenbeschießung nicht erreichten. Die Werte, die ich auf den Displays und Monitoren sehe, sind einmalig.«

»Aber das neue Zeitalter wird von der Vergangenheit kontrolliert! Sie ist … Hunderte, wenn nicht sogar Tausende Jahre alt.« Milana ließ ihre Blicke unauffällig schweifen. Vier Leute, ein Entkommen wäre schwierig. *Ohne Batjuschka niemals.* Sie waren nicht immer einer Meinung gewesen, vor allem, was die Trennung von ihrem Mann und ihrem Sohn anging. Aber ihren Vater in den Händen der Untoten zu wissen, bräche ihr das Herz. *Dann eine andere Lösung.* »Batjuschka, kannst du Lithos nicht … irgendwas tun lassen? Bestrahlen, um eine Reaktion auszulösen?«

Ihr Vater deutete lediglich nach vorne.

Auf der schwebenden Karte flammten goldene Zeichen auf. Rätselhafte Rasterstriche wurden sichtbar, die in sämtliche Richtungen huschten, bis sie sich auf drei unterschiedliche Areale konzentrierten.

»Die Gebieterin sucht mit der Kraft von Lithos nach den Particulae«, raunte Mandeville beeindruckt. »Seht euch das an, Gentlemen! Wir sind in Sekunden unserem Ziel und unserer Erlösung näher.«

Dass sich die Pläne der Mumie änderten, verdrängt er anscheinend. Milana sah, dass sich goldene Punkte an drei verschiedenen Stellen auf der Karte einprägten; daneben wurden Hieroglyphen sichtbar, offenkundig Beschreibungen, wo genau zu suchen war. Ein leichter Brandgeruch stieg in ihre Nase.

»Gentlemen, was sehen Sie? Wohin verschlägt es uns?« Mandeville legte die Hände auf den Rücken und reckte das Kinn. »Das Grobe reicht mir auf die Entfernung.«

»Russland, irgendwo in Sibirien, Sir.«

»Südamerika, schätzungsweise Venezuela, Captain.«

»Und das gute alte Indien, Kameraden. Ist das Goa?«

Mandeville wippte auf den Zehenspitzen. »*Well, well!* Das ist ein schönes Rennen um die Welt, Gentlemen. Phileas Fogg wird stolz auf uns sein.« Er wandte sich an Pastinak. »Waren Sie schon mal in diesen Ländern, Sir?«

»Nein.« Pastinak kreuzte die Arme vor der Brust, das Bäuchlein diente als Stütze. »Das dauert doch Tage, bis wir überall gewesen sind. Zwei Wochen und mehr, oder? Wollen Sie die Geiseln diese lange Zeit festhalten?«

Mutemhat lachte, ließ die Karte sich zusammenrollen und in Mandevilles Hand gleiten.

Das Lachen jagte Milana Angst ein. Große Angst.

* * *

»Niemand kann den Schleier wegziehen, den die Vorsehung gewiß mit tiefer Weisheit über das Jenseits gezogen.«

Wilhelm von Humboldt: Briefe an eine Freundin, Brief vom 25. Dezember 1825

KAPITEL III

JAPAN, TOKIO, FRÜHHERBST

Laetitia scharte ihre Leute um sich, die wie sie Uniformen der Sicherheitsabteilung des Gebäudes trugen. Gemeinsam saßen sie etwas abseits der Geiselgruppe. Die Waffen hatte man ihnen nicht abgenommen. Die Angreifer vertrauten auf ihre Unzerstörbarkeit und Überlegenheit, die sie grausamst zur Schau gestellt hatten. Der abgerissene Arm und die drei getöteten Wachmänner lagen dort, wo sie gestorben waren.

»Wir warten ab«, schärfte Laetitia den zwei Frauen und zwei Männern ein, die unter ihrem Kommando standen. »Solange die Lage unklar ist, beobachten wir.«

Sie erntete erleichtertes Nicken.

Innerlich kochte sie vor Wut. Alles war geplant und vorbereitet gewesen, die falschen Einladungen an Milana und Anton verschickt, um sie vor Ort als Druckmittel gegen Nikitin und Pastinak verwenden zu können. Die Falle war perfekt gewesen. Sie hatte die fette Beute bereits gesehen, von Lithos bis zu den Plänen der Mastertür und einem Sack voller Particulae. *Dann das!*

»Mach dir keine Vorwürfe. Wir haben nichts übersehen«, sagte Gunnar neben ihr. »Diese Priesterin tauchte in keinem Dossier auf. In keinem, was wir von Nótt abgreifen konnten.«

Laetitia tröstete das nicht. *Ich will meine Beute. Ich hab zu hart dafür gearbeitet, um sie mir stehlen zu lassen. Es geht um Großes!* Sie dachte nach.

»Was macht man gegen Mumien?«, fragte sie in die Runde.

Gunnar nahm andeutungsweise sein Feuerzeug zur Hand.

»Sie sind trocken. Ich nehme an, sie brennen wie Zunder, wenn wir nahe genug herankommen, um sie anzuzünden.«

Die übrige Truppe nickte.

Das wird sich arrangieren lassen.

»Bleiben noch Mandeville und seine drei Freunde. Sie sind nicht vertrocknet.« Doch sollten sie ebenso kugelsicher sein wie die Mönche, war der offene Kampf aussichtslos. Erneut versuchte sie, mit dem Smartphone Kontakt zur Außenwelt herzustellen. Die Zentrale sollte Unterstützung senden. *Am besten Flammenwerfer.* »Nichts. Ein Störsender vielleicht.«

»Oder die Macht der Priesterin.« Gunnar sah dorthin, wo die kleine Prozession vorhin verschwunden war. »Wir sind auf uns alleine gestellt.«

»Richtig.« Laetitia betrachtete die übrigen Geiseln, die verschüchtert zusammensaßen, einige weinten leise. *Gut betucht und zu ängstlich, um Widerstand zu wagen.* »Was denkt ihr, wie viele Trottel wir dazu bewegen könnten, einen Aufstand zu Ablenkung anzuzetteln?«

Gunnar schüttelte langsam den Kopf. »Wenn zehn Prozent in der Lage sind, sich zu wehren, wäre es viel. Und seit der Sauerei mit den Wachleuten wird der Widerstandswille gering sein.«

Dann zurück zum ersten Plan. Wir brauchen etwas, was große Flammen erzeugt. Laetitia musterte die Auswahl an Spirituosen am Büfett. »Molotowcocktails?«

»Machbar. Aber sie werden uns nicht einfach so basteln lassen.« Gunnar zückte sein Messer und schnitt heimlich vom herabhängenden Tischtuch Streifen ab, um den Zünder zu rollen, der in die Flaschenhälse gehörte. Die anderen bildeten mit ihren Körpern einen Sichtschutz, damit die Mumienmönche nicht aufmerksam wurden.

»Da sind wir wieder bei der Ablenkung.« Laetitia überlegte, wie viele ihrer eigenen Leute sie bei einer Finte opfern konnte. *Keinen einzigen.* »Wir müssen schnell sein. Bereitet mehrere Pfropfen vor«, wies sie an. »Sobald sich eine Gelegenheit ergibt, schlagen wir los.«

»Bleibt es danach bei unserem Plan?« Gunnar formte die Stränge aus Leinen rasch und sicher.

»Ich fürchte, wir werden improvisieren müssen, sobald wir die Gegner ausgeschaltet haben.« Sie bereitete Kurznachrichten auf ihrem Smartphone vor, die sich von selbst abschickten, sowie es Empfang bekäme. »Der Hubschrauber wird kreisen und sich zur Landung auf dem Dach bereithalten. Aber nicht länger als eine Stunde.«

Gunnar wirkte skeptisch. »Sollen wir es verschieben? Wir könnten in den Tagen danach einen nach dem anderen –«

»Nein«, unterbrach ihn Laetitia harsch. »Tokio wird durch die Vorgänge aufgescheucht sein, sobald sich abzeichnet, was geschehen ist.« Sie betrachtete die vier untoten Mönche. »Ich denke nicht, dass sie die Geiseln am Leben lassen, und bei einhundert hochrangigen Mordopfern werden sämtliche Geheimdienste dieser Erde wissen wollen, was geschehen ist.«

»Ganz meine Meinung«, stimmte ihr Kollege Reginald zu. »Wir haben nur diesen einen Versuch. Es geht um das Arkus-Projekt! Wenn nicht jetzt, wann dann?«

Gunnar sah das offenbar anders.

»Das wird auch einige von uns das Leben kosten, das ist euch klar?«, sprach er in die Runde. Niemand machte Anstalten, etwas zu erwidern. »Schön. Dann seid ihr euch einig.«

Bis auf dich. Laetitia nahm es ihm nicht übel. Gunnar war ein guter Mann, er konnte von ihr aus gern überleben. Es zählte einzig das Arkus-Projekt.

Sie rollte einen weiteren Stoffzünder. »Halten wir uns bereit.«

* * *

Anton saß zwischen den Geiseln und verstand nicht, wie er in diese Lage geraten war. Er verstand nicht einmal, wie seit mehr als hundert Jahren tote Mönche lebendig wurden und Menschen Gliedmaßen abrissen oder Schädel einschlugen, als bedürfe es keinerlei Anstrengung.

Ich bilde mir das alles nicht ein. Die Erkenntnis machte es nicht besser.

Ihm gingen die Worte seines Ausbilders durch den Kopf. Er hatte immer von seiner Tür erzählen wollen, mit der man so vieles tun konnte. Von Kraftfeldern und Dimensionen, von Particulae und Zeitreisen, von geheimen Logen und Türmachern hatte der betagte Mann gefaselt, der einige Monate im Jahr damit verbrachte, durch die Gegend zu reisen und Meteoriten zu jagen. Weil er sie für sein letztes Konstrukt brauchte, das Anton fertigstellen sollte.

Ich habe es stets als Unfug abgetan. Umso verwunderlicher war es für Anton, dass die Unbekannten von genau solchen Dingen gesprochen hatten, als sie ihn, mit Milana und ihrem Vater in der Mitte, passiert hatten. Mandeville, Mutemhat und die Übrigen redeten über diese Particulae. Die Steine aus der Sonne, wie die Untote sie nannte.

Wilhelm hatte recht gehabt. Für Anton war es ein Schock, und das nicht nur wegen des Anblicks der mumifizierten Mönche und ihren Gräueltaten. Was sich in der Kadoguchi-Stiftung abspielte, hätte sich in ähnlicher Form wohl ebenso in Annweiler abspielen können, im kleinen beschaulichen Dorf unterhalb der Burg Trifels.

Und dann wären Kathrin und die Kinder auch zu Schaden gekommen. Sein Mund war ausgetrocknet, bedingt durch die Nervosität und die Aufregung. Anton langte neben sich und nahm eine Flasche Wasser vom Tresen. *Wenigstens sind sie in Sicherheit.*

Die Aufpasser mit den ausgemergelten Totenkopfgesichtern hinderten ihn nicht am Trunk. Sie standen in einer Linie vor den Geiseln und unterbanden, dass einer von ihnen zum Ausgang gelangte. Frisches Blut von den abgeschlachteten Wachleuten haftete auf den orangefarbenen Roben, tropfte von knöchernen Fingern auf den Boden.

Anton trank in langen Schlucken und hörte die leisen Gespräche um sich herum. Die meisten Geiseln litten Angst und konnten nicht glauben, was sich abspielte. *Wie ich.* Untote hatte es bislang lediglich in Filmen gegeben.

Eine Wagemutige drei Meter entfernt schmiedete mit zwei weiteren Fluchtpläne: wie man aus der Halle entkam und einen Alarm auslöste, um auf sich aufmerksam zu machen. Nicht ein Smartphone hatte Empfang. Noch blieb es bei Ideen, die Wächter wirkten zu einschüchternd.

Anton sah verstörte und verheulte Gesichter, Angst und Schock. *Ich will es nur überleben und zu meiner Familie.*

Die Tür zum Korridor öffnete sich. Mandeville kam mit seinen Leuten und der Priesterin aus dem Forschungskomplex zurück. Und sie brachten jemanden mit.

Das kann doch nicht sein! Anton wollte seinen Augen nicht trauen, als er den neuen Begleiter zwischen ihnen erkannte. »Wilhelm?«, brach es aus ihm heraus, und er stand vor Verwunderung auf. »Was …?«

Sein Ausbilder, den sie in einen weißen Overall gesteckt hatten, zuckte zusammen und blickte sich um, entdeckte seinen einstigen Schüler und erbleichte. »Anton? Wieso bist du hier?«

Mandeville ließ die Truppe anhalten. »Die Gentlemen kennen sich?« Er bedeutete Anton, näher heranzukommen. »Sir, hätten Sie die Güte? Wer sind Sie und warum hat man Sie eingeladen?«

Anton trat auf die Gruppe zu und blieb auf ein Zeichen des Captains stehen. »Ich war mal Schüler von Herrn Pastinak. Es geht um eine neue Inneneinrichtung für die Räumlichkeiten der Stiftung.«

»*Well, well!* Teilen Sie alles Wissen?«, erkundigte sich Mandeville lauernd. »Sind Sie ebenso eine Koryphäe in Sachen Türen und Particulae, Sir? Mister Takahashi wird Sie kaum wegen eines Raumteilers nach Tokio haben fliegen lassen.«

»Er weiß nichts«, warf Wilhelm ein. »Ich wollte es ihm sagen, aber er glaubte mir nicht.«

»Ist das so, Mister …?«

»Gärtner. Anton Gärtner.« Sein Name stand sowieso auf der Empfangsliste. »Ja, es stimmt. Ich hielt das alles für Unsinn.« Entschuldigend sah er zu seinem Ausbilder. »Es tut mir leid. Jetzt sehe ich, wie recht du hattest.«

»Schön, Mister Gärtner. Dann sind Sie nicht von Nutzen für uns. Auch wenn ich nicht ganz glaube, was Sie mir weismachen wollen.« Mandeville entließ ihn mit einem Wink. »Setzen Sie sich zu den Geiseln und warten Sie ab.«

»Nein.« Anton konnte Wilhelm unmöglich im Stich lassen. Dafür verdankte er dem Mann zu viel, angefangen bei seinen Fähigkeiten bei der Holzbearbeitung bis hin zu seinem Unternehmen. Wilhelm hatte es Anton überschrieben, einfach so, ohne eine Gegenleistung zu verlangen. Wegen seines riesigen Talents. »Ich komme mit.«

»*By jove!* Wir haben einen Helden unter uns.« Der Captain lachte auf. »Sie wissen doch gar nicht, was wir mit dem Mann vorhaben! Wenn wir ihn nun exekutieren wollten, gingen Sie mit ihm in den Tod?«

»Anton, nein! Denke an deine Familie!«, herrschte ihn Wilhelm an. »Ich muss das alleine tun.«

Natürlich dachte Anton an seine Familie, aber seine Entschlossenheit wuchs. *Ich kann mir vorstellen, was sie von ihm wollen.* Er wusste um die schlechten Augen und die zitternden Finger seines alten Meisters. *Unter diesen Bedingungen schafft er es nicht alleine.* »Ich werde dir helfen, diese Tür zu bauen. Du hast gesagt, dass du die Feinheiten –«

»Es geht nicht um die Tür«, unterbrach ihn Mandeville. »Aber schön zu hören, dass Sie doch mehr wissen, als Sie vorgaben, Sir.« Er bedeutete einem seiner Begleiter, Anton in den Forschungsbereich zu bringen. »*Splendid!* Damit gehören Sie zu unseren VIPs. Leisten Sie Professor Nikitin und seiner Tochter Gesellschaft. Studieren Sie die Konstruktionspläne und fangen Sie an. Wir beschaffen Ihnen alles, was Sie benötigen. Sogar Ihre süße Familie, von der die Rede war. Die Pläne haben wir gescannt, wir sind auf dem gleichen Stand wie Sie.«

»Wohin bringen sie dich?« Anton widersetzte sich dem Griff seines Wächters, doch dessen Finger gruben sich mit der Macht einer Hydraulikpresse in seinen Arm, sodass der Knochen schmerzte.

»Tu, was man dir befiehlt, Sterblicher.« Mutemhat holte mit der Peitsche aus. »Noch ein Wort, und ich teile deinen Schädel längs und quer!« Sie kniete sich langsam neben den toten Takahashi und legte ihm die Hand auf sein Gesicht. »Seht her«, rief sie und schreckte die Gefangenen auf. »Erhebt euch und seht her. Damit ihr begreift, was ich vermag und wie groß meine Macht ist, zeige ich sie euch.« Beschwörende Worte drangen über ihre spröden, graubräunlichen Lippen.

Der Japaner verdorrte unter ihrer mystischen Kraft innerhalb von Sekunden. Das Fleisch schwand, die fahl werdende Haut spannte sich über die Knochen. Ein leises, leidendes Ächzen drang aus seinem eingefallenen Mund, das lauter wurde und Anton einen eisigen Schauder bescherte.

Takahashis mumifizierter Leib zuckte einmal und erhob sich auf einen Wink der Priesterin hin. »Gebieterin«, raunte er reibend und raschelnd. »Wie lautet dein Befehl?«

Mandeville lachte. »Sagte ich es nicht? Wenn er nochmals die Lider hebt, gehört er zu uns.«

Mutemhat stand auf und baute sich vor den Geiseln auf,

der ausgestreckte Arm mit der Peitsche wanderte im Halbkreis über die Köpfe. Die Menschen fielen auf die Knie, wichen rutschend vor ihr zurück, gelegentlich erklangen unterdrücktes Weinen und Wimmern. »Nun wisst ihr, was euch blüht, solltet ihr mir nicht gehorchen: Ihr werdet zu einem von vielen in meiner Armee der Auferstandenen. Ohne eigenen Willen; ein Sklave meines Willens und meiner Worte.« Sie überreichte dem überraschten Captain den Krummstab, den sie am Gürtel trug. »Nimm den Heqa mit dir. Ich brauche ihn nicht länger, um die Toten zu Mumien zu machen. Die Macht der gebündelten Particulae von Lithos vollbrachte ein erstes Wunder an mir. Du wirst ihn vielleicht benötigen, um dir unterwegs Verbündete zu erschaffen. Du kennst die Formeln, die nötig sind.«

»Gebieterin, ich danke dir!« Mandeville verbeugte sich und steckte den Krummstab ehrfurchtsvoll ein. »Vergib mir, dass ich frage: Du willst Lithos nicht mehr in seine Stücke auflösen, um mit den Steinen …?«

Mutemhat hob die Hand und brachte ihren Untergebenen zum Schweigen. »Darüber sprechen wir, wenn du von deiner Mission zurückgekehrt bist. Aber ich glaube« – sie betrachtete ihre klauenhafte Hand, mit der sie aus einer Leiche einen Gefolgsmann machte –, »Lithos vermag die Kräfte, die mir Amun-Ra vermachte, um ein nicht vorstellbares Maß zu vervielfachen.« Sie lachte einmal auf. »Die Steine aus der Sonne, vereint zu einem!«

In Antons Kopf baute sich ein Bild auf. Er sah die Ägypterin die Toten dieser Welt, ganz gleich, wie alt sie waren, zu Mumien machen und sie unter ihren Befehl stellen. *Oh, Gott! Will sie das tun?*

Mutemhat richtete ihre grünen Augen drohend auf Anton, als hätte sie seine Gedanken empfangen. »Und du, Tischler, mach dich an deine Aufgabe. Oder tritt meiner Streitkraft bei. Mitsamt deiner Familie.« Sie reckte ihm die aufgerichtete klauenhafte Hand entgegen. »So oder so wirst du den Auftrag erfüllen.«

»Tu, was sie von dir verlangen«, rief Wilhelm beschwörend. »Ich bin bald zurück.«

Mandeville wandte sich an Takahashi. »Rufen Sie uns einen Hubschrauber, der uns auf dem Dach einsammelt. Damit sind wir schneller unterwegs.« Anton wurde weggezogen, bevor er sich von Wilhelm verabschieden konnte. »Auf, auf! Sibirien erwartet uns!«

Unvermittelt erklang ein dunkles Schwirren, und etwas Brennendes wirbelte an Anton vorbei, um an einem der mumifizierten Mönche zu zerschellen.

Sofort tropfte entflammter Alkohol auf den Boden und loderte um die Robe sowie den dehydrierten Körper der Mumie. Ein Molotowcocktail hatte die Kreatur getroffen und zu einer umhertorkelnden, um sich schlagenden Fackel gemacht. Gegen die Wirkung der Lohe war der Mönch machtlos. Schwarzer Rauch stieg auf und sammelte sich an der Decke.

Weitere Flaschen flogen aus den Reihen der Geiseln auf die Angreifer. Panik brach bei den Gefangenen aus, die Menschen suchten Deckung unter Tischen oder hinter Säulen. Noch bevor der Brandalarm ausgelöst wurde, zückte Takahashi sein Smartphone und gab mit vertrockneten Fingern eine rasche Tastenkombination ein.

Er hat die Melder ausgeschaltet. Anton duckte sich, als weitere Brandgeschosse flogen und die drei übrigen Mönche trafen.

Mutemhat wurde knapp verfehlt und sprang mit einem hellen Schrei in Deckung.

Wir können flüchten! »Los! Wir müssen –«

Anton wurde vom Briten losgelassen und bekam einen Fausthieb gegen das Kinn, der ihn zu Boden sandte. Sein Kiefer fühlte sich gebrochen an, er konnte nicht sprechen.

Blut und Zahnstückchen waren in seinem Mund, er spuckte beides in einem schleimigen Klumpen aus. *Scheiße.* Benommen schaute er sich um.

Das unentwegte Knallen stammte von den Waffen der fünf Sicherheitsleute, die sich zum Aufstand entschlossen hatten. Während einer die Flaschengalerie mit den Spirituosen plünderte und einen Molotowcocktail nach dem anderen schleuderte, setzten die übrigen vier zum Angriff an.

Sie bewegen sich wie … Soldaten. Anton lag auf den Fliesen und sammelte sich, verfolgte dabei, was sich in der Halle tat.

Die abgefeuerten Kugeln drangen in die brennenden Schädel und Oberkörper der vier Mönche ein, flammende Fragmente flogen umher. Gemeinsam mit dem Feuer richteten die Projektile irreparable Schäden bei den Mumien an, die blind umherirrten. Zwei brachen zusammen, knisternd stiegen Funken auf.

»Macht sie fertig!« Die Anführerin der Sicherheitsleute war eine dunkelblonde Frau, die einen brennenden Molotowcocktail zugeworfen bekam, den sie fing und ohne Verzögerung gegen die nächste Mumie schleuderte. Klirrend barst das Glas, flüssiges Feuer loderte um den vorletzten Mönchsuntoten.

»Schützt die Gebieterin!« Mandeville hatte seinen altertümlichen Revolver gezogen und richtete ihn auf den Pulk der Gegner, der erste Unterstützung aus den Reihen der Geiseln bekam. Ein halbes Dutzend Gäste erhoben sich und schlossen sich dem Aufstand an, weitere folgten ihnen und griffen sich, was als Waffe taugte. »Feuert auf den Kerl, der die Brandsätze baut!«

Die vier Briten agierten als eingespieltes Team, standen dicht nebeneinander und schossen ununterbrochen auf jeglichen Widerstand, der sich ihnen näherte. Dass sie dabei selbst mehrmals getroffen wurden, kümmerte sie offenbar nicht. Mit jedem Knall der Revolver fiel ein Widersacher, bis die Revolution blutig niedergeschlagen war.

Anton zog sich hinter eine Säule und blieb außerhalb der Sichtweite von Mandeville und der Priesterin. »Mein Gott«, murmelte er und betrachtete die zwei Dutzend Toten, niedergestreckt von präzisen Schüssen.

Es klingelte und klirrte, Hülsen fielen aus Trommeln und sprangen über den Boden, die leeren Kammern wurden von den vier Soldaten mittels Schnelllader gefüllt. Wilhelm stand hinter ihnen; er hatte zu Antons immenser Erleichterung nichts abbekommen.

Vor der Bar verging ein toter Securitymann im Alkoholfeuer, das eigentlich den Untoten gegolten hatte, als eine Kugel das fertige Brandgeschoss zerstörte und den Mann Feuer fangen ließ. Die Flämmchen tanzten über Haare und Kleidung, die verkohlte Haut zog sich zusammen und platzte.

Die weniger mutigen Gäste lagen flach auf dem Boden, zwei waren auf dem Weg zum Aufzug erschossen worden.

Anton blieb in seinem Versteck und kämpfte gegen den Würgereiz an. *Ich muss Wilhelm retten.*

»Ihr elenden Sterblichen!«, schallte Mutemhats wütende Stimme durch den hohen Raum. Sie trat aus ihrer Deckung und schwang die Peitsche, ließ die neun langen Enden knallen. »Das ist meine letzte Warnung an euch: Wollt ihr am Leben bleiben, dann verhaltet euch ruhig.« Sie streckte die freie Hand aus und hielt die Fingerspitzen auf die Erschossenen gerichtet. Wie von unsichtbaren Hitzestrahlen getroffen, dörrten sie aus und wurden zu vertrockneten Leichnamen, die sich langsam nacheinander erhoben. »Dies sind eure Wächter. Die vertrauten Gesichter mögen euch Warnung sein, nicht den kleinsten Versuch zur Flucht zu unternehmen. Ich lasse euch von ihnen zerreißen! Es wird kein zweites Leben geben wie bei ihnen.«

Die mehr als zwanzig Mumien betrachteten schwankend

ihre Gliedmaßen und versuchten zu verstehen, was vor sich ging.

»Captain, brich auf«, befahl die Priesterin. »Ich bin in guten Händen.«

»Wie du wünschst, Gebieterin.« Mandeville schob Wilhelm an und steuerte ihn zum Aufzug. »Wir beeilen uns.«

Ich muss ihnen nach. Anton rutschte um die Säule herum und kroch unter den Tischen entlang, nutzte die herabhängenden Stoffbahnen als Sichtschutz. Er wollte seinen betagten Meister nicht in den Händen der Unsterblichen lassen. Heldentum wider Willen, so nannte man wohl, was er gerade tat. Gelegentlich ließ einem das Leben keine andere Wahl.

Anton schaffte es, bis zum Fahrstuhl zu kriechen, ohne von den Mumien bemerkt zu werden. *Und nun?* Nutzte er den Lift, würden die Gegner durch die Geräusche, das Öffnen und Schließen aufmerksam. Bäuchlings glitt er um den Eingang herum und suchte nach einem Zeichen für Stufen. *Notausgang. Da ist es!*

Angespannt und voller Angst drückte er die gekennzeichnete Tür zum Treppenhaus auf und schlich hinaus.

Der befürchtete Alarm blieb aus.

Anton richtete sich auf, um gleich danach die Stiegen hinaufzurennen. *Hubschrauber. Sie sagten Hubschrauber,* dachte er. *Wie komme ich in die Maschine?*

Nach zwei Stockwerken gab er das Laufen auf, seine Beine schmerzten, und ihm kroch unentwegt das Essen aus dem Magen empor. Er begab sich zurück in den Korridor und drückte den Rufknopf für den Lift. *Gewagt, doch anders schaffe ich es nicht.*

Die Kabine rauschte heran und öffnete sich gehorsam.

Überrascht schaute Anton auf die dunkelblonde Frau im Anzug der Gebäudesicherheit; aus dem rechten Ärmel sickerte Blut und tropfte auf den schmutzigen Boden. *Die Anführerin der Sicherheitstruppe! Und sie ist nicht mumifiziert.*

»Rein mit Ihnen«, befahl sie, prüfte das Magazin ihrer Halbautomatik und nahm eine Hightech-Maschinenpistole aus ihrer schwarzen Umhängetasche. »Wir haben das gleiche Ziel, nehme ich an?«

Mit ihr kann ich Wilhelm retten! Anton betrat die Kabine, und die Türen schlossen sich.

* * *

DEUTSCHLAND, FRANKFURT AM MAIN, FRÜHHERBST

Egon Liebner hatte sofort gewusst, dass seine Hackerfreundin Suna nicht Opfer einer Beziehungstat geworden war.

Sunas Ex-Freund war ein Idiot, ein Stalker, ein riesiges Arschloch, aber er hätte sich niemals eine Pistole besorgt. Dafür besaß er weder die Kontakte noch die Eier. Er würde keine Anzeige wegen Verstoß gegen das Waffengesetz riskieren.

Außerdem war da die Sache mit dem ausgesetzten Kopfgeld auf Nótt.

Egon saß im Außenbereich des Cafés auf der Freßgass, in dem Suna gerne ihre Zeit verbracht hatte. Im Gegensatz zu ihr trug der füllige Neunzehnjährige keine Pseudo-Broke-Uniform, sondern weite Sportlersachen und Pseudo-Protz-Rapperschmuck, mit IT-Symbolen an den Goldketten. Das war sein Markenzeichen und seine Form des Protests.

Wie Suna ging er über das geschlossene WLAN des Cafés ins Netz, das leicht zu hacken gewesen war. Mit den entsprechenden Programmen und ein bisschen Geduld war das meiste machbar. Nach der Aktivierung von EXODUS hatte er Zugriff auf sämtliche Tools, die Suna sonst nutzte. Das war

Teil ihrer Absprache, die sie vor anderthalb Jahren getroffen hatten. Es wäre ihm lieber gewesen, das Protokoll nicht aufzurufen, aber die Abmachung musste eingehalten werden.

Mehrmals hatten die verschiedenen Medien über die ungeheuerlichen Vorgänge im Zentrum der Stadt berichtet. Die Ermittler waren sehr schnell vom Einfachsten ausgegangen: Typ lauert Ex auf, Kampf, Drama, Schießerei, beide tot. Noch mehr Drama.

Niemals. Egon hatte einen Sinn für Details, und der sagte: Das Pad seiner Freundin fehlte.

Längst hatte er das Ortungssystem angeschaltet, aber das Gerät sendete nicht mehr, trotz des EXODUS-Protokolls. Das bedeutete, dass es zerstört war.

Egon fand jedoch auf Sunas Schattenserver Einladungen an Anton Gärtner und Milana Nikitin, die vor dem Ende des Pads versandt worden waren. Und zwar etwa zum Zeitpunkt von Sunas Tod. *Als hätte sie fröhlich Einladungen versandt, während ihr Scheiß-Ex sie bedrohte.*

Egon hatte nach Gärtner und Nikitin recherchiert. Die Personen gehörten zum Umfeld eines Wissenschaftlers und eines Schreinermeisters.

Wieso hat der Mörder Interesse daran, die beiden an einen Ort zu bekommen? Egon hackte sich in Gärtners Firmendatenbank und griff die Log-ins ab, trackte dessen Smartphone und folgte der Spur.

Lokalisiert wurde es in einem nagelneuen Tokioter Hochhaus, in dem verschiedenste Firmen ihren Sitz hatten. Unter anderem die Kadoguchi-Stiftung, für die Suna gearbeitet hatte.

Dass der eigene Auftraggeber seine Top-Hackerin umbringen ließ, schloss Egon aus. Via EXODUS hatte er bereits herausgefunden, woran Suna gewerkelt, gesucht und geforscht hatte. Seit einer Woche sichtete er die Ergebnisse von Sunas Hacking-Attacken und Server-Raids.

Egon und Suna hatten vereinbart, dass im Falle eines gewaltsamen Todes des anderen der Überlebende Zugriff auf sämtliche Hacking-Programme und den gesamten Wissensstand des Verstorbenen erhielt, damit die Erkenntnisse nicht verloren gingen.

»Du warst so scheiße gut«, murmelte Egon beeindruckt und rückte seine trendige Brille auf dem Nasenrücken zurecht. Suna hatte sich in Rechnerfarmen gesneakt, die von Geheimdiensten genutzt wurden, manchmal mit solch einer Raffinesse, dass es für Egon kaum nachvollziehbar war.

Unvermittelt meldete sich der verloren geglaubte Tabletcomputer. *Haben die etwa das Gerät mitgenommen? Was für Trottel!* Gut für Egon, schlecht für die Schuldigen.

Er bestellte sich einen weiteren Kurkuma-Latte, als das gestohlene Pad eine aktuelle Unterhaltung streamte.

»… die Spinner unbedingt aufhalten«, sagte eine Frau. Es klackte dabei metallisch wie vom Spannen einer Waffe.

»Und wie wollen Sie das machen?« Die zweite Stimme war die eines Mannes. »Ich helfe Ihnen. Wilhelm war mein Ausbilder und ein sehr guter Freund. Ich darf nicht zulassen, dass ihm etwas zustößt.«

Das muss Anton Gärtner sein. Egon schloss aus den Geräuschen im Hintergrund, dass Anton und die Frau gemeinsam in einem Fahrstuhl fuhren. Der Schreiner wusste nicht, wen er vor sich hatte, und sie spielte ihm anscheinend etwas vor.

Egon ließ sich anzeigen, ob das Pad ein zweites Smartphone in der Nähe erkannte, und verband sich nach anfänglichen Problemen damit, hetzte die üblichen Hackprogramme gegen die Schutzeinrichtungen des Fremdgeräts.

»Ich habe meinem Team Bescheid gesagt«, sagte die Frau. Sollten sie mit einem Hubschrauber entkommen, wartet unsere Maschine bereits. Wir lassen sie nicht entkommen, Herr Gärtner.«

Anton, Alter, du steckst so in Schwierigkeiten. Während Egon zuhörte, sichtete er in aller Hast und im Schnelldurchlauf die wenigen Kameraaufzeichnungen, die ihm das Pad dank EXODUS-Protokoll sandte. Offenbar war es schon länger repariert, hatte aber überwiegend in einer Tasche gesteckt. Zweimal war es kurz herausgeholt worden, und die Linse hatte Tote, feuernde Gewehre und aufschreiende Menschen eingefangen. *Ach du Scheiße! Fuck! Was haben die im Hochhaus gemacht? Die Hard nachgespielt?*

»Ich habe so etwas noch nie erlebt.« Anton klang niedergeschmettert. »Untote! Mumien! Dass es so etwas gibt!«

»Wem sagen Sie das, Herr Gärtner.« Die Frauenstimme war fest und unerschüttert.

»Geben Sie mir die Pistole?«

»Können Sie damit umgehen?«

»Nein.«

»Dann behalte ich sie lieber, Herr Gärtner. Sie bleiben hinter mir. Ich trage eine Schutzweste. Folgen Sie meinen Anweisungen, sobald wir aus dem Lift steigen.«

Du meine Scheiße. Der arme Schreiner. Egon lehnte sich zurück und schloss die Augen, lauschte dem Hörspiel.

Die Kabine hielt an, die Türen glitten auseinander, und das einsetzende Rauschen von Wind und wirbelnden Rotorblättern schluckte jeglichen Dialog.

Geduldig saß Egon in der warmen Sommersonne und wartete.

Rauschen, Surren, ein lautes Rascheln, bis das Summen und Schwirren leiser wurde.

Das zweite Smartphone war geknackt, und Egon checkte den Inhalt. Offenbar hieß die Frau Laetitia und arbeitete fest mit einem Typen namens Gunnar zusammen. Mit den Personendaten recherchierte Egon weiter, und es ergab sich ein interessantes Bild: Beide waren früher regulären Berufen nachgegangen – sie als Konditorin, er als Fernfahrer – und hatten vor zehn Jahren schlagartig gekündigt. Danach tauchten sie nirgendwo mehr auf, und das machte sie für Egon doppelt verdächtig.

»... zu folgen«, erklang Laetitias wütende Stimme. »Los, hoch mit dem Ding und hinterher!«

»Ist das so einfach zu machen?«, rief Anton gegen das Wummern des Antriebs.

»Halb so schwer. Solange sie ihren Transponder angeschaltet haben, finden wir sie überall. Sie fliegen nach Süden. Ich nehme an, dass Takahashi ihnen einen Jet auf dem Flughafen Narita bereitstellen ließ.«

»Verdammt«, erwiderte Anton.

»Ich habe meinen Leuten Bescheid gesagt. Wir haben auch einen Flieger chartern können und sind dran, Herr Gärtner. Wir regeln das ohne Polizei. Das würde zu viel Aufsehen erwecken. Ich meine, wir beide haben die Unsterblichen gesehen.«

»Gut. Dann bin ich erleichtert.«

Unsterbliche? Das auch noch. Nachdem es mehrmals raschelte, als rieben Stoff oder Finger am Mikrofon, öffnete Egon die Augen und warf einen Blick auf den Monitor. *Habe ich ein Bild?*

Laetitias Gesicht war groß zu sehen, sie tippte auf dem Pad. Zu ihrer Rechten saß ein Riese, vermutlich Gunnar, links Anton. Sie trugen weder Kopfhörer noch Funkgeräte, weswegen sie laut sprachen. »Meine Auftraggeber bringen die Sache unter Kontrolle. Deswegen wurden wir angeheuert, Herr Gärtner. Ein zweites Team wird zum Itsh-Tower geschickt und hält sich bereit.«

Egon sah auf seinem unterteilten Bildschirm, was sie geschrieben hatte: eine Nachricht in einem vermeintlichen sicheren Chatroom, in der sie um mehr Leute bat. Dann verstaute sie das Pad in der Tasche, Bild und Ton endeten.

Aber ich habe eure Handys. Egon schaute zufrieden auf die

Statusmeldungen. *Die einfachsten und effektivsten Wanzen der Welt.*

Leider war es im Hubschrauber zu laut, und die Geräte steckten in den Taschen. Vorerst endete das Live-Unterhaltungsprogramm.

»Ich kann warten«, sagte er leise und führte die Kurkuma-Latte zum Mund. *Warten und Vorbereitungen treffen.*

* * *

JAPAN, TOKIO, FRÜHHERBST

Milana saß im bequemen Bürostuhl des leeren Kontrollraumes und beobachtete ihren Vater durch die dicke Scheibe, wie er im Schutzanzug um Lithos marschierte und es dabei mit Messsonden beklebte; zwischendurch prüfte er die Anzeigen auf den Geräten und Monitoren. *Als wäre es ein Tag wie jeder andere für ihn.*

Ihr sollte die Aufgabe zukommen, die Aggregate samt Steuercomputer hochzufahren und nach den Angaben ihres Vaters zu bedienen. Die Hilfswissenschaftlerinnen, die ihm sonst zur Hand gingen, arbeiteten heute nicht, und die Priesterin hatte darauf bestanden, dass die Untersuchungen umgehend fortgeführt wurden.

Milana drückte auf den Rufknopf, der die Lautsprecher im Laboratorium aktivierte. »Du denkst, ich kann das, Batjuschka?«

»Natürlich. Ich sage dir schon, was du in welcher Reihenfolge machst. Jedes Äffchen könnte das, Mila.«

»Das war nicht schmeichelhaft.« Sie prüfte den Sitz der Verbände, die Schmerzen hatten nachgelassen. Vermutlich blieben Narben.

Sergej lachte, was durch die Außenlautsprecher des Anzugs und die Übertragung durch Mikrofone verzerrt und unwirklich klang. »Ich nehme das *Äffchen* zurück.«

»Ist schon gut. Dann hast du eben ein Äffchen zur Tochter.« Milana grinste ihn durch die Scheibe an.

Abgeschirmt von der Außenwelt und ohne jeglichen Kontakt zu den Geiseln, konnte sie fast vergessen, unter welchen Umständen die Zusammenarbeit mit ihrem Vater stattfand. Es war das erste Mal, dass sie aktiv an einem seiner Experimente teilnahm. *Um den Willen einer Mumie zu erfüllen, die auf unerklärliche Weise zum Leben erwacht ist.*

Sergej arbeitete schnell und sicher. Er verband weitere Sonden mit dem Monolith, in dem eine unsichtbare Energie gespeichert war, die eine Leistung von mehreren Atomkraftwerken ersetzen konnte. Konstant. So lautete seine These.

PrimeCon hatte die aufgestöberten Particulae mit hohem Aufwand verbacken und dabei extrem viel Glück gehabt, wie Sergej mehrmals betonte. Bei dem Vorgang hätte ebenso eine Explosion stattfinden können, die mit jedem Stein, der ins Konglomerat eingefügt wurde, stärker ausfiel. Die Wucht der Detonation hätte die Kraft von mehreren Hiroshimas gehabt.

Der Gedanke gefiel Milana nicht. *Der Monolith ist unsicherer als ein Atomkraftwerk.* »Du bist sicher, dass nichts schiefgehen kann, wenn du deine Versuche anstellst, Batjuschka?«

»Zu neunzig Prozent«, erwiderte er wahrheitsgemäß. »Es ist experimentell. Niemand vor mir arbeitete mit solch einem Material.« Er drehte sich zu ihr und schenkte ihr ein väterliches Lächeln, wie sie es schon lange nicht mehr gesehen hatte. »Ich werde doch nicht die Mutter meines Enkels in die Luft jagen! Was denkst du denn von mir?« Mit der Rechten tippte er sich auf das Handgelenk. »Noch zehn Minuten, dann kann es losgehen.«

»Das Äffchen ist bereit.« Milana sah eine Bewegung aus dem Augenwinkel.

Die Tür zum Kontrollraum öffnete sich.

Mutemhat trat herein, wie stets mit einer Hoheitlichkeit, wie es nicht einmal britische Royals hinbekamen. Jeder Schritt, jeder Blick, jeder Gestus degradierte die Menschen in ihrer Umgebung zu einem Stück wertlosen Fleisch, über das sie nach Belieben verfügte.

Milana dachte trotz der übergroßen Autorität nicht daran, sich unterwürfig zu verhalten. Sie war Russin, keine Ägypterin. Stattdessen tat sie beschäftigt, als justierte sie die Regler und Touchdisplays.

»Warum laufen die Untersuchungen nicht?«, wollte Mutemhat wissen. Die Schleppe aus Goldfäden schleifte leise, die Federn auf ihrem Kopfputz raschelten kaum hörbar.

»Weil die Vorbereitungen noch andauern.« Milana sah nicht auf. Womöglich auch aus Angst vor der Kreatur. *Untote Mumien.* Dass die grünen Augen der halb vertrockneten und aufgelösten Priesterin lebendig und grausam schimmerten, verschlimmerte die Ungeheuerlichkeit.

»Du liebst deinen Vater, Sterbliche.« Der Tonfall wechselte in eine unbestimmbare, gefährliche Milde.

Gib ihr nichts, was sie gegen dich verwenden wird. »Tut das nicht jedes Kind?«

»So sollte es sein.« Mutemhat näherte sich Milanas Stuhl und blickte durch das dicke Sicherheitsglas. Der Geruch von altem Fleisch, Weihrauch und ranzigem Öl drängte in Milanas Nase. »Sag mir: Was denkst du, wie meine Pläne lauten? Für den Lithos und für euch? Für die ganze Welt?«

Milana wusste nicht, wohin sich das Gespräch entwickelte. *Spiel mit. Dann wird sie nicht sauer.* »Es geht schon lange nicht mehr darum, die verlorenen Steine für den Sarkophag zu finden und den Fluch von Mandeville und seinen Freunden zu lösen.«

»Das ist richtig, Sterbliche.« Mutemhat legte eine Hand an den Griff der tödlichen Peitsche. »Es wird eine Zeit anbrechen, in der ich mich zur Herrscherin aufschwinge. Dank Lithos und den Steinen aus der Sonne. Niemals hätte ich mir das erträumt!«

»Weltherrschaft. Das ist originell.« *Ich sollte nicht sarkastisch sein. Reize sie nicht.* Milana hatte keine Vorstellung, wie viel die Priesterin in den letzten hundert Jahren über die Geschichte der Erde gelernt hatte. »Ich meine, das wollen doch alle.«

»Zu meinen Lebzeiten wollten Pharaoninnen und Pharaonen die damals bekannte Welt beherrschen. Macht. Ihren eigenen Kult. Bewunderung. Reichtümer und Ruhm.« Mutemhat legte eine Hand auf Milanas Schulter, die unter der Berührung erschauderte. Warm, trocken und kräftig ruhten die untoten Finger auf ihr. »Aber das ist das falsche Ziel.«

»Und was ist deines?«

»Der wahre Glaube.« Mutemhat richtete sich stolz auf. »Amun-Ra gab mir die Kraft, ein Leben nach dem Tode führen zu können. Welcher Gott, zu dem die Menschen in diesem Jahrtausend beten, vermag dies zu vollbringen? Ich kann mir Mumiendiener erschaffen, und ich verleihe Unsterblichkeit, wie ich es bei Mandeville, Strong und ihren Frevlern tat.« Die Priesterin zeigte mit der Peitsche zum schwarz-metallischen Stein. »Als mir Lithos begegnete, wusste ich: Damit erreiche ich die Menschen! Damit öffne ich ihnen die Augen über die falschen Glauben. Christen, Juden, Moslems, Hindus, Buddhisten – die Strömungen haben eines gemeinsam: Sie führen zu *nichts*. Ich aber biete wahres ewiges Leben und bin die Mittlerin zwischen Amun-Ra und den Menschen.«

Das war in der Tat ein neuer Ansatz für die Weltherrschaft. Kein reiner Glaube, sondern echte Wunder, gewirkt von einer Priesterin, so oft sie wollte. »Du wirst dir Feinde machen, von denen du keine Ahnung hast. Die katholische Kirche oder der Islam –«

»Ich kenne sie alle«, unterbrach Mutemhat sie herablassend. »Die Menschen werden ihnen in Scharen davonlaufen, sehen sie erst meine Wunder.« Sie beugte sich zu Milana herab, der Druck ihrer Hand auf der Schulter nahm zu, und auch der strenge Geruch von altem Leib und Ölen intensivierte sich. »Was tun die Sterblichen, sobald sich die Mumien der ganzen Welt erheben, ganz gleich, wo sie sich befinden? Erwachsene, Kinder, sogar Tiere! In Tempeln und Schreinen, in Museen, in den Kirchen und dort, wo sie unentdeckt blieben! Ein mannigfacher Beweis der Macht von Amun-Ra!«

Milana stellte sich vor, wie die Märtyrer in den Glaskästen auferstanden; wie die Mumien in Palermo sich aus den Katakomben befreiten; wie Moorleichen ihr Leben zurückerhielten. »Es wird eine Panik auslösen.«

»Und dann werde ich zur Stelle sein. Um mir mit meinen Gefolgsleuten die Herrschaft über die Erde zu sichern. Lithos gibt mir Kraft, aus jedem eine Mumie zu machen, die hernach meinem Befehl folgen muss.« Mutemhat drehte den Stuhl, sodass Milana sie ansehen musste. »Willst du, dass dein Vater diese neue Epoche lebend übersteht?«

»Natürlich!«

»Und dein Sohn? Deine Freude?«

»Ja.«

»Ja, *was?*«

»Ja, Gebieterin.« Milana sah ihr nicht in die Augen, um sie Rebellion und Wut nicht erkennen zu lassen.

»Das kann ich dir versprechen, Sterbliche. Wenn du einen Auftrag für mich erfüllst.«

Milana konnte nicht anders. »Was soll ich tun?« Vielleicht würde sie auf diese Weise Wege finden, die Macht der Priesterin zu brechen.

»Einige Geiseln sind bei einem Tumult entkommen.« Mutemhat steckte die Peitsche weg und hielt plötzlich ein winziges Particula am Ende eines dünnen Metallstäbchens in der Hand. »Du wirst ihnen folgen. Es geht um Anton Gärtner und einige Leute vom Kadoguchi-Sicherheitsteam. Sie hefteten sich an Mandevilles Fersen. Folge ihnen und schalte sie aus. Sonst gehört dein Vater zu den ersten Opfern der neuen Ära.«

Noch ehe Milana etwas erwidern konnte, griff die Priesterin in ihre blonden Haare und zwang ihren Kopf in den Nacken. Das dünne Stäbchen mit dem Particula fuhr in Milanas Nase. Ein gleißendes Licht flammte vor ihren Augen auf, sie schrie schrill.

Einen Atemzug später verflog die Pein. Sie sah Mutemhat, die an der dicken Scheibe lehnte und Sergej bei seinen Vorbereitungen beobachtete, als sei nichts geschehen.

»Was hast du …?« Milana betastete ihre Nase und fühlte das warme Blut, das aus dem rechten Loch floss. *Sie hat mir diesen Stein in den Kopf gerammt! Scheiße!* Schwindel und Übelkeit machten ihr zu schaffen. Rasch beugte sie sich zur Seite und kotzte in den Abfalleimer.

»Ich verlieh dir das Privileg, ewig leben zu können. Du gehörst von nun an zu meinem Heer, zur Speerspitze meiner Armee.« Mutemhat lächelte grausam. »Wenig wird dir anhaben können, Unsterbliche, doch es mag Situationen geben, in denen du vergehen kannst. Sei nicht zu sorglos mit dir.«

Milana rutschte schwach vom Sitz und plumpste ungelenk neben den Mülleimer, das zerstörte Kleid riss hörbar an weiteren Stellen. *Sie hat es wirklich getan. Wie bei Mandeville.*

»Ich will diesen Stein nicht in mir tragen!«, widersprach sie flüsternd.

»Dafür ist es zu spät. Ich kann ihn dir nehmen, sobald du deine Mission erfolgreich zu Ende brachtest. Vorher nicht.« Mutemhats falsche Freundlichkeit verging. »Solltest du versuchen, ihn dir entfernen zu lassen, sei gewarnt. Nichts anderes als mein Stab ist in der Lage, das Particula aus deinem

Hirn zu lösen, ohne dass es Schaden nimmt.« Mit der Peitsche deutete sie auf das Schott. »Brich auf, Unsterbliche. Bring mir den Schreiner und die anderen. Solltest du versagen, töte ich deinen Vater und suche mir einen neuen Gelehrten, der die Rätsel von Lithos entschlüsselt.«

»Wo … wo soll ich anfangen?« Milana zog sich am Schreibtisch in die Höhe. *Du wirst brennen. Das schwöre ich dir!*

»Spute dich und eile zum Flughafen. Dort kannst du sie noch abfangen.« Mutemhat spielte mit der neunschwänzigen Peitsche, die Riemen mit dem getrockneten Blut surrten leise. »Brauchst du einen anfeuernden Hieb?«

Milana torkelte mehr hinaus, als dass sie ging und winkte ihrem Batjuschka dabei zu, der ihr verwundert nachschaute. »Du wirst ihm erklären, weswegen ich gehe?«

»Das tue ich. Er bekommt ein neues Äffchen, das ihm assistiert.« Die Priesterin lächelte böse. »Du bist zu schade für solch niedrige Dienste. Und nun los.«

Milana eilte den Gang entlang.

Für ihren Vater würde sie alles tun – aber nicht das, was ihr aufgetragen worden war. *Mutemhat muss verschwinden.*

* * *

»Die Vorsehung will versucht werden.
Das ist das Geheimnis jeden Erfolges.«

George Bernard Shaw (1856–1950)

KAPITEL IV

AN EINEM ABGESCHIEDENEN ORT, FRÜHHERBST

»Egon? Wach auf, Egon.«

Egons erster Gedanke beim Klang der fremden Männerstimme war: *Ich schlafe doch gar nicht.* Dann wurde ihm bewusst, dass seine Augen geschlossen waren.

Der Geschmack der Kurkuma-Latte fehlte in seinem Mund, seine Zunge fühlte sich pelzig und geschwollen an. Das Schlucken wollte ihm nicht recht gelingen, und das Öffnen der Lider geschah in Zeitlupe, nur um zu helles Licht in seine Augen zu lassen. Er lag auf einer harten Pritsche.

»Gut. Er ist wieder da«, sagte derselbe Mann und beugte sich in die Helligkeit, sodass es dunkler und angenehmer für Egon wurde. Das Gesicht war ihm fremd, ein knapp Vierzigjähriger mit einem leichten Dreitagebart, der lichte Flecken aufwies. »Wie fühlst du dich?«

»Komisch«, krächzte Egon. *Ist das ein Wachtraum?*

»Was ist das Letzte, an das du dich erinnerst?«

»Bin im Café. In Frankfurt. Und trinke eine Kurkuma-Latte.«

Der Mann nickte aufmunternd. »Das wird schon wieder.«

»Was meinen Sie damit?« Egon wollte sich aufrichten, aber er konnte weder Arme noch Beine noch seinen Oberkörper bewegen.

Der Mann griff über seinen Kopf hinweg und zog an der Kante der Pritsche, die daraufhin in die Senkrechte klappte und Egon aufsetzte, ohne dass er sich dagegen wehren konnte. Ein Brustgurt verhinderte, dass er absackte. Die goldenen Ketten fielen auf die Brust herab. *Wenigstens haben sie mich nicht ausgezogen.* »Das nennt sich partielle Amnesie. Es ist eine Nebenwirkung, die bald verfliegt.«

»Nebenwirkung«, echote Egon und sah sich in dem leeren Raum um, in dem es nichts gab außer dem schwenkbaren Metallbett, einem Wasseranschluss in der Mauer, gekachelte Wände und eine tresorgleiche Ausgangstür. In allen vier Ecken hingen kleine Videokameras, deren Kontrollleuchten grün blinkten. Die Aufzeichnung lief. *Scheiße! Die Kopfgeldtypen haben mich abgegriffen!* »Was ist passiert?«

»Wir haben dich aus dem Café mitgenommen.« Der Mann im schwarz-weißen Anzug beschrieb mit Daumen und Zeigefinger eine umrührende Bewegung. »Die besondere Zutat in deinem Miniongesöff machte dich fügsam. Dann fuhren wir dich ein bisschen durch die Gegend. Bis an diesen Ort.«

»Und was noch?«

»Wie kommst du darauf, dass noch etwas geschah?«

»Weil Sie vorhin so ein Gesicht gemacht haben, als Sie mich fragten, was ich noch wüsste.« Er versuchte, die Hände zu bewegen, aber Lederschnallen hielten sie fest; dabei entdeckte er in seiner linken Armbeuge ein Pflaster und zwei, drei Blutstropfen. »Sie haben mir eine Spritze verpasst!«

»Stimmt, Egon.« Der Mann machte ein paar Schritte rückwärts und steckte die Hände in die Hosentaschen. »Wir haben Spezialisten für so was. Kein Gestochere, sondern gleich mit dem ersten Stich rein in die Vene.«

»Was haben Sie mir gegeben? Wer sind Sie?«, rief Egon aufgeregt.

»Du kannst mich Schmidtchen nennen.«

»Das ist niemals Ihr echter Name.« Egons Benommenheit schwand. *Nein, keine Kopfgeldjäger. Das ist größer.* »Sie sind vom Geheimdienst. BND?«

Schmidtchen grinste. »Da hat aber jemand schnell kombiniert.«

»Sie verstoßen gegen sämtliche Rechte, die ich als Bürger der Bundesrepublik habe!«

»Wer sagt, dass du dich auf deutschem Boden befindest, Egon? Vielleicht bist du auf einer alten Bohrinsel, außerhalb der Dreimeilenzone? Das wäre schlecht, oder?« Schmidtchen lachte vor sich hin. »Und?«

»Was denn?«

»Warum haben wir dich eingesammelt, Egon?«

»Weil Sie was wissen wollen.«

Der Mann deutete mit dem ausgestreckten Zeigefinger auf ihn. »Ausgezeichnet! Wir hätten ein paar Fragen an Suna Levent gehabt alias Nótt. Aber sie ist derzeit nicht zu befragen.« Er klopfte einmal gegen die Tür, die sich auf sein Signal hin öffnete. Ein durchtrainierter Mann, der sein Gesicht hinter einer Sturmhaube verbarg, kam in einem abzeichenlosen schwarzen Overall und mit einer Trinkflasche herein.

»Suna ist tot, Sie Arschloch!«

»Ist sie nicht.«

»Ich war bei ihrer Beerdigung. Und …« Egon sah den geschlossenen Sarg genau vor sich, der auf dem Wägelchen über den Friedhof gerumpelt war. Die Menge an Trauergästen. Die verzweifelten Eltern. Die weinenden Geschwister und Freunde, Bekannte und Nachbarn. »Wir haben sie begraben.«

Schmidtchen schüttelte den Kopf. »Wirklich nicht.«

»Sie verarschen mich.«

Egon bekam das Ende der Trinkflasche zwischen die Lippen geschoben, und der Maskierte drückte fest auf das Behältnis, sodass der Inhalt in seinen Mund sprudelte. Hastig schluckte und hustete er. Es schmeckte nach flüssigem Joghurt, salzig und mit einer leichten Erdbeernote. *Verdünnter Eiweißshake.* Er trank, um nicht zu ersticken.

»Das reicht erst mal. Abwarten, ob er nicht gleich wieder alles rauskotzt.« Schmidtchen begab sich hinter die Pritsche und schob sie auf Rollen vorwärts, durch die Tür in den betongrauen Gang und vor ein schmales Fenster. »So. Bin ich immer noch ein Lügner?«

Egon sah in ein Krankenzimmer, in dem Suna klein und schmächtig zwischen einer Armada lebenserhaltender Maschinen in einem Bett lag. Schläuche, Leitungen, Drainagen, Kabel umgaben sie, als wären sie ein Teil von ihr.

Was die angezeigten Werte besagten, wusste Egon nicht. Aber der Puls von stabilen 62 und dem Blutdruck von 128 zu 80 machten auf ihn einen beruhigenden Eindruck. *Oh, Scheiße, Mann! Das ist sie wirklich!* Sofort überfiel ihn Paranoia. »Das kann eine Puppe sein. Oder eine Doppelgängerin.«

»Warum sollten wir dich täuschen?« Schmidtchen stieß amüsiert die Luft aus. »Nein, das brauchen wir nicht. Ich wollte dir nur zeigen, dass deine Hackerfreundin noch lebt. Ob sie durchkommt, wissen die Ärzte nicht.«

Egon wurde zurück in das karge Zimmer gefahren, als gehörte er zum Inventar. »Wer sind Sie?«

»Nach der Schießerei war die Polizei sehr schnell zur Stelle. Nachdem durchgegeben worden war, um wen es sich handelte, reagierten einige zwischengeschaltete Stellen und griffen Suna Levent ab, um sie zu schützen«, erklärte Schmidtchen.

»Schützen vor was?«

»Dem Kopfgeld. Auf Nótt. Und wir haben einige Fragen zur Cybersicherheit, die sie so brillant knackte. Das ist uns natürlich nicht entgangen.« Schmidtchen wirkte selbstgefällig. »In einigen Angelegenheiten pressiert es ein bisschen, Egon. Und da wir von Suna gerade nichts erfahren können, dachten wir uns, wir fragen dich.«

Egon hätte es nie für möglich gehalten, dass der BND, über den er und Suna sich oft lustig gemacht hatten, dermaßen auf Zack war und die Chuzpe besaß, ihn und seine Freundin zu entführen. Dass er die Angehörigen glauben ließ, sie hätten ihr Kind verloren. Eine theaterreife Show auf dem Friedhof abzog. *Von mir erfahren die Wichser nichts.* »Ich weiß nichts von dem Kram, den sie machte.«

»Was ist mit EXODUS?«

Fuck, woher wissen sie das? Egon sah auf die Einstichstelle am Arm. Anscheinend hatte er geplaudert. Zumindest andeutungsweise. »Ist das nicht was aus der Bibel?«

»Auch. Aber du hast vorhin gesagt, es wäre ein Overwriteprotokoll, mit dem du auf Sunas Sachen zugreifen kannst«, erwiderte Schmidtchen leichthin. »Du redest im Schlaf. Wusstest du das nicht?«

Egon hing gefesselt an der Pritsche und rastete innerlich aus. Nach außen ließ er sich kaum etwas anmerken, um dem Agenten keine Genugtuung zu verschaffen. »Sie können mir viel erzählen. Ich weiß nicht mal, ob Sie vom BND sind.«

»Wenn ich dir meinen Ausweis zeige, möchtest du dann ein bisschen über EXODUS reden?«

Nein, Egon wollte nicht. Nicht mal ein bisschen.

* * *

JAPAN, TOKIO, FRÜHHERBST

Hart setzten die Kufen des Hubschraubers auf dem Asphalt des Flughafens Tokio-Narita auf, keine fünfzig Meter von dem wartenden Jet entfernt.

Laetitia nickte Anton zu und schnallte sich ab, drückte die Schiebetür auf. »Dann raus mit Ihnen, Herr Gärtner. Wir haben Starterlaubnis in zehn Minuten. Sonst müssen wir eine Stunde warten, bis sich das nächste Fenster öffnet.«

Anton war beruhigt, dass seine Verbündete Wort hielt, und verließ sich darauf, dass ein zweites Team die diskrete Geiselbefreiung im Itsh-Tower übernahm. Ohne die Öffentlichkeit aufzuschrecken. Panik nutzte niemandem. *Ich bin froh, dass die Firma, für die sie arbeitet, ihren Schutzauftrag derart ernst nimmt.* »Was ist mit Mandeville? Haben Sie Neuigkeiten?«

»Schon abgeflogen. Aber wir haben seine Flugnummer und können die Maschine verfolgen. Es gibt außerdem legale Überwachungsseiten im Internet, die jeden Flug anhand der Transponder sichtbar machen.«

Sie ging leicht gebückt voraus, gefolgt von Gunnar, der den Kopf tiefer einziehen musste. Anton folgte ihnen.

Gunnar war auf dem Dach zu ihnen gestoßen, er hatte das Chaos ebenso ausgenutzt wie seine Vorgesetzte, um der Gefangenschaft der lebenden Toten zu entkommen. Er und Laetitia wollten Mandeville aufhalten und Wilhelm befreien, während ein größeres Team in Tokio eingriff. Damit verhinderten sie hoffentlich die Pläne, die Mutemhat schmiedete.

Sobald wir Wilhelm haben, sehen wir weiter.

Sie eilten aus dem Rotorenbereich des Hubschraubers und näherten sich der schmalen ausgeklappten Treppe, die in den zweistrahligen Jet führte.

»Was ist, wenn sie den Sender ausschalten?«, fragte Anton.

»Brauchen wir ein kleines Wunder. Sie gaben als Ziel Nowosibirsk an, und ich nehme an, dass sie tatsächlich dorthin wollen. Ich habe unsere Zentrale informiert. Sie senden uns Unterstützung. Herr Gärtner, haben Sie keine Angst. Wir retten Ihren Ausbilder.«

Das war Anton zu viel Annahme und zu wenige Fakten, doch er verspürte wirklich Angst. Es zu leugnen hätte es nicht besser gemacht.

»Müssen wir zwischenlanden?« Anton hatte sich nie gefragt, wie weit die kleinen Jets kamen. *Jede Sekunde ist entscheidend.*

»Der Pilot sagte Nein. Wir haben genug Treibstoff bis nach Nowosibirsk. Und bevor Sie mich fragen: Sollte es nicht die richtige Stadt sein, lassen wir uns was einfallen.« Laetitia wollte noch etwas hinzufügen, als ihr Blick plötzlich an ihm vorbeiging und sie unter das Jackett griff. »Kontakt, ein Uhr.«

Gunnar nahm ein kurzläufiges Schnellfeuergewehr unter dem Mantel heraus und richtete es profimäßig auf den heranbrausenden Wagen der Flugsicherung. »Zwei Leute: ein Mann und eine Frau«, meldete er, was er durch das Visier sah. »Zivilisten, keine Waffen.«

Anton ging aus der Schusslinie und machte sich bereit, die Treppe hinauf ins Flugzeug zu stürmen. *Ich hätte mir die Pistole geben lassen sollen.*

Der Wagen kam mit quietschenden Bremsen zum Halten, und die Beifahrertür schwang auf. Aus den Radkästen drang stinkender Rauch.

»Nicht schießen!« Mit erhobenen Händen stieg Milana Nikitin aus. Sie hatte das Kleid gegen Shirt, Hose und Sneaker getauscht; unter ihrer Nase hafteten Spuren getrockneten Bluts. »Nehmen Sie mich mit!«

»Ich beruhige den Typen, bevor er eine Antiterroreinheit ruft.« Gunnar senkte das Gewehr und ging breit lächelnd auf das Auto zu. Am Fenster wechselte er einige Worte mit dem Fahrer, zeigte ihm seinen Sicherheitsausweis. Der erschrockene Japaner nickte mehrmals und fuhr dann langsam davon.

Anton atmete auf. Die Schießerei blieb aus.

»Freut mich, dass Sie es geschafft haben«, sagte er zu Milana.

»Wir flüchten nicht, wir verfolgen Mandeville und die Geisel«, erklärte Laetitia und ging auf die kleine Treppe zu. »Sie müssen sich ein anderes Lufttaxi nehmen, Miss Nikitin, das Sie aus Tokio bringt. Und ich würde Ihnen empfehlen, nicht zur Polizei zu gehen.«

»Woher wussten Sie, dass wir zum Flughafen wollten?« Gunnar nahm den Finger nicht vom Abzug, obwohl er den Lauf nach unten hielt.

»Ich sagte meinem Taxifahrer, dass er dem Hubschrauber

folgen soll. Mit der Hilfe von anderen Fahrern haben wir die Route nachvollziehen können«, erklärte sie. »Ich wusste, dass Sie etwas Besonderes vorhaben.«

»Woher?« Gunnar blieb misstrauisch.

Verdammt, er hat recht!, dachte Anton. *Wie kann sie es gewusst haben?*

Milana senkte die Arme. »Die Wachen, die Mutemhat abstellte, sprachen darüber. Dass Sie Mandeville nachjagen.« Sie ging langsam auf das Flugzeug zu, hinkte leicht. Auf der Flucht musste sie verletzt worden sein. »Bitte, lassen Sie mich an Bord«, sagte sie drängend. »Es ist zu unser aller Bestem.«

»Weswegen *das* denn?« Laetitia bedeutete Gunnar und Anton, in den Jet zu klettern. »Was könnten Sie zu der Rettungsmission beisteuern?«

»Mein Vater schickte mich Ihnen nach«, erklärte Milana. »Er lenkte die Priesterin ab, damit ich abhauen konnte.« Sie sah eindringlich zwischen ihnen hin und her. »Ich weiß mehr über die Particulae, als Sie ahnen. Ich weiß, worauf zu achten ist.«

»Wie meinen Sie das?«, fragte Anton und machte Gunnar Platz, der sich an ihm vorbeischob und sich beugte, um durch die enge, niedrige Luke zu steigen. *Sollten die Steine tückisch sein, schwebt Wilhelm in doppelter Gefahr.*

»Batjuschka … mein Vater sagte mir, dass es *sehr* alte Steine sind. Sie werden bei falscher Lagerung und Handhabung instabil.« Milana sah zur Maschine. »Eine starke exotherme Reaktion kann die Folge sein. Entweder die Particulae brennen ein Loch in alles, was nicht aus dickem Stahl besteht, oder sie detonieren.«

Anton seufzte. *Als wäre es nicht schlimm genug.* »Und was kann man dagegen tun?«

Milana lächelte. »Mich mitnehmen. Ich weiß, auf was man achten sollte.«

Gunnar streckte seinen Kopf heraus. »Die Pilotin will los.«

Anton machte eine einladende Geste, als hätte er das Sagen. »Kommen Sie, Miss Nikitin. Wir können jeden gebrauchen, der uns davor bewahrt, uns selbst umzubringen.« Mit einem entschuldigenden Blick zu Laetitia fügte er hinzu: »Die Zeit läuft uns davon.«

Die Securitydame nickte widerwillig und schob Anton vorwärts. »Sollte ich den Eindruck haben, dass Sie ein anderes Ziel verfolgen, Miss Nikitin, wird mein Freund Gunnar Sie aus dem Jet werfen. Egal in welcher Höhe.«

Milana verlor für ein, zwei Sekunden die Farbe aus dem Gesicht und humpelte dann als Letzte in den Flieger.

»Willkommen an Bord.« Der asiatische Flugbegleiter schloss routiniert die Lukentreppe, und die Maschine rollte sofort los. Die Pilotin hatte es wirklich eilig. »Gleich nach dem Start bringe ich Erfrischungen, *Ladies and Gentlemen.*«

Die vier Passagiere verteilten sich auf den Sitzen und drehten sie so, dass sie sich gegenübersaßen. Sogleich nahm Laetitia ihr Smartphone zur Hand und prüfte die eingegangenen Nachrichten. Gunnar ließ sich vom Steward einen Verbandskasten bringen.

»Sobald ich meine eigenen Schrammen behandelt habe, schaue ich nach deiner Wunde«, sagte er zu seiner Chefin und zog den Kurzmantel aus; sein Hemd wies einige Risse und Schnitte auf, das Blut trocknete bereits.

»Wie sieht es im Itsh-Tower aus?«, erkundigte sich Anton bei Milana.

»Mutemhat kennt keine Gnade.« Sie nahm sich eine Flasche Wasser, die in der verankerten Box am Tisch stand, öffnete sie und trank hastig. »Sie machte die getöteten Geiseln zu Untoten. Noch mehr Streiter für ihr Heer.«

»Haben Sie in Erfahrung bringen können, was die Priesterin genau plant?«

»Nein.«

»Oder was Ihr Vater für sie machen soll?«

Milana verneinte erneut. »Aber er muss ihr gehorchen, sonst tötet sie weitere Geiseln. Und ihn letztlich auch.« Sie legte eine Hand über die blauen Augen, ihre Schultern bebten leicht. »Wenn wir ihren Willen nicht erfüllen, dann …«

Anton strich ihr beruhigend über den Arm. »Wir tun alles, damit den Menschen nichts geschieht.«

»Und verwandeln diese verdammte antike Hexe zu Asche.« Gunnar hatte die Desinfizierung der verwundeten Stellen abgeschlossen und legte sich einen Verband an, als machte er so was jeden Tag. »Dann ist Ruhe. Sie wird brennen wie Zunder. Vertrocknet genug ist sie.«

»Erst verhindern wir, dass sie Herrn Pastinak durch die halbe Welt schleifen, dann vernichten wir diesen Mandeville samt seiner Truppe und kehren nach Tokio zurück, um Mutemhat in die ewige Ruhe zu schicken«, ergänzte Laetitia die Ausführungen ihres Begleiters. »Falls das unser anderes Team bis dahin noch nicht getan hat.«

»Sie nehmen Ihren Job sehr ernst.« Milana prüfte ebenfalls den Eingang von neuen Nachrichten.

»Mein Boss will es so. Wir hatten den Auftrag, die Veranstaltung zu schützen und für die Sicherheit der Gäste zu sorgen. Noch sind wir nicht entlassen.« Sie erhob sich und ging mit Gunnar einige Reihen weiter, um verdeckt von den Sitzen ihren Oberkörper zu entblößen, damit er ihre Wunde behandeln konnte.

Das wird. Das wird alles. Wilhelm, wir retten dich! Anton spürte das Vibrieren in seiner Tasche und nahm sein Smartphone heraus.

Mitteilungen waren eingegangen. Seine Frau hatte ihm geschrieben, dass die Kinder und sie ihn vermissten. Sie wünschten ihm viel Spaß in Tokio und dass er neue Kontakte knüpfte. »Das kann man wohl so sagen«, murmelte er und scrollte sich durch die Nachrichten.

Dann stutzte Anton und las den Inhalt der letzten Mail

mehrmals. »Haben Sie die gleiche Nachricht bekommen, Miss Nikitin?«, raunte er.

»Sie meinen von Nótt?«

»Ja.«

Sie hielt ihm das Display zum Beweis hin. Es standen die gleichen Worte darauf.

LIEBE MILANA UND LIEBER ANTON,

HOFFENTLICH SEID IHR IN SICHERHEIT UND HALBWEGS IN ORDNUNG? WAR JA GANZ SCHÖNE HEKTIK BEI DEM EMPFANG. IHR SOLLTET BEIDE IM JET SITZEN, DER SICH AUF DEM WEG NACH NOWOSIBIRSK BEFINDET, ZUSAMMEN MIT LAETITIA UND IHREM KUMPEL GUNNAR.

IHR KENNT MICH NICHT, ABER ICH HAB VERSUCHT, DEN PROFESSOR UND DEN ALTEN SCHREINER VOR DEN FALLEN ZU WARNEN, DIE MAN IHNEN GESTELLT HAT. WAR LEIDER ZU SPÄT. JETZT STEHE ICH EIN BISSCHEN IN DEREN SCHULD UND HELFE EUCH, DIESEN TRIP ZU ÜBERLEBEN.

FANGEN WIR MIT DEM GUTEN AN: ICH HABE ZUGRIFF AUF ZIEMLICH ALLES IN EURER UMGEBUNG, AUSSER DIE STEUERUNG DES FLUGZEUGS. MEIN GESCHÄFT IST DAS HACKEN. CYBERCRIME UND DIESER INTERNET- UND SMARTHOME-KACK.

JETZT ZUM SCHLECHTEN: MISS SECURITY ARBEITET ZUSAMMEN MIT IHREM KUMPEL GUNNAR FÜR EINE LOGE, DIE HINTER DEN STEINEN HER IST. ALLES, WAS SIE EUCH ERZÄHLT HAT, ÜBER DIE RETTUNG VON PASTINAK UND SO, IST BULLSHIT. SIE HATTEN EINEN GANZ EIGENEN PLAN, DER DURCH MUTEMHATS AUFTAUCHEN IM ARSCH WAR. DESWEGEN HATTEN SIE EUCH DIE EINLADUNGEN GESCHICKT. IHR STANDET NICHT AUF DER URSPRÜNGLICHEN LISTE DER KADO-

GUCHI-STIFTUNG. ES GING DARUM, EUCH IN DIE FINGER ZU BEKOMMEN!
JETZT VERSUCHT LAETITIA ZU RETTEN, WAS ZU RETTEN IST. UND IHR BEIDE SEID IHRE VERSICHERUNG, WENN SIE DEN PROF UND DEN SCHREINER ERPRESSEN MUSS, UM AN DIE PARTICULAE UND DIE TÜRPLÄNE ZU KOMMEN. UND LITHOS.
UND JETZT WERDET IHR SAGEN: SCHÖNE SCHEISSE.
UND EUCH FRAGEN: FUCK, WAS MACHEN WIR JETZT?
UND DANN SAGE ICH EUCH: RUHE BEWAHREN.
FLIEGT NACH NOWOSIBIRSK, HALTET DIE KÖPFE UNTEN, ABER LASST EUCH VON MISS SECURITY NICHT VERARSCHEN. ICH WERDE NOCH EIN PAAR DATENBANKEN HACKEN UND EUCH MIT INFOS VERSORGEN.
DENKT IMMER DRAN: IHR SEID ERPRESSUNGSMATERIAL, NICHT MEHR. SONST IST ALLES ERSTUNKEN UND ERLOGEN.
CHEERIO UND: BLEIBEN SIE RUHIG, FICKERZ!

»Was halten Sie davon?« Antons Verwirrung stieg beständig. Eben hatte er sich noch gefreut, in Laetitia eine kompetente Verbündete zu haben, schon kehrte sich die Situation um.

»Das erklärt jedenfalls, weswegen sie lebendige Mumien nicht seltsam findet und nicht die Flucht ergreift.« Milana steckte das Handy weg und warf einen Blick über die Sitze zu Gunnar und Laetitia. »Was machen wir mit den Infos?«

»Für uns behalten. Und wachsam sein.« Er streckte ihr die Hand hin. »Ich bin Anton. Was hältst du von einem Bündnis?«

»Milana.« Sie schlug ein. »Bin dabei.«

* * *

RUSSLAND, NOWOSIBIRSK, FRÜHHERBST

Captain John Archibald Mandeville und seine drei Freunde schlenderten durch die vorwinterlichen Straßen der drittgrößten Stadt Russlands.

Äußerlich waren die Briten und ihr Gefangener dank ihrer Funktionskleidung von herkömmlichen Touristen nicht zu unterscheiden. Lediglich die exaltierten Backenbärte zwischen Koteletten und Schnauzer stachen aus der Masse heraus.

Archibald betrachtete seine Truppe und fühlte Stolz. Vom Rang her standen sie alle auf der gleichen Stufe, aber sie hatten ihn zu ihrem Anführer gewählt. Sie marschierten durch die Dekaden, gepeinigt und geschlagen mit dem Fluch, und doch gaben sie sich und ihre Freundschaft nicht auf. *Nun sind wir der Erlösung nahe wie nie.*

Captain Jeremiah Strong war vor seiner Wandlung in einen Unsterblichen dreimal in Schlachten verwundet worden und dennoch stets voller guter Laune.

Captain George Armitage hatte eine Fehlzündung den Arm weggerissen, doch er kämpfte mit dem anderen so schnell und präzise, dass die Gegner drei Arme brauchten, um ihm beizukommen.

Und Captain Charles King war der Unerschrockenste und Eitelste von ihnen; er investierte mehr Zeit in die Bartpflege als ins Essen.

Äußerlich waren sie um die dreißig, in Wahrheit hundert Jahre älter. *Der einzige Vorteil, den uns der Fluch brachte. Dorian Gray wär neidisch.*

Wilhelm Pastinak nahmen sie in die Mitte, sodass er ihnen nicht entkam. Zwar beteuerte er, keinerlei Fluchtversuche zu unternehmen, doch so ganz trauten sie dem betagten Schreinermeister nicht. *Weit käme er nicht.* Der Nachmittag war kalt, aber sonnig und fast angenehm, wenn der Wind nicht zu sehr auffrischte. Die Nowosibirsker spazierten teils in T-Shirt und kurzen Hosen umher. Bei Temperaturen von unter zwanzig Grad minus im Winter war man Schlimmeres gewöhnt.

»Da sind wir«, stellte Archibald fest und betrachtete das Gebäude, auf dem МУЗЕЙ ПРИРОДЫ stand. Das »Das hat die Gebieterin für uns markiert«. Er glich die Angaben des herausgerissenen Stück Plans erneut mit der Adresse ab. »Darin soll sich ihr Particula befinden.«

»Sie haben verschiedene Ausstellungen zusammengelegt«, sagte Charles nach einem Blick auf den Vermerk an der Eingangstür. »Sie erheben mehr Einritt und bitten darum, auf die beengten Platzverhältnisse Rücksicht zu nehmen.« Mit einem Finger tippte er gegen das angebrachte Plakat. »Das Geologische Museum und das Regionale Sibirische Museum werden renoviert.«

»*Well, well.* Ein Best-of.« Archibald ging voraus und betrat das Gebäude. »Sehen wir nach, wo sie unseren Stein versteckt haben.«

Im Entree roch es bereits nach alten Exponaten, nach haltbar machenden Substanzen, nach Jahrhunderten von Lagerung und den unterschiedlichsten Nuancen von Mensch.

»Hoffen wir, dass wir nicht im Magazin suchen müssen.« George ging zum Tresen und übernahm das Lösen der Eintrittskarten, das passende Geld hatte er dabei. Die vielen Jahre im Dienst der Priesterin hatten sie geschult, stets führten sie Rucksäcke mit dem Notwendigen bei sich und deponierten sie leicht erreichbar. Sei es in Japan oder Russland. »Das würde lange dauern.«

»Ich wette zehn Pfund, dass wir in verstaubten Regalen tief im Bauch des Gebäudes suchen müssen.«

»Top, mein guter Charles!«, rief Jeremiah und streckte die Hand aus. »Wenn ich gewinne, schuldest du mir nur noch viertausendsiebenhundert Pfund.«

»Wir wetten schon sehr lange gegeneinander«, erklärte Archibald dem abwartenden Pastinak, der sich neugierig umschaute. »Dahingehend sind und bleiben wir Briten. Es liegt uns im Blut.« Er nahm einige Museumspläne aus dem Ständer und verteilte sie an seine Leute. »Augen auf, Gentlemen. Lesen Sie, staunen Sie und suchen Sie gründlich. Wer es zuerst entdeckt, dem spendiere ich ein Pint.«

Seine drei Freunde lachten leise.

Gemeinsam bewegten sie sich durch die Räumlichkeiten. Das Plakat hatte nicht zu viel versprochen: Zuweilen blieb nur ein schmaler Pfad von einem Meter Breite, um sich zwischen den Exponaten und den Glasvitrinen hindurchzubewegen. Dünne rote Absperrbändchen waren das Feigenblatt, das Grabscher kaum daran hinderte, die ausgestopften Tiere oder die Gläser mit in Formaldehyd eingelegten Stücke anzufassen und in die Hand zu nehmen.

Meistens lief Archibald vorweg, bis sie in größere Räume kamen, wo sie sich absprachen und aufteilten, wobei jeweils einer auf Pastinak achtgab.

So vergingen zwei Stunden, in denen sie nicht einmal ein Viertel der Ausstellung abgeklappert hatten. Noch verbarg sich das Particula, das im alten Ägypten ein Teil von Mutemhats Ruhestätte geworden war, gewitzt vor seinen Häschern.

»Gentlemen.« George zog seine uralte Taschenuhr aus der Jacke. »In etwa einer Stunde schließt das Haus.«

»Entweder wir lassen uns einsperren oder –«, setzte Charles an.

»Einsperren. Das erscheint mir das Schönste«, unterbrach ihn Archibald. »Nachts im Museum. In Nowosibirsk. Ich denke nicht, dass sie viele Sicherheitsvorkehrungen getroffen haben. Wir können in Ruhe suchen.«

»Ich bin dafür, alter Knabe«, stimmte Jeremiah zu und fuhr über seine bauschigen Koteletten.

Pastinak schob sich unterdessen vor eine antike Tür, die

einst zu einem Palast gehört hatte. »Das ist eine wundervolle Arbeit«, befand er und ging ganz nahe heran. »Aus dem siebzehnten Jahrhundert.«

»Wenn man bedenkt, dass es die Stadt erst seit knappen hundertfünfzig Jahren gibt, ein beachtlicher Fund.« Archibald lachte. »Oder ist es eine von den zeitreisenden Türen, Mister Pastinak?«

»Darauf gehe ich gar nicht ein, Captain.« Der alte Schreiner rieb sich den bärtigen Hals. »Ich habe Durst. Sollten wir uns in der Cafeteria nicht stärken, bevor wir uns einschließen lassen?«

»Ausgezeichneter Hinweis, mein Bester.« Archibald schwenkte den Arm einmal im Kreis. »Männer, ausrücken zur großen Kaffeeschlacht! Ich bin gespannt, was die Russen dazu servieren.«

Der Weg in das niedliche Museumsrestaurant, in dem sich die Exponate ebenso schoben, stapelten und reihten wie in der Ausstellung, war gut ausgeschildert, und nach wenigen Minuten saßen sie an einem der bunt gedeckten Tische, und eine sehr freundliche Angestellte fragte sie in akzentstarkem Englisch nach ihren Wünschen.

»Bringen Sie uns einfach den besten Kaffee, gerne auch einen Mokka, und dazu eine Auswahl Süßigkeiten«, bestellte Archibald in perfektem Russisch, was die Frau zum Strahlen brachte. »Das wäre sehr freundlich von Ihnen, meine sibirische Blume.«

Lachend ging die Frau hinter den Tresen und lärmte mit dem Service, um etwas zusammenzustellen.

»Captain, so was sagt man heutzutage nicht mehr«, belehrte George ihn mit einem breiten Grinsen.

»Das ist sehr schade. Komplimente lockern den Alltag auf.« Archibald rieb sich die Stirn, knapp oberhalb der Nasenwurzel. Einige Millimeter dahinter lag das eingesetzte Particula, das ihm Unsterblichkeit verlieh. *Fluch, kein Segen.*

»Und wie gedenken Sie zu sterben, Captain Mandeville?«, erkundigte sich Pastinak, der die Geste offenbar zu deuten wusste. »Sobald dieser Zauber von Ihnen und Ihren Freunden genommen wurde, meine ich? Oder habe ich Sie falsch verstanden?«

»Jedenfalls haben Sie genau zugehört.« Archibald lächelte karg. »Wir verbüßen eine grausame Strafe, Sir. Wir waren damals jung …«

»Und dämlich«, ergänzte Jeremiah.

»Und besoffen!« George verdrehte die Augen.

Charles imitierte das Ziehen an einer Pfeife. »Und, *by jove,* was hatten wir Opium geraucht!«

Archibald lachte leise. »Wir mussten den Sieg feiern. Und dass wir lebend vom Schlachtfeld gekommen sind.«

»Und dann?« Zuerst bekam Pastinak Kaffee gereicht, danach ging es reihum. In die Mitte stellte die Bedienung eine große Schale selbstgebackener Kekse, bei denen weder am Schokoüberzug noch an Verzierung gespart worden war.

»Haben wir im Übermut eine Mumie samt Sarkophag gekauft, als Andenken. Als uns das Geld ausging, brachen wir die Particulae aus dem Deckel und verkauften sie.« Archibald erinnerte sich mit Schaudern an die Nacht, als sie unter den Bann der Priesterin gefallen waren. »Den Rest kennen Sie, Sir.« Er legte die Spitze des rechten Zeigefingers gegen die Stirn. »*Da drin* sitzt das Übel.«

»Ich nehme an, Sie haben schon alles versucht, um sich zu töten? Da Sie ja nicht mehr leben wollen, oder?« Pastinak fragte ohne Häme und trank vom Kaffee.

»Das haben wir, Sir.« Archibald klopfte einmal mit der flachen Hand auf den Tisch. »Gentlemen, legt los!«

»Aufgehängt!« George deutete einen Strick um den Hals an.

Charles setzte zwei Finger gegen die Schläfe. »Erschossen.«

»Lebendig vergraben.« Jeremiah buddelte mit dem Löffel im weißen Zucker.

Immer schneller nannten die drei, wie sie sich ein Ende hatten setzen wollen.

»Angezündet.«

»Ins Meer gesprungen.«

»Zu einem Krokodil gestiegen.«

»Einen Löwen und ein Nashorn gereizt.«

»In eine Mühle geworfen.«

»Genug! Genug! Schaut, Mister Pastinak blickt verwirrt.« Archibald lachte, und seine Freunde stimmten in die Heiterkeit ein. »Sir, was immer wir ausprobierten – es klappte nicht. Entweder hielt uns der lautlose Befehl zurück oder wir erstanden nach dem Versuch auf und der Schaden heilte.«

Pastinak zeigte auf George, der nur einen Arm hatte. »Und er?«

»Bedauerliches Missgeschick, Sir, bevor ich zum Diener dieser Mumie wurde. Eine Pistole riss mir dank Fehlzündung Hand und Knochen weg.« Er wedelte mit dem leeren Ärmel. »Dieses Heilungswunder konnte unser antikes ägyptisches Sonnenscheinchen nicht vollbringen.«

Die Briten lachten, und auch Pastinak musste grinsen.

»Was wir aus den etlichen Fehlversuchen lernten, war: Wir brauchen die Erlaubnis von Mutemhat, um uns ein Ende zu bereiten. Und glauben Sie mir, Sir, nichts wäre mir lieber.« Archibald kostete Kaffee und Keks. Es schmeckte himmlisch und viel zu süß. »Ich werde alles unternehmen, um den Fluch zu lösen. Wir litten lange genug für unsere Jugendsünden.«

»Captain, ich weiß nicht«, warf Charles nachdenklich ein. »Hast du gesehen, wie die Gebieterin um dieses Lithos tänzelte und strich und sich daran schmiegte, als wollte sie ein Kind davon?«

»Was kümmert es uns?«, entgegnete Archibald. »Soll sie sich den Stein hinstecken, wo sie will. Sobald wir ihr –«

»Das meine ich: Was ist, wenn sie in der Zwischenzeit neue Pläne schmiedet? Pläne, für die sie uns braucht?«, setzte Charles nach und strich sich Kaffeereste aus dem Schnauzbart. »Wenn sie ihr Wort nicht halten wird?«

Betretenes Schweigen senkte sich auf den Tisch. Jeder knabberte einen der ausgezeichneten hausgemachten Kekse und schlürfte gelegentlich vom heißen, starken Getränk.

»Gehörte zu Ihren Überlegungen auch, dass die Gentlemen in Betracht zogen, Mutemhat umzubringen?«, fragte Pastinak leichthin.

»Einer der ersten Gedanken«, bestätigte Archibald. »Sir, wir sind Offiziere Ihrer Majestät Queen Victoria, und wenn uns etwas im Blut liegt, dann ist es das Gefecht. Wir scheuen keinen Gegner, möge er noch so übermächtige sein.«

»Leider pflanzte sie uns mit dem Stein ebenso die unsichtbare Order ein, sie niemals angreifen zu können«, erklärte George und seufzte.

»Nicht nur das. Wir werden uns immer für sie in jede Gefahr werfen, die kommt«, ergänzte Jeremiah resigniert.

Pastinak staunte in die Runde. »Und wenn es etwas ist, was Sie umbringt?«

»Auch dann. Aber das geschah bislang nicht.« Archibald trank den Kaffee aus und winkte die nette Bedienung herbei, um sich einen zweiten zu gönnen.

»Wäre das nicht großartig, wenn sich die Alte vor einen Zug legte und wir sie nicht von den Gleisen bekommen?« Charles machte einen verträumen Gesichtsausdruck.

»Lieber etwas, was uns garantiert vernichtet. Ein Hochofen!«, schlug George vor. »Das überstünde niemand.«

»Nein, ernsthaft. Ich finde den Einwand von Mister King berechtigt: Was ist, wenn Mutemhat ihr Wort Ihnen gegenüber bricht?«, wandte Pastinak ein. »Erlischt der Fluch von selbst? Oder haben Sie in diesem Fall das Recht, die Priesterin zu töten?«

»Das, mein lieber Mister Pastinak, finden wir heraus, wenn es so weit ist.« Archibald wollte nicht darüber sinnieren, dass sie um ihren lang ersehnten Tod betrogen wurden. *Nicht auszudenken.* »Gentlemen! Jeder noch einen Kaffee und einen Keks und dann auf in die Ausstellung. Möge sich ein jeder einen schönen Platz zum Verstecken suchen.«

Die vier Briten stießen mit ihren Tassen an.

Pastinak ließ das Ritual aus. Er war sichtlich grüblerischer geworden. »Ich mache mir Sorgen, Captain. Um meinen Schüler. Und die Menschen in Tokio.«

»Wir erfüllen unsere Aufgabe, und dann wartet das Happy End. Auf uns alle, Sir.« Archibald legte fast das Doppelte vom verlangten Preis auf den Tisch, wofür er eine freundliche Umarmung von der Kellnerin bekam. »Jetzt stellen Sie unter Beweis, dass Sie der Experte für die Particulae sind.« Er erhob sich und ging los, der Rest folgte ihm.

Doch die Zweifel an Mutemhats Integrität und Verlässlichkeit waren gesät.

* * *

»Nur Narren nennen das Versehen und Versagen eine Vorsehung.«

Saarländisches Sprichwort

KAPITEL V

JAPAN, TOKIO, FRÜHHERBST

Sergej Nikitin stand im geschlossenen Schutzanzug neben Lithos und kalibrierte die Anordnung der Sonden mittels einer tragbaren Konsole neu.

Es wäre gelogen, hätte er behauptet, er empfände kein Glück und keine Zufriedenheit, ungeachtet der Umstände. Doch er blieb Wissenschaftler. Und was er an diesem Ort erforschen durfte, war eine Einmaligkeit.

Zwei weitere Experimente waren abgeschlossen, die Sergej Erkenntnisse zur Aufnahmefähigkeit von Energie gebracht hatten. Elektrizität von der Kraft eines natürlichen Blitzschlags war für das im Labor erschaffene Konstrukt aus Particulae kein Problem. Es hatte die Entladungen aufgesogen wie ein Schwamm. Die mattschwarz schimmernde Oberfläche zeigte weder Spuren noch verbrannte Stellen oder abgeplatzte Stücke.

Dafür kräuselte hier und da Rauch auf, als schwelte ein Feuer unter der glatten Schicht. Die Luftanalyse meldete extrem unterschiedliche Giftstoffe, daneben Kohlendioxid, Kohlenmonoxid und Zyanid in unfassbar hohen Konzentrationen. Ohne den Anzug wäre der Wissenschaftler schon durch den Kontakt mit den vermengten Dämpfen gestorben.

Meine Erkenntnisse reichen für zehn Nobelpreise an einem Tag. »Sprachaufzeichnung aktivieren. Zusammenfassung Experiment vierunddreißig«, diktierte Sergej aufgeregt dem Computer. »Beschuss mit elektrischer Energie, in diesem Fall mit Negativblitzen. Steigerung der Amperezahl von viertausend in Eintausenderschritten auf zwanzigtausend Ampere. Zwischen den Intervallen lagen je zehn Sekunden.« Er wandte sich zu den Monitoren. »Die genauen Messwerte sind in den entsprechenden Dateien gespeichert. Zusammenfassend kann ich sagen: Weder traten bei Lithos Schäden noch eine Eigenladung auf.« Ein versonnenes Lächeln stahl sich auf sein Gesicht. »Ich werde im Anschluss eine Mikrobetrachtung der Oberfläche vornehmen, ob sich feinste Haarrisse bildeten. Die künstlich herbeigeführten Verbindungen zwischen den Particulae scheinen zu halten. Sprachaufzeichnung Ende.«

Vorsichtig streckte Sergej die rechte Hand aus und berührte Lithos. Ein Drang, den er fühlte wie Mutemhat, eine Sucht, der er nicht widerstehen konnte, wie bei alten Gemäuern, als gäbe es darin geheime Kräfte. *Es ist unwissenschaftlich, aber ich muss es einfach tun.*

Die Oberfläche war kalt. Null Wärme drang durch den Schutzhandschuh. Die Sensoren bestätigten seinen Eindruck.

Ansatzlos spürte Sergej ein Kribbeln, das durch den versiegelten Kunststoff in seine Fingerkuppen eindrang, als wollte ein Wesen erforschen, was es mit dem Mann auf sich hatte, das sein Zuhause mit Blitzen beschoss.

Sergej schloss die Augen und konzentrierte sich. *Was tue ich da?,* fragte sich der streng wissenschaftliche Teil seines Denkens. Er folgte einem Gefühl, einer Ahnung, dass mehr in dem künstlich erschaffenen Stein passierte, als sich messen ließ. *Ermessen lässt.*

»Was tust du da, Gelehrter?«

Erschrocken riss er die Lider in die Höhe und sah durch das Plastikvisier in die stecknadelkleinen Pupillen von Mutemhat. *Verdammt!*

»Ich …«

»Stiehlst du, was mir gebührt? Saugst du die Kraft aus

meinem Lithos?« Die Priesterin stand in ihren prächtigen weiß-goldenen Gewändern vor ihm, ohne dass sie an den Dämpfen Schaden nahm.

»Nein! Nein, Gebieterin. Ich … wollte wissen, ob es eine Hitze gibt, welche die Sonden nicht erfassen.« Sergej riss die Hand zurück und verbeugte sich. Die Ausrede war dürftig.

»Was hast du herausgefunden?«

»Dass dieses Artefakt mehr kann, als wir erahnen. Und nicht mal PrimeCon hatte eine Vorstellung davon, was sie erschufen.« Sergej fasste in knappen Worten seine Experimente zusammen. *Ich muss es ihr gestehen.* »Ich glaube, etwas tut sich darin«, beendete er seinen Bericht. »Die Messwerte sprechen eine deutliche Sprache.«

»Wie ein Ei, in dem neues Leben wächst?«

Auf den Gedanken war Sergej noch gar nicht gekommen. »Das wäre eigentlich nicht möglich. Es sind lediglich verbackene Steine.«

»Steine aus der Sonne, gesandt von den Göttern.« Mutemhat ging um Lithos, wie sie es oft tat, und strich mit den Fingern darüber. »Und wenn wir die Energie erhöhen?«

»Das ginge schon.« Sergej beneidete sie darum, die glatte ebene Oberfläche mit bloßen Händen berühren zu können.

»Aber?«

»Es ist kaum abzusehen, was wir auslösen. Noch kann ich nicht abschätzen, was mit dieser Mehrenergie –«

»Wie viel mehr?« Die altägyptische Priesterin blieb stehen und bannte Sergej mit ihren grün glimmenden Augen. »Ich will die Macht eines Unwetters.«

»Ich bin mir nicht sicher, ob das Laboratorium so viel Strom liefern kann.« Sergej warf einen Blick auf die Luftmessung. Die giftigen Dämpfe waren vom Abzug ins Freie gesogen worden. Er schaltete die Überdruckpumpe des Anzugs ab, öffnete die Schnappverschlüsse und streifte das Kopfteil ab. »Ich müsste dazu die Stromversorgung umprogrammieren und sämtliche Energie für den Wolkenkratzer in dieses Stockwerk umleiten.«

»Tu das.« Mutemhat schwang sich elegant auf die obere Kante von Lithos, sodass ihr goldenes Übergewand herabfloss und den schwarzen Stein umschmeichelte. »Jetzt.«

»Ich kann nicht sagen, wie lange das dauert, Gebieterin.« Sergej verbeugte sich und kehrte in den Kontrollraum zurück. *Ich hätte Lithos gerne berührt.* Doch solange die Priesterin anwesend war, wagte er es nicht.

Sergej musterte die Bedienungselemente aus Reglern und elektronischen Displays, während er den Anzug abstreifte und sich in den Stuhl setzte. Kleinere Manipulationen hatte er bereits vorgenommen, indem er die Haussteuerung mit ein paar einfachen Kniffen umging. *Aber was Mutemhat verlangt, kostet mehr Vorbereitungszeit.* Seine Finger flogen über die Tastatur, suchten in den internen Befehlsketten nach Overrides.

Schließlich entdeckte Sergej mit brennenden, trockenen Augen eine Unterdatei, die ihm zuvor entgangen war. *Was ist denn das?*

Die aufgerufenen Pläne verrieten eine noch nicht vollendete Ausbaustufe im Fundament des Hochhauses, das die Stiftung für weitere Laboratorien vorgesehen hatte. Erdbebensicher. Mehr als den Rohbau gab es bisher nicht.

»Kadoguchi hat dafür einen eigenen Zusatzgenerator im Keller einbauen lassen«, murmelte Sergej. Grinsend aktivierte er die Anlage im Bauch des Gebäudes. *Damit lässt sich etwas anfangen.*

Die Statusmeldungen erwachten zum Leben und verkündeten, dass die Aggregate hochfuhren. In einer Stunde ständen die Energien bereit.

Bis es so weit war, kalibrierte der Professor die Sonden im Kontrollraum. Summend und sirrend fuhren die Messgeräte aus den Wandhalterungen rund um den Stein in Position, damit ihnen nichts entging: Temperatur, Magnetfelder und sonstige Ströme. Fast sah es aus, als gäbe das Artefakt eine Pressekonferenz.

Mutemhat saß wie eine Göttin auf ihrem unbequemen Thron, ein Bein auf die obere Kante aufgestellt, und erfasste jede Kleinigkeit, die Sergej tat. Sie schwieg und wartete.

»Anlage hochgefahren«, verkündete die Computerstimme endlich. »Energie abrufbereit, Leistung bei zehn Prozent.«

Mutemhat sprang von Lithos herab und wich bis zum Rand des Laboratoriums zurück. »Gib mir mein Unwetter, Mann des Wissens!« Gebannt starrte sie auf den Monolith. »Rufen wir, was in ihm schlummert und der Erweckung harrt.«

»Du willst in der Kammer bleiben, Gebieterin?« Sergej sah durch die dicke Panzerglasscheibe zur Untoten. »Ich kann dir nicht sagen, was sich gleich ereignen wird.«

»Tu, was ich dir sage!«

»Wie du wünschst. Ich beginne mit zehn Prozent und steigere.«

»Nein«, befahl sie. »Alles! Ich will sehen, was dieses Wunderwerk vollbringt, wenn wir ihm genug Kraft geben. Die Macht von tausend Blitzen will ich in ihn jagen.«

Sergej verriet ihr nicht, dass so viel Ampere gar nicht zu machen waren, nicht mit diesem Generator, aber er stellte die Abgabe auf *maximal.* Nach einigen zusätzlichen Eingaben schaltete er von *Intervall* auf *Dauer* um, die er manuell unterbrechen konnte, sobald es zu gefährlich wurde oder Lithos erkennbar Schaden zu nehmen drohte. *Die Messgeräte laufen, gut. Dann starten wir einen weiteren Versuch.*

»Es geht los. Drei, zwei, eins …« Er aktivierte die Anlage.

Aus der langen Elektrode zuckte ein bläulicher Blitz und schlug in das Artefakt ein. Gleich einer hektischen Nadel tanzte und rutschte er über die ebene Fläche, als suchte er eine Schwachstelle im Material, um tief einzudringen.

Das Kreischen und dröhnende Surren der losgelassenen Energie vernahm Sergej gedämpft durch die Scheibe. Es war müßig, über den Lautsprecher mit Mutemhat sprechen zu wollen.

Die Anzeigen der Sensoren wiesen keine Anomalien auf, abgesehen vom Anstieg der Temperatur im Raum sowie eine wachsende Ozonkonzentration.

Mehr nicht? Sergej war enttäuscht. Er hatte nach den bisherigen Ergebnissen damit gerechnet, dass die gebündelten Energien heftige Reaktionen bei Lithos auslösten. Stattdessen schien das Artefakt vollkommen unbeeindruckt zu sein.

Das bemerkte auch Mutemhat. Sie warf Sergej einen bösen Blick durch das Panzerglas zu und bedeutete ihm, er möge mehr Strom einsetzen. Als Sergej zurückgestikulierte, dass das Maximum erreicht war, ging die Priesterin unerschrocken auf Lithos zu.

»Nein! Nein, Gebieterin!«, schrie er ins Mikrofon und sprang in den Schutzanzug, schob sich die Kapuze über, schloss die Verriegelung und aktivierte das Überdruckgebläse. »Das wirst du nicht überleben!« An Füße und Hände zog er zusätzliche Isolierungsvorrichtungen, dann stakste er zur Schleuse, um Mutemhat aufzuhalten. *Sie wird vom Strom in eine Fackel verwandelt!*

Auf halber Strecke fiel Sergej ein, dass er die Zufuhr besser abschaltete, bevor die Energie übersprang. In seiner Kopflosigkeit hatte er an das Naheliegendste nicht gedacht.

Als er sich umwandte und zum Pult hastete, sah er durch die Scheibe, wie die Priesterin die Hände auf Lithos legte – und die miteinander verbundenen Particulae erstrahlten, jeder einzelne.

Der tanzende Lichtbogen aus der Elektrode wurde sofort dünner und verlor an Leuchtkraft, die Anzeige vor dem Wissenschaftler ließ eine Warnmeldung aufleuchten: ACHTUNG: KAPAZITÄTSVERLUST.

Das Artefakt absorbiert und transformiert Energie erst, wenn es ein Gegenstück hat! Das Aggregat aus dem Keller und die im Stockwerk verlegten Starkstromleitungen konnten nicht rasch genug Nachschub liefern. Gierig sog Lithos in sich auf, was es bekam, und verlangte nach mehr.

Mutemhats Hände leuchteten von innen, die Knochen wurden sichtbar. Doch sie lachte und zeigte blau leuchtende Zähne. Ihre Züge verloren das Tote, die Haut wurde farbiger und erhielt jene Lebendigkeit zurück, die sie vor Tausenden Jahren gehabt hatte.

Unglaublich. Sergej konnte nicht wegschauen. Lithos hauchte der Priesterin das Leben ein, das sie eingebüßt und durch einen Fluch gewährt bekommen hatte. Nicht nur, dass der Monolith selbst Energie in einem Übermaß produzierte – er nutzte aufgenommene Kraft, um sie in besonderer Weise umzuformen und an jene weiterzugeben, die unmittelbar mit ihm in Kontakt standen. *Ich kriege hundert Nobelpreise!*

Ein leichtes Rütteln erschütterte ansatzlos den Kontrollraum, die Anzeigen auf den Monitoren und Displays zuckten. *Ein Erdbeben!* Rasch hielt sich Sergej an der Stuhllehne fest. *Nicht jetzt!*

»Warnung: Kapazität bei sechzig Prozent und fallend«, sagte eine Computerstimme. »Abbruch. Abbruch wegen Überlastung.« Das Schwanken des Bodens nahm zu, und ein weiteres Symbol leuchtete auf. »Erdbebenwarnung. Richterskalawert sechs überschritten. Notabschaltung der Systeme eingeleitet.«

Gerade machte sich Sergej Sorgen über die Architektur des Hochhauses und die Standfestigkeit, als ein gewaltiger Blitz die Seitenwand des Laboratoriums durchbrach und von rechts in Lithos einschlug. Gleich darauf jagte ein zweiter zischelnd und summend durch die linke Seite. Zuckend und rebellisch ausschlagend pumpten die Lichtbögen Energie in das Artefakt und ließen die Particulae gleißen.

Sergej musste mit der Hand seine Augen abschirmen. *Woher kommen die?* Er sah auf die Anzeigen. Durch die Löcher im Mauerwerk wehte ein feuchter Wind herein, wie die Sensoren verrieten. Draußen schien sich ein Sturm mit Gewitter und Regen zusammengebraut zu haben. Die Entladungen in den Wolken wurden von Lithos angezogen und direkt in ihn geleitet.

Mutemhat wollte ein Unwetter. Ihr Wunsch wurde erfüllt! Sergej stand unschlüssig im Kontrollraum. *Was soll ich tun?*

Eine Sonde nach der anderen fiel aus, die Temperatur im Laboratorium stieg und lag bald bei über achtzig Grad Celsius. Wasserdampf bildete sich rund um Lithos, das die Priesterin noch immer berührte, ohne dass sie Schaden nahm.

Ein dritter Blitz fegte durch die Wand hinter Sergej. Kreischend durchbrach er das Steuerpult und sandte feine, gleißende Energieverästelungen in sämtliche Geräte, die funkenstiebend explodierten oder in Rauch aufgingen. Mit einem lauten Knall zerschlug der Lichtbogen die dicke Scheibe und warf sich in den Monolith.

Nein! Sergej wurde vom Sog der elektrischen Kraft mitgerissen wie Treibholz in einer Springflut. Es kribbelte und schmerzte am ganzen Körper, seine Gliedmaßen zuckten unkontrolliert.

Kopfüber flog er durch das zerstörte Glas, schmeckte Blut und spürte, wie sein dicker Schutzanzug von den Splittern aufgeschlitzt und halb herabgerissen wurde. Sein Herz raste, stolperte, setzte aus und sprang erneut an. *Gott, nein.* Hart schlug er inmitten der Scherben auf. Sogleich drangen die hochgiftigen Dämpfe durch Mund und Nase in seine Lunge. Sergej hustete reflexhaft und inhalierte noch mehr von den tödlichen Inhaltsstoffen.

Die Schmerzen schalteten sich nacheinander ein: Hand, Bein, Seite, Hals. Es roch nach gegartem Fleisch und verkohlter Haut. Bewegen konnte er sich nicht, dann stellte sich auch das Atmen ein. *Nein, ich … will nicht sterben!* Blut lief aus seinem Mund und über die verbrannten Lippen.

Abrupt wurde es dunkel.

Nach einigen Sekunden der absoluten Stille hörte Sergej Mutemhats lauten, triumphierenden Schrei. Der kaltfeuchte Wind blies den Dampf hinaus und gab den Blick auf Lithos frei.

Schwarzmetallisch und stoisch erhob es sich im zerstörten Laboratorium, dessen Wände von Brandspuren und Löchern übersät waren. Das Plasma der drei Blitze mit Hunderttausenden Ampere hatten ihm nichts anhaben können.

Die Priesterin kniete vor dem Artefakt, als habe sie einen neuen Gott gefunden. Mit gebeugtem Rücken streckte sie die Arme lang aus und betete in einer unverständlichen Sprache. Dann wandte sie den Kopf zu Sergej. Sie hatte ihre menschliche Gestalt zurückerhalten.

»Mein Mann des Wissens«, raunte sie und reckte eine Hand gegen ihn. »Du darfst mich nicht verlassen. Ich brauche deine Dienste. Es war erst der Anfang einer Sache, die größer ist als alles, was die Menschheit erfahren durfte.«

Ein warmes Gefühl durchströmte Sergej und verjagte die unsäglichen Schmerzen, nahm ihm die Angst und beruhigte sein Herz. Anstelle von Furcht trat Vertrauen, Hoffnung.

»Du wirst mir folgen, solange ich lebe«, versprach ihm Mutemhat gütig. »Du hast mir geholfen, eine Göttin zu werden. Jetzt wirst du mir ermöglichen, die Welt zu *meinem* Ägypten zu machen! Zu meinem Reich!«

* * *

Archibald Mandeville sandte seine Freunde im verlassenen nächtlichen Dreifachmuseum aus, um nach dem verlangten Particula zu suchen. Wilhelm Pastinak sperrte er in den Schrank in der Cafeteria. Der Mann käme erst ins Spiel, wenn sie fündig geworden waren.

Einen Nachtwächter gab es im Gebäude nicht. Auch die Alarmanlagen liefen nicht, weil die Räume so dermaßen vollgerümpelt waren, dass die Sensoren ohnehin keine effektive Überwachung gewährleistet hätten.

Das gestaltete es für Archibald sehr einfach – zumindest was die Suche anging. Das Finden hingegen erwies sich als extrem schwer.

Auf die Stockwerke aufgeteilt und bewaffnet mit Lageplänen machten sich die britischen Offiziere daran, Raum für Raum zu erkunden und zu inspizieren. Danach kämen die Magazine an die Reihe, sollte der Kurator den wertvollen Stein nicht in einer Ausstellung eingesetzt haben.

Ich sehe uns schon etliche Nächte im Museum verbringen. Archibald streifte durch den Teil, der den indigenen Völkern von Sibirien gewidmet war. »*Well, well,* meine Freunde«, sagte er zu den Puppen und leuchtete über die Szenerie, die eine in Felle gekleidete Familie in einem Längsschnittzelt zeigte. »Was habt ihr denn alles dabei?«

Als der Lichtkegel über die Feuerstelle huschte, blinkten mehrere Flintsteine auf. Einer reflektierte das Licht auf ungewöhnliche Weise.

Archibald trat in das Schaubild und beugte sich zur Kinderpuppe, die mit den Feuersteinen spielte. In der rechten Hand hielt sie ein behauenes, schwarzmetallisch schimmerndes Steinchen und bestaunte es. Der Ausdruck im Gesicht des Mädchens war gut getroffen.

Archibald war sich nicht ganz sicher, ob es sich um einen Stein aus der Sonne handelte, wie Mutemhat sie nannte. Er nahm der Puppe das Steinchen aus der Plastikhand und gab ihr stattdessen eine seiner Zigaretten, der mögliche Particula landete in der Tasche. *Der alte Pastinak wird es mit Bestimmtheit sagen können.*

Kaum dass Mandeville sich umwandte, blickte er in eine helle Lampe, die genau auf seine Augen gerichtet war.

»Bleiben Sie stehen«, sagte ein Mann auf Englisch. »Wer sind Sie?«

Das Englisch war gut, und ein Russe hätte ihn eher auf Russisch angesprochen. *Da weiß jemand nicht, wen er vor sich hat. Sondern nur, dass ich nichts im Museum zu suchen habe.* »Und wer sind Sie, Sir?«

»Ich habe zuerst gefragt.« Den leisen Geräuschen nach handelte es sich um vier bis fünf Leute, die jenseits der Lampe standen und vermutlich Waffen in den Händen hielten.

»Soll das ein Argument sein?« Archibald sprach absichtlich laut, damit ihn seine Freunde wenn möglich hörten und verstanden, dass sie Besucher hatten. Der Griff zum Handy würde eine Schießerei auslösen, und er wollte seine Kleidung nicht ruinieren. »Sir, wie es aussieht, haben *wir beide* nichts im Museum um diese Uhrzeit verloren.«

»Das ist Mandeville«, mischte sich eine zweite Stimme hinter der Lampe leise ein. »Hier, sein Bild.«

Jemand, der sich erkundigt hat. Das war kein gutes Zeichen. Wer konnte etwas über die Particulae und ihre Suche wissen? »Ich finde, wir sollten uns in Ruhe vorstellen«, sagte er und machte einen Schritt nach vorne. »Sie –«

Es knallte, und in der nächsten Sekunde flog ein Netz hinter dem Licht hervor und warf sich gegen Archibald. Vier schwere Gewichte spannten es im Flug auf und drückten ihn rücklings zu Boden. »*Bloody hell!*« Die Gegner hatten sich auf unsterbliche Gegner vorbereitet, die mit besonderen Kräften ausgestattet waren.

Der blendende Kegel wurde aus seinen Augen geschwenkt und auf den Boden gerichtet. Das Streulicht zeigte vier Leute, gekleidet in dunkle Tarnkleidung. Einer hielt das abgefeuerte Netzgewehr, mit dem sie ihn wie ein Stück Wild gefangen hatten.

Schnell standen drei von ihnen neben Archibald und fixierten die Maschen so eng, dass er sich kaum mehr bewegen konnte.

»Wo sind deine Kumpane? Was habt ihr mit Pastinak gemacht?« Der maskierte Anführer nahm der sibirischen Kinderpuppe die Zigarette aus den Fingern. »Wie ungewöhnlich. Ich glaube nicht, dass es ein einfacher Scherz war, Captain, den Sie sich erlaubten.« Mit dem Fuß wischte er über die Feuersteine und kickte sie auseinander, sie hopsten über den Boden. »Hatte diese Puppe das Particula?«

Ein leises Funkgerätpiepsen erklang. »Team Beta, Untergeschoss. Keine Spur von ihnen«, lautete die Meldung. »Suchen weiter.«

Das ist ein ganzes Rudel von Idioten. Archibald verließ sich nicht darauf, dass seine Leute die Situation erfassten. *Außerdem wissen sie über den entführten Schreinermeister Bescheid.* Jemand aus den Reihen der Geiseln in Tokio musste einen Weg gefunden haben, mit der Außenwelt Kontakt aufzunehmen, und hatte eine Truppe losgeschickt. *Wir müssen sie unbedingt kaltstellen.*

Und Archibald hatte bereits einen Plan.

Langsam schob er die Hand unter sein Hemd und umfasste den Heqa-Stab.

»Ich hoffe, Sie rücken den Stein heraus, Captain. Sie mögen unsterblich sein, aber wir lassen uns gerne etwas einfallen, um Ihnen Schmerzen zuzufügen und Sie für immer aus der Welt zu schaffen«, warnte ihn der Anführer.

»Sir, ich habe schon so viel erlebt und überlebt, da gehören Sie eher zu den kleinsten Bedrohungen.« Archibald vertraute darauf, dass das Artefakt der Priesterin seinen Dienst verrichtete. »Ich zeige Ihnen, was ich unter großer Bedrohung verstehe.« *Bei Mutemhat und Anubis, gewährt mir dieses Wunder!*

Es begann mit einem leisen Knistern, gefolgt von einem tiefen Schnauben, und eine Staubwolke wirbelte heran; die Flocken und Körnchen flirrten im starken Licht.

Die Männer rissen schallgedämpfte Pistolen und MPs hoch und zielten in die Richtung, aus der das Geräusch kam. Noch während sie in den Anschlag gingen, fegte ein gewaltiger Schatten aus der Dunkelheit und rammte die Angreifer zur Seite wie eine Bowlingkugel die Pins. Der Lichtkegel zeigte ein mumifiziertes Mammut, das heiser trompetend umherstampfte und mit den langen Stoßzähnen nach den Männern schlug. Der vertrocknete, rissige Rüssel und das vergilbte Elfenbein zischten über Archibald hinweg, die Stempelfüße verfehlten ihn knapp. *Es funktioniert!*

Die Maskierten rappelten sich aus den verschiedenen Winkeln des verwüsteten Raumes auf, schrien und schossen auf das untote Wesen, das nach Tausenden Jahren Schlummer erwacht war.

Lachend befreite sich Archibald aus dem Netz, was ihm ohne Bewacher recht schnell gelang. »Was habe ich Ihnen versprochen, Gentlemen?«

Unentwegt attackierte das halb zersetzte Mammut die Maskierten, zwei waren zertrampelt und zu grotesken Abbildern auf dem Boden geworden. Das Tier fegte durch den Raum und verfolgte die Flüchtenden, die unaufhörlich darauf schossen, ins nächste Zimmer.

Die Wand hielt den bepelzten Dickhäuter nicht auf. Trompetend hetzte er die Gegner vor sich her und zerstörte Exponate, Schränke und legte die Einrichtung in Schutt und Trümmer.

Archibald ging leise lachend die Treppe abwärts, während es über ihm krachte und dröhnte, Schüsse peitschten und Schreie erklangen. Er wirbelte den Heqa-Stab lässig herum, wie er früher den Offiziersstock geschwungen hatte, dabei summte er leise den Song *British Grenadiers*.

»Männer, abrücken!«, rief er und gelangte ins Untergeschoss. »Wir haben vermutlich, was wir suchten. Jetzt weiter nach –« Er stockte, als er die drei Bewaffneten am Eingang zur Cafeteria sah. *Ich Idiot. Der zweite Trupp.* Einer hielt die Netzkanone auf ihn gerichtet, ein anderer stand neben Pastinak und legte ihm eine Pistole an die Schläfe.

»Ah, das zweite Team.« Den Stab klemmte er unter die Achsel. Mit dem rechten Finger deutete Archibald auf die Decke über sich, die bei dem Trampeln des Mammuts bebte. »Gentlemen, hören Sie das?«

»Mach eine Bewegung, Arschloch, und ich blase dem Schreiner das Hirn raus«, knurrte die Angreiferin, die wie ihre Begleiter eine Sturmhaube trug. »Du wirst mit uns kommen.«

»Und meine drei Freunde? Ich würde sie ungern in Nowosibirsk lassen.« Archibald lächelte. »Haben sie die Haudegen irgendwo gesehen? Umbringen können sie die Gentlemen ja nicht.«

»Du wirst sie für uns …«

Aus dem ersten Stock erklang ein gellender Todesschrei, gefolgt von einem triumphierenden Tröten und anhaltendem Trampeln, worauf sich breite Risse in der Decke bildeten und dicke Brocken herabstürzten.

Archibald drehte sich leicht zur Seite und blickte die Treppe hinauf. »Glauben Sie, das Mammut kommt die Stufen hinab?«

»Macht das Vieh auch nur einen Schritt nach unten«, sagte die Frau mit der Pistole und packte Pastinak mit der anderen Hand im Genick, »oder greifen uns deine Männer an, wird dieser –« Ansatzlos endete der Satz. Ihr Blick wanderte abwärts zur Brust. Der Stiel eines primitiven Speers ragte aus ihrem Körper, das Ende wackelte leicht vom Schwung des Einschlags. »Welches dumme Arschloch wirft denn …?«

Surrend bohrte sich ein zweiter Speer durch den Arm mit der Pistole und riss die Frau rückwärts nieder.

»In Deckung«, rief Archibald dem Schreiner zu und ging in die Hocke.

Pastinak duckte sich und rutschte hinter den Empfangstresen, zog den Kopf ein.

Aus der rechten Ecke sprang die Mumie eines Jägers in Fellkleidung, einen weiteren Speer zum Stoß gegen Widersacher gereckt.

Die zwei verbliebenen Gegner feuerten aus den automatischen Pistolen auf den Untoten, die Kugeln zerfetzten den getrockneten Kopf, zerstäubten den uralten Schädel in Fetzen und Splitterchen. Knarrend brach die Mumie zusammen.

»Verdammt.« Archibald nahm den Heqa-Stab. »Hatte ich vorhin nicht … ?«

Ein lautes Trompeten erklang, und ein zweites Mammut pflügte aus dem Nachbarraum durch die Ausstellung. Die langen Stoßzähne perforierten die Männer, die es mitten in der Ausweichbewegung erwischte. Ein kurzes Schütteln, und die aufgespießten Leichen flogen wirbelnd durch die Luft, um zwischen den Exponaten aufzuschlagen. Vitrinen gingen zu Bruch und ergossen ihren Inhalt auf den Boden.

Das Mammut setzte ihnen nach, schleuderte die Toten umher, ließ seine gesamte Wut an ihnen aus.

Well, well. Also waren es doch zwei. Archibald näherte sich pfeifend dem Tresen und sah dahinter. »Mister Pastinak? Sind Sie in Ordnung?«

»Ja«, kam es leise, und der Schreiner erhob sich. »Danke.«

»Wir haben Sie entführt, Mister Pastinak. Sie sollten sich

nicht bedanken. Wir müssten uns vielmehr die ganze Zeit entschuldigen.« Er holte den Flintstein heraus, hielt ihn zwischen Daumen und Zeigefinger. »Was sagen Sie dazu? Haben wir einen Treffer oder muss ich in diesem Chaos weitersuchen, Sir?«

Pastinak nahm den Stein entgegen und rieb ihn an seinem Ärmel, roch daran, steckte ihn in den Mund und lutschte darauf herum, spuckte ihn in seine hohle Hand. »Er ist echt. Sie haben den richtigen Stein gefunden.«

»Sehr schön! Das freut mich.« Archibald packte den Particula wieder ein. »Männer? Wo seid ihr?«

»Am Ausgang, Captain. Komm rüber«, antwortete Jeremiah.

Archibald hakte den Schreiner unter und stützte ihm beim Gang über die Trümmer, die das Mammut hinterlassen hatte, das nun das Nebenzimmer umgrub. »Wo seid ihr denn gewesen?«

»Wir organisierten uns ein paar Waffen«, erwiderte Charles und kam an der Spitze des Trios um die Ecke. Sie hielten alte Säbel in den Händen. »Entschuldige die Verzögerung.«

Archibald musste schallend lachen. »So ist es eben, wenn man im falschen Jahrhundert landet«, erklärte er Pastinak. »Wir waren es gewohnt, anders zu kämpfen.«

»Sie sollten meiner Meinung nach mit der Zeit gehen. Sonst werden Sie bei aller Unsterblichkeit vielleicht doch einmal das Nachsehen haben.« Pastinak balancierte über die Reste eines umgestürzten Regals, Scherben brachen knackend.

Über ihren Köpfen rannte noch immer das Mammut durch den ersten Stock.

»Weise Worte, Sir.« Archibald passierte einen getöteten Angreifer. Der Stoßzahn war dem Mann durch den Bauch gerammt worden, die Innereien hingen halb heraus. Neben ihm lag ein Satellitentelefon. *Das werden wir gebrauchen können.* »Mal sehen, wann derjenige anruft, der uns diese Burschen auf den Hals hetzte. Oder haben die Gentlemen bessere Vorschläge?«

»Jemand, der von unserem Auftrag weiß«, sagte Jeremiah.

»Unsere Route kennt«, fügte Charles hinzu.

»Der weiß, was wir suchen«, vervollständige George.

»Und meinen Namen gehört hat. Sowie von unserem Schreinermeister. Und den Particulae«, beendete Archibald die Aufzählung. »Es muss jemand aus dem Hochhaus sein. Der alles mitbekommen hat.«

»Und die Möglichkeit hat, uns in kürzester Zeit diese Krawalltruppe auf den Hals zu hetzen«, steuerte George bei.

»Wisst ihr, was das bedeutet?« Jeremiah sah in die Runde. »Jemand hatte einen ähnlichen Plan wie wir!«

»Aber wir haben ihnen ihr Vorhaben ruiniert.« Archibald hob den Heqa-Stab und schwenkte ihn einmal. »Bei Anubis und Mutemhat: Mögt ihr Auferstandenen zurück in euren Tod finden. Ich entlasse euch aus meinen Diensten.«

Das Mammut hinter ihnen tat ein paar torkelnde Schritte und brach in sich zusammen, aus dem Stockwerk über ihnen erklang ein schwaches Rumpeln. Die belebende Macht hatte sich aus den mumifizierten Körpern zurückgezogen.

Die russischen Polizisten werden ein nettes Rätsel zu lösen haben. Archibald setzte sich an die Spitze ihrer kleinen Prozession. »Gentlemen, auf nach Goa im schönen Indien!«

Es ging ins gute alte Empire, und das war ihm ein Lied wert. Leise summte der Captain *Rule, Britannia* vor sich hin, und seine drei Freunde stimmten ein.

* * *

LUFTRAUM ÜBER RUSSLAND, SÜDLICH VON NOWOSIBIRSK, FRÜHHERBST

Anton bemerkte die Hektik, die an Bord des Jets aufkam. Laetitia und Gunnar redeten abseits von ihnen lange miteinander, und mehrmals verschwand die dunkelblonde Frau im Cockpit. *Es läuft nicht rund. Oder sind wir aufgeflogen?*

»Was glaubst du, was passiert ist?«

Milana hatte sich einen Drink genommen, der überwiegend aus Wodka bestand. »Entweder ist was mit der Maschine oder der Plan hat sich geändert. Ohne dass sie wissen, was sie stattdessen tun sollen.« Sie ließ den Eiswürfel im Glas kreisen.

Der Jet legte sich spürbar in die Kurve, die Triebwerke brüllten auf, und der Schub erhöhte sich.

»Da haben wir die Antwort. Unser Ziel veränderte sich soeben.« Milana bot Anton ebenfalls einen Wodka an, den er dankend ablehnte.

Laetitia näherte sich den beiden und machte ein missmutiges Gesicht. »Wir waren zu langsam. Mandeville hat zugeschlagen und dabei ein Museum in Schutt und Asche gelegt. Meine Truppe wurde aufgerieben.« Sie nahm ihren Tabletcomputer und zeigte Bilder aus der Berichterstattung, die es zur Primetime ins russische Fernsehen geschafft hatte. »Sie sagen, es sieht eher nach Vandalismus aus, da die wirklich wertvollen Stücke noch da sind.«

»Und sie sagen, dass die unbekannten Täter sich gegenseitig erschossen.« Milana hielt die Wiedergabe mit einem Fingertippen auf das Display an. »Seht ihr das?«

Anton schaute genauer hin. Die Bilder verursachten Übelkeit, einige Leichen schienen wie von einer Dampfwalze überrollt. *Gott, wie fürchterlich!* Ausgedrückte Gedärme mischten sich mit zermalmten Knochen und Brei aus gequetschtem Fleisch. »Die Männer sind zertrampelt worden.«

»Und daneben liegt ein mumifiziertes Mammut. Offenbar abseits von der Stelle, an der es normalerweise steht.« Milana deutete auf die eigentliche Absperrung des tierischen Exponats.

»Mumien, die zum Leben erwachen.«

Anton wollte den obersten Knopf öffnen und merkte, dass er seinen Schlips bereits unterwegs irgendwann verloren hatte. Die Enge in der Kehle rührte von Übelkeit. »Kann Mutemhat ihre Kraft über Hunderte Kilometer einsetzen?«

»Nein, aber der Heqa-Stab! Sie gab Mandeville das Artefakt mit, damit er sich Verbündete erschaffen kann«, warf Laetitia ein. »Ich habe es gesehen, kurz bevor der Aufstand begann.«

»Was macht man mit einem Heqa-Stab?« Milana schaute fragend und trank vom Wodka.

»Im alten Ägypten war der Krummstab ein Herrschaftszeichen von Pharaonen und Göttern, er steht für Wiedergeburt und Regeneration«, kam es von Laetitia, ohne dass sie es nachschlagen musste. »Osiris hält ihn im altägyptischen Totenbuch. Als Richter über die Toten.«

Milana schwenkte das Glas zu ihr. »Respekt. Sie wissen viel. Aus dem Stegreif.«

»Ich habe mich über meine … unsere Gegner schlaugemacht«, erwiderte Laetitia gelassen.

»In einem Museum zu Sibiriens Geschichte gibt es sicher genug Mumien, die Mandeville zum Leben erwecken konnte.« Anton ließ den Bericht weiterlaufen. »Die Schäden in den Räumen und den Durchgängen sprechen dafür, dass das Mammut Ihre Leute durch die gesamte Ausstellung jagte.«

»Also schön. Nehmen wir an, Mandeville fand den ersten Particula.« Laetitia schaltete das Tablet aus. »Wir fliegen nach Goa. Das ist die nächste Station, laut den Daten und dem, was wir erfahren haben.« Sie ging langsam durch die leeren Sitzreihen zurück zu Gunnar. »Wir legen einen Tankstopp in Kathmandu ein. Das wird uns nicht mehr als eine Stunde kosten, und dann könnten wir sogar vor dem Captain in Indien sein und sie auf dem Flughafen in Goa abfangen. Ruhen Sie sich aus.« Sie verschwand aus dem Blickfeld.

Milana trank und schaute aus dem kleinen Fenster. »Anton?«

»Ja?«

»Es gibt noch etwas zu bereden.« Sie sah ihn ernst an. »Zwischen dir und mir.«

Schnell besorgte er sich einen Kaffee aus der Maschine, um hellwach zu sein, und nahm ihr gegenüber Platz, der Flugbegleiter gab ihm auf sein Bitten mehrere warme Kekse mit. Mikrowellengebäck, aber sie schmeckten.

Ihn und Milana verband die Sorge um einen geliebten Menschen, und er war einem Gespräch über Sorgen nicht abgeneigt. *Vereint von der Vorsehung.* Dass er seine Familie nicht kontaktieren durfte, beunruhigte ihn. Doch Kathrin und den Kindern sollte nichts geschehen, deswegen brachte er sie erst gar nicht ins Spiel. *Ich könnte es mir niemals verzeihen, wenn ihnen meinetwegen etwas zustößt.*

»Also?«

Milana schob den Wodka von sich. »Ich habe dich angelogen.«

Anton nippte am Kaffee und wartete ab. Das Gespräch begann anders als vermutet.

»Willst du nicht wissen, mit was?«

»Sicher. Aber ich habe keine Vorstellung, was es sein könnte.«

»Dann mache ich es dir einfach: Mutemhat sandte mich aus. Nicht mein Vater.« Sie faltete die Hände und stützte die Ellbogen auf die Knie, lehnte sich nach vorne. »Sie wollte, dass ich dich aufhalte. Dich und die anderen, damit ihr Pastinak nicht befreit und Mandeville nicht stört«, erzählte Milana mit gedämpfter Stimme. »Verstehe mich bitte: Folge ich ihrem Auftrag nicht, tötet sie meinen Batjuschka.« Sie zog das Shirt an der Schulter hoch und zeigte notdürftig mit Pflaster geschützte Striemen. »Das war ihre Peitsche. Genau wie an meinem Bein.« Milana legte ihm eine Hand auf den Unterarm. »Aber ich will und kann das nicht tun. Du musst mir helfen, einen Ausweg zu finden.«

Anton war geschockt und gerührt zugleich. Es wäre ihr ein Leichtes gewesen, ohne Vorwarnung zuzuschlagen. *Indem sie sich eine Waffe nimmt und uns einfach erschießt.* »Danke, dass du es mir verraten hast.«

»Wir brauchen einen Plan, um die Priesterin auszuschalten. Vorher retten wir Wilhelm und meinen Vater.« Sie sah am Sitz vorbei zu Gunnar und Laetitia. »Dieser Nótt scheint was ausrichten zu können. Vielleicht schaffen wir es mit seiner Hilfe. Wenn er die Kontrolle der elektronischen Steuerungen und Sicherheitssysteme im Hochhaus übernimmt, haben wir eine Chance.«

Anton mochte ihre Entschlossenheit. *Aber sie übersieht einen entscheidenden Faktor.* »Ich … bin Schreiner, Milana. Ich kann nicht mal mit Pistolen umgehen.«

»Ich auch nicht. Jedenfalls nicht besonders gut. Ich war ein-, zweimal mit Kunden auf einem Schießplatz. Doch ich habe etwas Besseres.« Sie legte die Kuppe ihres rechten Zeigefingers gegen ihre Stirn. »Mutemhat setzte mir einen Particulasplitter ein. Das macht mich angeblich unsterblich.«

Anton nahm doch das angebotene Glas Wodka, das unangetastet auf dem Tischchen stand. Der Alkohol brannte in der Kehle, schnell spülte er mit Kaffee nach. »Wie Mandeville und seine Leute?«

Milana seufzte. »Ich weiß nicht, was dieser Stein mit mir anstellt, aber … sollte ich wirklich nicht zu töten sein, ist es unser Vorteil. Das hatte die Priesterin anders vorgesehen, doch ich werde diese Macht gegen sie wenden.«

In Antons Verstand entstanden und vergingen Pläne in rascher Folge. *Denk nicht wie ein Schreiner. Denk, als wärst du in einem Escape-Spiel.* »Laetitia und ihre Leute sind keine Verbündeten. Wir müssen sie zuerst loswerden. Danach landen wir in Goa, befreien Wilhelm und erledigen die Briten.«

»Es sind Offiziere, Anton. Sie haben gelernt zu kämpfen.«

»Aber sie nehmen an, dass du auf ihrer Seite bist«, wandte er ein. »Wie wäre es damit: Wir tun so, als hättest du mich gefangen. Wir stoßen zu Mandeville, spielen ihm was vor und warten auf eine Gelegenheit, die vier auszuschalten.«

»Das bleibt gefährlich und ist voller Unwägbarkeiten.« Milana erhob sich und ging zur Kaffeemaschine. Den aufmerksamen Steward, der sich schon erhoben hatte, schickte sie mit einer Handbewegung und einem Lächeln zurück auf seinen Platz. »Aber es ist wohl der beste Plan. Ich wollte es so und nicht anders. Sonst hätte ich dich einfach umbringen können, nicht wahr?«

Die Maschine brühte summend und brodelnd den Kaffee.

Milana drehte sich zu Gunnar und Laetitia, die über ihren Smartphones saßen und Nachrichten schrieben. Langsam nahm sie die gefüllte Tasse und trank im Stehen das heiße Getränk. »Sie werden nichts ahnen. Das wird zumindest einfach.«

Anton vernahm das Schwanken in ihrer Stimme. *Sie hat Angst.* »Ich werde sie ablenken«, schlug er vor. »Dann kannst du –«

»Nein. Sobald sie aufmerksam werden, ist die Überraschung verloren.« Milana stellte die Tasse ab und suchte seinen Blick. »Ich möchte es nicht bereuen, dich gewarnt zu haben. Kannst du mir das versprechen?«

»Ich verspreche es dir.« Anton sah sich um, was er als Prügel benutzen konnte, sollte es zum Kampf kommen. Außer einer Champagnerflasche im Kühler gab es nichts. *Solche Probleme hat man nur, wenn man in einem Privatjet fliegt.* »Legen wir los?«

Milana schlenderte die Kabine entlang und nahm ein Prospekt vom Tisch, ging in Richtung der Toiletten. Unbemerkt von Gunnar und Laetitia löste sie den kleinen Feuerlöscher von der Wand. Als sie hinter dem nichtsahnenden Hünen stand, drosch sie ihm den Metallzylinder mit ganzer Kraft in den Nacken.

Aufkeuchend brach der Mann zusammen und fiel halb auf die überrumpelte Laetitia, begrub sie unter sich und drückte sie in den Sitz.

»Anton! Her zu mir!«, rief Milana und holte aus.

»Was soll der Scheiß?« Laetitia tastete mit ihrem unverletzten Arm nach der Waffe. Zweimal wich sie den Hieben mit dem Feuerlöscher aus und richtete die Mündung auf Milana. »Dich schickte die Priesterin!«

Anton preschte vorwärts. »Halten Sie sich raus«, rief er dem erstarrten Steward zu.

»Ihr werdet uns nicht aufhalten!« In rascher Folge drückte Laetitia ab.

Mehrfach wurde die junge Russin getroffen, sie schrie vor Schmerz auf und geriet ins Wanken. Die Projektile punzten Löcher in Arme, Brust und Hals, Blut spritzte gegen die Sessel, die Wand und die Decke. Dann ging Milana zu Boden.

Nein! Bevor sich Laetitia unter dem regungslosen Gunnar herausgegraben hatte, schnappte sich Anton den Feuerlöscher und verpasste der Gegnerin eine volle Ladung Schaum ins Gesicht.

Aufschreiend ließ sie die Pistole fallen und fasste sich an die Augen. Der gurgelnde Schrei endete mit dem Schlag des Metallbehältnisses und sandte die Frau ohnmächtig in die Polster.

»Was ist dahinten los?« Die Cockpittür öffnete sich, der Copilot stand im Gang.

»Milana!« Anton schnappte sich Gunnars kurzläufiges Schnellfeuergewehr und bedrohte den Mann damit, der sofort die Hände in die Höhe riss. »Milana, sag was!«

Stöhnend richtete sich die Russin auf und betrachtete den getroffenen Arm. Die Wunde hatte sich bereits geschlossen, nur das Blut und das Loch in der Kleidung erinnerten an den Treffer; das Gleiche geschah mit den übrigen Verletzungen.

»Unsterblich, ja«, sagte sie leidend. »Aber es tut *verdammt* weh. Davon hat die Mumie nichts gesagt.« Sie stemmte sich auf die Beine.

»Jeff? Was ist los?«, schallte es aus der Kanzel.

»Alles in bester Ordnung.« Anton war erleichtert, dass der erste Teil des Plans funktioniert hatte. »Keine Funksprüche. Ich lasse den Jet durch einen Hacker überwachen. Wir fliegen weiter nach Goa.«

»Und die Tür bleibt offen«, ergänzte Milana und sah auf die überwältigten Gegner. »Haben Sie Handschellen dabei?«

Der Copilot nickte und griff langsam zu einem seitlichen Schränkchen, in dem ein Verbandskasten und die Fesseln für Notfälle aufbewahrt wurden. Renitente Passagiere gab es offenbar selbst in Privatjets.

»Die brauchen wir. Es wird Ihnen nichts geschehen, wenn Sie Ihren Job gut machen.« Anton nahm die Handschellen und legte sie den Ohnmächtigen an, wuchtete sie in den Gang nebeneinander. Er sah zum aufgelösten Steward, der sich in seinem Sitz klein machte. »Niemand sonst kommt zu Schaden.«

»Was immer Sie sagen. Sie haben das Gewehr.« Der Copilot kehrte ins Cockpit zurück, ohne den Zugang zu schließen.

Anton inspizierte staunend mit Milana die Stellen, an denen die Kugeln in ihren Körper eingeschlagen waren. »Verheilt. Als wäre da kein Loch gewesen.«

»Mutemhat hielt ihr Versprechen. Oder ihren Fluch. Wie man es sieht.« Sie massierte den Punkt oberhalb der Nasenwurzel. »Es brennt ein wenig. Als ... wäre der Splitter heiß geworden.«

»Das wäre schlecht. Sollte er das jedes Mal machen, wenn er den wundersamen Heilungsversuch einleitet ...« Anton verstummte. Die Konsequenzen klangen nicht gut.

»Ich weiß, was du meinst. Es könnte mein Hirn schädigen. Und da es vom Particula verursacht wurde, ist die Verletzung vielleicht von der Regeneration ausgenommen.« Milana ging zum Koffer der ohnmächtigen Laetitia und öffnete ihn. »Wechselkleidung. Die waren gut vorbereitet. Jet, Ersatzkleidung an Bord. Alles, was man braucht.«

Anton drehte sich weg, als sie das blutige, durchlöcherte Oberteil auszog und sich mit dem bereitstehenden Mineralwasser das Rot abwusch. »Bleiben wir bei dem zweiten Teil unseres Plans?«

»Nachdem der erste so gut funktionierte, würde ich sagen: Ja.« Milana lachte erleichtert. »Wir sind gar kein so schlechtes Team, oder?«

»Das ist richtig.« Er sah auf das kurzläufige Schnellfeuergewehr in seiner Hand. Der Hebel stand noch auf *Safe*. Der Pilot hatte sich vom bloßen Anblick einschüchtern lassen.

Anton atmete auf.

* * *

*»Verehre die Wege der Vorsehung auch da,
wo sie deinen blöden Augen ungerecht scheinen.«*

Mirza's zweites Gesicht, in: August Jacob Liebeskind (Hg.):
Palmblätter: erlesene morgenländische Erzählungen
für die Jugend, Band 1 (1786)

KAPITEL VI

JAPAN, TOKIO, FRÜHHERBST

Mit strengen und aufmerksamen Blicken bewachte Yūki Takahashi die Menschen, die er zu einem feierlichen Event eingeladen hatte, das ein Höhepunkt in der Geschichte der Kadoguchi-Stiftung sein sollte.

Nun war es zum Tiefstpunkt geworden.

Noch immer versuchte Yūki zu verarbeiten, was geschehen war. Er hatte den Tod erfahren, schmerzhaft, peinvoll, in aller Klarheit. Und war wie von Archibald Mandeville versprochen beim nächsten Wimpernschlag als Untoter auferstanden.

Mehrmals hatte er sich in den umliegenden verspiegelten Flächen betrachtet. Das Gesicht schwebte vertrocknet und eingefallen über geschlossenem Hemdkragen und Krawatte, gleich einem mit vergilbtem Papier bespannten Totenkopf. Die Haut am Hals und an den Händen war faltig und spröde, so gut wie kein Fleisch war mehr zu sehen, und überall stachen Knochen und Sehnen deutlich hervor.

Was Yūki am meisten irritierte, war der Umstand, dass er denken konnte. Fühlen. Er war nicht zu einem Zombie mutiert, nicht beseelt von dem Wunsch, andere Menschen zu erschlagen und deren Hirn zu verzehren. Stattdessen war ihm eine Dienerseele gegeben worden.

Sein eigener Wille war zerschlagen und gebrochen, das Aufbegehren ausgelöscht und ersetzt durch Unterwürfigkeit und Aufopferung. Jeden Befehl, den ihm Mutemhat gab, sei es durch ein Wort, durch eine Geste, durch einen Blick, würde er erfüllen, koste es ihn, was es wolle. Auch sein lebendiges Nichtleben.

Yūki spürte keinen Herzschlag, keinen Puls. Sein Leib hatte das Leben verloren und war doch beweglich. Dies wahrzunehmen und nicht erklären zu können, fand er nicht weniger befremdlich. Unter anderen Umständen wäre er in Panik ausgebrochen. Aber sein Untertan-Ich nahm es hin, hinterfragte nicht.

Kurz dachte Yūki darüber nach, was er tun würde, sollte die Gebieterin ihm einen freien Tag erlauben, eine Stunde ohne Anweisung. Es erschien ihm gruselig und unheimlich.

So musste sich eine künstliche Intelligenz fühlen, die genau wusste, was sie war und vermochte, und dennoch von einer übergeordneten Programmierung gesteuert wurde, gegen die es kein Aufbegehren gab.

»Mister Takahashi«, flüsterte ihm eine Frau zu. »Hören Sie mich?«

Mutemhat hatte ihm nicht verboten, mit den Geiseln zu sprechen. Er wandte sich der Frau zu und erkannte sie sogleich. *Mistress Bérgerac.* Sein Gedächtnis funktionierte tadellos. »Ja.«

Ihr teures blassblaues Kleid war von Flecken übersät, das Blut der Erschossenen. In ihrem einst perfekt geschminkten Gesicht schien alles verrutscht zu sein, von den Brauen bis zu den Wimpern und Lippen. Sie rutschte näher an ihn heran und schüttelte die zurückhaltende Hand ihres Gemahls ab. »Können Sie uns nicht gehen lassen? Wir wollen nicht sterben!«

»Das kann ich nicht.« Es entsprach der Wahrheit. Dass Yūki ein entschuldigendes Oberflächenlächeln hinzufügte, das bei seinem ausgemergelten Äußeren eher Furcht einflößend wirkte, machte es nicht besser.

»Sie haben uns in die Scheiße geritten, Takahashi«, setzte Mister Bérgerac nach. »Sie bestanden darauf, dass wir zu Ihrer Feier kommen. Geben Sie sich einen Ruck! Machen Sie eine Pause oder … was weiß ich. Verschwinden Sie einfach für zehn Minuten.«

»Das darf ich nicht.« Es tat Yūki leid, dass er den Gästen die Unbequemlichkeiten nicht ersparen konnte.

»Und wenn ich aufstehe und losgehe? Folgen Sie mir?«, fragte Mistress Bérgerac ungläubig.

»Ja.«

»Und?«

»Werde Sie hindern zu gehen. Mit allen Mitteln.«

»Sie … Sie würden mich töten?«

»Nur, wenn es sich nicht verhindern lässt. Wenn Sie mich angreifen. Oder etwas tun, was dem Befehl der Gebieterin entgegenwirkt.« Yūki bewegte sich beim Sprechen nicht, sondern stand ruhig und steif da.

Mistress Bérgerac erhob sich langsam und rückte das fleckige Kleid zurecht. »Ich werde jetzt zum Fahrstuhl gehen«, verkündete sie. »Sie, Mister Takahashi, werden mich gehen lassen. Uns alle. Weil *Sie* die Schuld daran tragen, dass wir in diese Lage kamen.«

»Das liegt nicht in meinem Ermessen.« Yūki machte einen halben Ausfallschritt und spreizte die Arme leicht ab. Eine Drohgebärde, die jeder verstand. *Hoffe ich für sie.* »Sie werden bleiben. Tot oder lebendig, Mistress Bérgerac.«

Ihr Blick wurde unsicher.

»Setz dich wieder hin«, verlangte ihr Mann eingeschüchtert. »Das ist nicht der Takahashi, den wir kannten. Das ist ein Monstrum.«

Die Bezeichnung schmerzte Yūki. Aber letztlich stimmte es. Er war eine Mumie. Ein Monstrum. *Der untote Diener einer Priesterin, die Tausende von Jahren alt ist.* Nicht ein Hauch von Bitterkeit lag in dem Gedanken. Vielmehr freute es ihn, dieser Aufgabe würdig zu sein. *Auserkoren.*

Sturm umheulte und umtoste das Gebäude, vor den Fenstern ballte sich eine gewaltige Unwetterfront, als würde sie von Tokio magisch angezogen. Die Blitze entluden sich schneller und schneller in die Millionenstadt, bis unvermittelt einer aus den schwarzen Gespinsten stieß und waagrecht in ihr Stockwerk einschlug.

Der Turm wankte unter den Energien. Die am Boden kauernden Menschen schrien in Angst auf, duckten sich und klammerten sich aneinander.

Yūki stand an seinem Platz, die Arme nach wie vor leicht abgespreizt, und zuckte nicht einmal zusammen. Er fürchtete sich nicht. *Gewiss hat es etwas mit Lithos zu tun.*

Auf sein Geheiß hin hatte die Kadoguchi-Stiftung Lithos samt Sergej Nikitin aus Frankreich eingeflogen. Auch den alten Schreinermeister hatte er aus Annweiler nach Japan bringen lassen, um ihn vor dem Tod zu bewahren. Es war perfekt gelaufen.

Aber alles, was sich an *diesem* Festtag ereignete, war nicht vorgesehen gewesen. Nicht einmal im Ansatz.

Ein dritter Blitz jagte durch das Gebäude, quer durch die Festhalle und schlug eine Schneise der Verwüstung durch die Mauern. Dorthin, wo das Laboratorium lag.

Die Männer und Frauen schrien und legten sich flach auf den Boden, während die Entladungen nicht enden wollten. Knisternd und summend pumpten die Wolken Ampere und Plasma durch das rüttelnde Hochhaus. Die Luft lud sich auf, Yūkis Härchen stellten sich aufrecht; harmlose elektrostatische Lichterscheinungen umspielten ihn elmsfeuergleich.

Gleichzeitig sprangen die Warnsirenen an. Eine Computerstimme verkündete, dass das Gebäude umgehend wegen Erdbeben zu evakuieren sei.

Yūki konnte nicht entscheiden, ob es sich bei dem Rütteln um eine Bodenbewegung handelte oder die Blitze Schuld daran trugen. Er war sich sicher, dass Mutemhat das Unwetter gerufen hatte, um Lithos mit mehr Energie zu versorgen. *Das Resultat wird sie bald präsentieren.*

»Hören Sie das? Der Turm soll verlassen werden!«, sprach Mistress Bérgerac und erhob sich. Vehement forderte sie die anderen Geiseln auf, ebenfalls aufzustehen. »Was ist mit Ihnen? Selbst Sie als Monstrum können das Leben verlieren. Kommen Sie mit uns und –«

»Keiner wird diese Halle verlassen, es sei denn, die Gebieterin verlangt es.« Yūki ging in Angriffsstellung. »Machen Sie einen Schritt auf den Fahrstuhl zu, und ich reiße Ihnen die Beine aus.« Dabei öffnete und schloss er die vertrockneten Finger. Es war keine leere Drohung. Er hatte genug Kraft dafür.

Unvermittelt flogen die Türen zum Treppenhaus auf.

Eine vierköpfige Feuerwehrtruppe erschien. Sie trugen Erste-Hilfe-Rucksäcke auf den Rücken und Funkgeräte, einer hatte eine Axt dabei.

»Meine Damen und Herren. Ich muss Sie bitten, das Stockwerk sofort zu räumen. Bitte benutzen Sie dazu das Treppenhaus, sofern Sie …« Der Anführer des Inspektionsteams stutzte beim Anblick der Menschen auf dem Boden. Dann entdeckte er das Loch und die Schäden in den Wänden, welche der Blitz geschlagen hatte. »Was geht denn hier vor?«

Yūki wandte sich langsam den Feuerwehrmännern zu. »Alles in Ordnung. Ich kümmere mich darum. Suchen Sie die oberen Stockwerke ab.«

Entsetzt wich das Quartett vor ihm zurück. Yūki hatte vergessen, dass sein Gesicht dem einer mumifizierten Leiche glich.

Der Truppführer ergriff sein Funkgerät. »Leitstelle, wir haben Probleme in Etage 46. Der Notruf ist echt! Schicken Sie sofort ein Sicherheitsteam. Ich wiederhole: Sicherheitsteam in Etage 46. Wir … haben so was wie eine Geiselnahme.«

Yūki musste dem Mann zugestehen, dass er wie ein geschulter Feuerwehrmann reagierte. *Eine der Geiseln hat es geschafft, eine Nachricht abzusetzen und Hilfe zu rufen.* Die Feuerwehrleute waren in Wirklichkeit das Scoutteam, um nach dem Rechten zu schauen. Damit hatte der Anführer das Todesurteil für sich und seinesgleichen gesprochen.

Mit raschen Schritten stand Yūki zwischen den Feuerwehrleuten und tötete drei mit harten Hieben gegen die Köpfe, die ihre Helme samt Schädel zerbrachen wie Eierschalen. Die blutsprudelnden, verstümmelten Leichen fielen auf den teuren Teppichboden.

Lediglich der Axtträger duckte sich rechtzeitig weg und schlug zu. Yūki wurde in die Brust getroffen, wankte unter dem Einschlag der schweren Klinge. Weder fühlte er Schmerzen noch eine Beeinträchtigung.

»Nein! Scheiße, wieso stehst du noch?«

Bevor der entsetzte Angreifer die Axt für einen zweiten Versuch herausziehen konnte, nahm Yūki sie selbst aus seinem Korpus und führte damit einen halbkreisförmigen Schlag, der dem Feuerwehrmann durch den Arm ging und im Rumpf stecken blieb. Schreiend stürzte er neben seine abgetrennte Extremität, Yūkis Stampftritt gegen seinen Kopf beendete die Schmerzen.

Yūki sah sich um. Einige Geiseln hatten die Ablenkung genutzt, um aufzuspringen und zum Fahrstuhl oder Treppenhaus zu rennen.

Gleichzeitig flogen die Türen zu den Stufen von außen auf, und auch der rechte Fahrstuhl öffnete sich. Mehrere Sicherheitsmitarbeiter, teils Polizisten, teils schwerbewaffnete Wachleute, fluteten den Saal.

Sie hielten sich bereit und warteten auf das Signal der Aufklärer. Yūki erkannte mit einem Blick, dass die Angreifer zu zahlreich für ihn und seine Verteidiger waren. Gleich würde sich zeigen, wie viele Kugeln sein vertrockneter Leib aushielt, bevor er irreparabel wäre. Aber er zögerte nicht eine Sekunde, sich gegen die Übermacht zu werfen. *Für die Gebieterin!*

»Ihr werdet Zeugen meiner neuen Macht, Sterbliche!«, tönte Mutemhats Stimme unvermittelt durch den hohen, weiten Raum. »Dient mir!«

Sie ist gekommen! Yūki sah über die Schulter nach seiner Gebieterin, die keinerlei Anzeichen mehr von Zerfall zeigte. Frisch und jugendlich wie zu ihren Lebzeiten stand sie in der Halle, das weiß-goldene Gewand umspielte sie im Wind, der durch die Löcher und geborstenen Scheiben hereinströmte.

Aus ihren gereckten Fingern lösten sich durchsichtige, dunkelbraune Wolken, die den Geiseln und den Angreifern entgegenrollten. Sobald sie einen Menschen trafen, wandelte sich die Farbe zu leuchtendem Bernstein und Karamell.

Die Männer und Frauen krümmten sich unter der Energie, die sie einhüllte.

Sie macht sie alle zu Mumien. Ohne sie berühren zu müssen. Yūki verfolgte die Verwandlung von Mistress Bérgerac aus nächster Nähe.

Ihr Gesicht trocknete in weniger als einer Sekunde aus, die Haut schrumpelte und verlor die Feuchtigkeit, die Gelenke und Knochen standen deutlich hervor. Tätowierungen im Nacken verblassten, das Kleid wirkte zwei Größen zu weit. Teils fielen die Haare aus, die Lippen rissen, und das Zahnfleisch schwand. »Was … was geht mit mir vor?« Sie keuchte und betrachtete ungläubig ihre Finger, von denen die Ringe rutschten.

»Ihr seid von nun an meine Diener«, befahl Mutemhat. Auf den Klang ihrer Stimme hin wandten sich die einstigen Geiseln und die Bewaffneten zu ihr und gingen auf ein Knie herab.

Auch Yūki kniete nieder. Es war ihm ein Bedürfnis, aus tiefstem Inneren. *Gebieterin!*

»Ihr werdet dieses Stockwerk gegen alles und jeden verteidigen. Ohne meine Erlaubnis betritt niemand diese Räumlichkeiten«, verkündete die menschgewordene Priesterin.

»Ihr seid meine ersten Soldaten auf dem Weg zu einem neuen Weltreich, wie es die Menschheit noch nicht gesehen hat. Seid stolz darauf! Es ist ein Privileg.«

Yūki sah Sergej Nikitin aus dem Laboratorium kommen. Auch er hatte sich in eine Mumie verwandelt, der dem Willen der Priesterin gehorchen musste. *Es gibt kein Entkommen vor ihrer Macht.*

»Gebieterin, es ist so weit«, rief der Professor freudig. »Lithos hat sich erneut aufgeladen. Es ist bereit für dein Vorhaben.«

»Ausgezeichnet.« Mutemhat warf Yūki einen Blick zu. »Du wirst die Aufsicht über sie haben. Hört ihr? Was Yūki euch befiehlt, das werdet ihr tun. Alles dient meinem Schutz. Tötet die Sterblichen.« Dann eilte sie ins Laboratorium, Nikitin an ihrer Seite.

Yūki schulterte die blutige Axt, trunken vor Hochgefühl. *Mich erwählte sie zum Anführer! Mich!* Er erhob seine Stimme. »Ich teile euch jetzt in verschiedene Sektionen ein.«

Niemand würde einen Fuß in Stockwerk 46 setzen.

* * *

IN EINER ANDEREN WELT

Suna kam langsam zu sich und blinzelte.

Der Länge nach ausgestreckt und den Kopf nach rechts gedreht, lag sie in der Gasse, wo sie die Kugel der Unbekannten niedergestreckt hatte.

Ich … lebe? Neben ihr ragte eine Mülltonne in die Höhe, und dicht vor ihrem Auge sah sie die Finger ihrer linken Hand, auf die unaufhörlich dunkle Flocken niedergingen, die beim Landen leise raschelten. Zuerst dachte Suna, es sei

Asche, doch sie bemerkte ihren Fehler recht schnell. *Schwarzer Schnee?*

Nicht ein Laut ertönte, kein Motorenbrummen, kein Hupen, niemand rief nach ihr, keine neuerlichen Schüsse. *Wieso ist es so still?*

Sie stemmte sich vorsichtig in die Höhe und setzte sich auf die Fersen, blickte sich um. Der Hof war leer, abgesehen vom schwarzen Schnee, der sich am Boden sammelte. Stefans Leiche fehlte, die Killerin war nirgends. Weit und breit tauchte niemand auf, das herrschende Zwielicht machte die Umgebung unwirklich.

Wo sind alle? Suna schauderte, als eine eisige Flocke in ihrem Nacken landete und schmolz, wobei aus dem Schnee heißes Wasser wurde, das warm ihren Rücken hinabfloss. *Es wird immer seltsamer.*

Sie trug das Pseudo-Broker-Outfit mit den heruntergekommenen Sneakers. Schmerzen spürte Suna nicht. *Hier stimmt etwas nicht.* Sie tastete Körper und Gesicht ab. Die Risse und Wunden, die von Stefans Schlägen stammten, waren ebenso verschwunden wie der Einschuss auf ihrem Rücken.

Langsam erhob sie sich. *Okay. Vielleicht bin ich doch tot und hänge auf einer Zwischenebene fest?* Sie machte sich auf den Weg, um die Gasse zu verlassen, in der es nichts gab, was auf die Ereignisse vor wenigen Minuten hinwies. *Oder ist das meine persönliche Hölle?*

Suna war nie gläubig gewesen. Sie verweigerte sich der traditionellen Vorstellung von Himmel und Verdammnis sowie sonstigen religiösen Jenseitsvorstellungen – was ihre Eltern nicht eben glücklich machte.

Suna trat in die verlassene Freßgass, auf die unaufhörlich schwarzer Schnee fiel.

Die dunklen Kristalle legten sich auf die Markisen der Cafés und die ausgestellten Waren und Auslagen vor den Geschäften. Benutztes Geschirr und halbvolle Gläser standen auf den Tischen, Zigaretten lagen qualmend in den Aschenbechern und weigerten sich, vom Niederschlag erstickt zu werden.

Als wären die Bewohner grad erst abgehauen. Suna legte den Kopf in den Nacken und sah in den weißen Himmel, der sich in der Ferne verlor. Die kühlen dunklen Flocken trudelten und tanzten herab, einige trafen ihr Gesicht, schmolzen und wurden zu warmem Wasser, das über ihre Haut rann. *Wieso dieser unwirkliche Schnee?*

Behutsam leckte sie vom Tauwasser: süß und salzig, ein Hauch von Zitrone und Bitterkeit. Ein unnatürlicher, aber nicht unangenehmer Geschmack.

Suna fiel auf, dass sie weder laut mit sich selbst redete oder fluchte noch in Panik verfiel, was angesichts der Lage sogar bei einem Menschen ohne Angststörungen normal gewesen wäre. Doch ihr war nicht nach den Beruhigungsmedikamenten.

Das ist nicht meine Realität. Sie streifte die Freßgass entlang, vorbei an den ausgestorbenen Läden und Cafés, die wirkten, als kehrten die Besucherinnen und Besucher in der nächsten Sekunde zurück. *Aber wo bin ich?*

Ihr Weg führte sie über Straßen, auf denen kein Wagen fuhr oder stand. Das Rascheln und Knistern des fallenden schwarzen Schnees und das Knirschen ihrer Sohlen waren die einzigen Laute.

Vor der Alten Oper hielt Suna an. »Hallo?«, rief sie; das Echo ihrer Stimme rollte über den Platz und kehrte mit Verzögerung von den Häuserfronten und durch die stürzenden Kristalle gedämpft zu ihr zurück. »Kann mich jemand hören? Wo bin ich?«

Nur eine eisige Windböe antwortete ihr, umspielte sie säuselnd und formte Figuren und Bilder aus dem rieselnden falschfarbigen Schnee.

Ich stecke in einem Horrorfilm. Oder in einer Welt nach der Zombieapokalypse. Oder in einer dieser fantastisch angehauchten Dystopien. Suna betrachtete fröstelnd die Alte Oper. Auch wenn die schwarzen Flocken warm auf ihr schmolzen, war es um die null Grad kalt.

An der Garderobe werde ich etwas finden, das mich wärmt. Suna wollte sich in Bewegung setzen, als sie das Geräusch vernahm: *Klack, klack, klack,* wie von Pferdehufen im lockeren Tab.

Woher kommt das? Sie wandte sich suchend um. *Ein Reiter?*

Durch den fallenden Schnee bewegte sich ein großer Schemen, der genug Abstand hielt, um nicht erkannt zu werden. Die Kreatur umkreiste die junge Hackerin, wechselte mehrmals die Richtung.

Klack, klack, klack.

Suna stand unschlüssig auf der Stelle. »Wer ist da?«

»Ehe du meinen Sohn und das halbe Reich erhältst«, sprach eine laute Frauenstimme von überall und nirgendwo, »musst du noch eine Heldentat vollbringen. In der Stadt läuft ein Einhorn, das großen Schaden anrichtet. Das musst du erst einfangen.«

Scheiße. Als Anhängerin von Märchen jeglicher Art war es Suna ein Leichtes, die Sätze zuzuordnen. *Das ist aus der Mär des tapferen Schneiderleins.*

Der Schemen trat aus der Deckung der schwarzen Kristalle und zeigte sich schnaubend. Es war größer als ein Pferd, der Körper mit weißem Fell bedeckt, der Hals ging zum Kopf in dunkles Rot über, als glühe der Schädel. Aus blau strahlenden Augen starrte das Tier Suna an und senkte das Haupt. Das aus drei Strängen gedrehte Horn in Schwarz, Weiß und Grau auf der Stirn erinnerte Suna an eine Zuckerstange, nur dass das Ende tödlich spitz zulief und wohl mehrere Erwachsene aufspießen konnte.

Ich muss träumen! Offenbar vermengte Sunas Verstand Grimms Märchen mit Quellen, die sie einst dazu studierte. Einhörner fanden sich bereits in jahrtausendealten Schriften und Aufzeichnungen, unter anderem sogar in der Bibel. Der vom Klischee abweichende Anblick erinnerte sie frappierend an die Beschreibung des griechischen Arztes Ktesias aus Knidos, der vor knapp zweitausendvierhundert Jahren an den Hof des persischen Herrschers Artaxerxes des Zweiten kam und das Einhorn in Indien verortete.

Das Tier nahm den durchdringenden Blick nicht von Suna. Das Blau brannte sich in den Verstand der jungen Frau.

Was mache ich jetzt?

Der rechte Vorderhuf schleuderte Schnee in die Luft, mehrmals scharrte das Einhorn über den Boden und senkte den Kopf weiter, die Spitze des Horns zielte auf Sunas Körpermitte.

Langsam ging die Hackerin rückwärts über den Platz in Richtung Alter Oper. Weglaufen ergab keinen Sinn, nicht vor einem übergroßen Pferd. *Ich soll es bezwingen. Danach wird es irgendwie mit diesem Wahnsinn weitergehen. Oder enden?*

Im Märchen hatte das tapfere Schneiderlein das Einhorn verleitet, gegen einen Baum zu rennen. Dabei hatte sich das Horn im Stamm verfangen, sodass es nicht mehr freikam, und das Schneiderlein konnte ihm einen Strick umbinden und es wegführen, nachdem er das Horn durchtrennt hatte.

Ich habe nicht mal einen Strick. Suna ging behutsam die wenigen Stufen des Opernhauses hinauf zur riesigen mittleren Glastür. »Was willst du von mir?«

Das Einhorn schnaubte laut und trabte los, die lange Spitze auf Suna gerichtet. Kaum hatte es den Huf auf die erste Stufe gesetzt, verfiel es in Galopp und preschte aufwärts.

Scheiße! Suna warf sich herum und stürmte gegen die Eingangstür. *Bitte, geh auf!*

Doch die Flügel waren verschlossen.

Geistesgegenwärtig ließ sich Suna fallen, und das Horn zischte dicht über sie hinweg. Das Tier durchbrach wiehernd die Scheiben, ein glitzernder Scherbenregen ging auf die aufschreiende junge Frau nieder. Ein Hinterlauf traf sie an der Brust, als das Einhorn sie passierte.

Suna wurde an die Mauer geschleudert, der Kopf knallte dagegen. »Scheiße«, stöhnte sie und rutschte benommen zur Seite. Mit aufgerissenen braunen Augen starrte sie auf den Eingang, ob das Tier wieder herauskam. *Ich brauche eine Waffe! Und wenn …* Verwunderung unterbrach ihre panischen Gedanken.

Die portalgleiche Tür erhob sich intakt und ohne einen Kratzer, die Scheiben befanden sich unversehrt in den Rahmen.

Das Einhorn war verschwunden.

Hastig rappelte sich Suna auf und taumelte weg von der Alten Oper, zurück in den schwarzen Schnee. *Ich stecke in einem Traum fest. Und er wird erst enden, wenn ich das Einhorn besiegt habe,* dachte sie überzeugt. *Oder ich tot bin.*

Doch der Tod war keine Option. Suna würde ins Feld ziehen!

Dafür benötigte sie eine Axt.

Ein Seil.

Und einen Baum, ganz klassisch wie im Märchen.

Schlagartig wurde es Nacht im totenstillen Frankfurt, und die Straßenlampen sowie die Gebäudebeleuchtungen erwachten zum Leben. Hämisch strahlten die hell leuchtenden Bankentürme auf Suna nieder.

* * *

»Wer sagt es denn? *Gentlemen, behold:* Die Igreja da Nossa Senhora da Divina Providência e Convento de São Caetano«, verkündete Archibald Mandeville im Tonfall eines übermotivierten Fremdenführers und deutete hochdramatisch auf die weiß getünchte Kirche, die in dem Dschungel wie ein Fremdkörper wirkte. »Die Hinterlassenschaft fleißiger Theatiner-Mönche, die Gotteshaus und Kloster im späteren siebzehnten Jahrhundert erbaut haben.«

Er hatte das Team des Jets dazu gezwungen, nicht auf dem nächsten größeren Flugplatz zu landen, sondern ganz in der Nähe der historischen Stadt. Nach dem Vorfall in Nowosibirsk wollte er schneller zuschlagen als bisher und den Gegenspielern so wenig Angriffsmöglichkeiten geben wie möglich. *Jemand ist uns auf den Fersen und weiß über unseren Auftrag Bescheid.*

»Eine Schande.« Charles steckte die Hände in die Taschen. Er trug wie der Rest der Gruppe erneut Touristenkleidung, um nicht aufzufallen.

»Wieso? Ist doch schön anzusehen?« George schaute sich ausgiebig um.

Charles machte ein verächtliches Gesicht. »Nein. Dass wir Goa den Portugiesen überlassen haben. Mit einer kurzen Ausnahme.«

»Solange die ganze Welt denkt, dass das Empire *ganz* Indien beherrschte, was soll es uns scheren?« Jeremiah lachte. »Gentlemen, wir stehen in einem leibhaftigen Museum der alten kolonialen Macht.«

»Mit dem Particula.« Archibald hatte keinen blassen Schimmer, wie der Stein in die Kirche der Theatiner gekommen war. Doch er würde ihn mit seinen Leuten finden. *Pastinak prüft ihn und dann ab zum nächsten Ort.*

Velha Goa war in vergangenen Zeiten die Hauptstadt von Portugiesisch-Indien gewesen, bevor sie nach dem Wegzug der Bewohner wegen mehrerer Epidemien in der Bedeutungslosigkeit versank. Die aufgegebenen prächtigen Gebäude waren zum Unesco-Weltkulturerbe ernannt worden und heute eine Touristenattraktion.

»In München gibt es die Theatinerkirche. Die sieht genauso aus«, befand Pastinak, während sie auf die Kirche zugingen.

Archibald nahm sich ein Merkblatt aus einem der herumstehenden Spender. »Velha Goa, das einstige Rom des Orients, zieht Touristen und Pilger nach wie vor in Scharen an«, las er getragen daraus vor.

»Ich finde es heruntergekommen«, warf Jeremiah ein und zeigte zum Urwald, der bis dicht an die historische Stätte heranwuchs. »Noch zehn Jahre, und dann ist alles weg.«

»Also, mir geht das Herz auf«, gestand Archibald. »Seht euch den guten alten Stil an! Koloniale Architektur – herrlich. Man möchte Goa sogleich erobern.«

»*Rule Britannia …*«, stimmte Charles prompt an, wurde aber von den andern mit *Pssst!* beschwichtigt. Niemand wollte Aufmerksamkeit.

»Besonders beeindruckend sind die gigantischen Fassaden und vergoldeten Altäre der gut erhaltenen Kirchen«, trug Jeremiah vor, der über Archibalds Schulter linste. »Besuchen Sie das Grab des heiligen Franz Xaver, des berühmten Missionars aus dem sechzehnten Jahrhundert, dessen sterbliche Überreste in der Basílica do Bom Jesus ruhen.«

»Aber ohne seinen rechten Arm«, sagte George und hob seinen Stumpf. »Wie ich.«

»Woher weißt du das?« Archibald grinste. »Wolltest du dir das gute Stück schnappen?«

»Es wurde als Reliquie nach Rom gebracht und verwest nicht. Ein kleines Wunder.« George deutete über das Quartett. »Doch *wir* sind das größere Mirakel.«

»Wer weiß, wessen Zorn Xaver damals auf sich gezogen hat, dass er nicht zerfallen kann? Die indischen Yogis oder irgendein Hexer wird ihm was Ähnliches angetan haben wie die verfluchte ägyptische Hexe uns.« Archibald blickte auf die Uhr. »Gentlemen, wir haben noch zwei Stunden, bevor die Kirche schließt. Ich hoffe, es wird weniger aufregend als in Sibirien.«

Die Männer lachten, Pastinak eingeschlossen, und betraten das Gotteshaus, das auf einer Schautafel am Eingang als kleine Kopie des römischen Petersdoms angepriesen wurde.

»Nie und nimmer wie der Petersdom«, sagte Pastinak sofort. »Ich war schon dort, und er sieht ganz anders aus.«

»Es ging mehr um die Fassade«, warf Jeremiah ein.

»Geht es nicht immer um die Fassade?« Archibald bekam anerkennendes Schulterklopfen für seine weisen Worte.

Die Männer teilten sich auf und mischten sich unter die zahlreichen Touristen. Unauffällig begannen sie ihre Suche nach dem zweiten Particula, der in den Sarkophag von Mutemhat gehörte.

Archibald ließ den Schreinermeister bei Charles, der nah am Eingang stand und den Durchlass im Auge behielt. Überraschungen sollte es so schnell nicht mehr geben. An diesem Ort lagerten keine Mumien, die Archibald zur Verstärkung zum Leben erwecken konnte. *Oder ruft das Ding auch mumifizierte Tote aus einem gewissen Umkreis zu mir?* Er hoffte, den Heqa-Stab nicht einsetzen zu müssen, der in seiner rechten Jackentasche ruhte.

Von draußen erklang zwischen den erzkatholischen Bauten heitere indische Musik, die von den Arbeitern stammten, welche in der Nähe Ausgrabungen vornahmen.

Die vertrauten und geliebten Klänge warfen Archibald in der Zeit weit zurück.

Indien, Ägypten, das Empire, dem er und seine Freunde gedient hatten. So vieles hatte sich in den über hundert Jahren seitdem verändert. Die Welt war nicht mehr die gleiche. Die einstigen großen Nationen lebten im Schatten ihrer vergangenen Tage, während US-amerikanische Emporkömmlinge glaubten, sie hätten ein Imperium erschaffen.

Die Amerikaner besaßen noch nie Stil. Archibald favorisierte China. Seiner Einschätzung nach hatte es das Zeug dazu, eine neue Blüte zu treiben. *Solange sie sich dieses Mal vom Opium fernhalten.* Er grinste und wischte sich über den Schnauzer.

Unterdessen schlenderten seine Leute durch den Innenraum der Kirche und benahmen sich genauso neugierig wie die übrigen Besucher. Abgesehen von ihren altertümlichen Bärten fielen sie nicht auf. Archibald hatte sie davon abbringen können, den britischen Tropenhelm zu tragen. Es gab genügend Inder, die diese Art von Kopfbedeckung wenig spaßig fanden, und Tumulte konnte er nicht gebrauchen.

Schon gar nicht wie in Nowosibirsk. Archibald hatte die Berichterstattung verfolgt, und es war wie vermutet: Man hatte keine schlüssige Erklärung für die Vorgänge im zerstörten Museum. Lediglich eine Handvoll Eingeweihte mochte sich vielleicht einen Reim darauf machen, wieso zwei mumifizierte Mammuts zum Leben erwacht und quer durch die Räume gerannt waren. *Sollen sie raten und spekulieren. Niemals werden sie draufkommen.*

Jeremiah winkte Archibald unauffällig zu. Er stand vor dem Altar, auf dem sich eine Marienstatue erhob. Wie der verschwurbelte Name der Kirche andeutete, war die *Kirche Unserer Lieben Frau der göttlichen Vorsehung und Kloster des heiligen Kajetan* natürlich Maria gewidmet, der Schutzheiligen des Ordens.

Well, well. Ich bin gespannt. Archibald gesellte sich an Jeremiahs Seite. »Was gefunden?«

»Möglich. Schau mal. An den Füßen der Marienstatue.« Er deutete mit dem Finger darauf.

Fast vollständig verdeckt von einem Kelch mit Hostie darin, der vor der Statue stand, glänzte ein schwarzer Stein im Sockel. Ringsherum zierten Opale, Türkise und Diamanten das Marienabbild.

»Könnte sein«, meinte Archibald. »Befragen wir unseren Schreinermeister, was er davon hält. Gute Arbeit und scharfe Augen.«

»Danke, danke.« Jeremiah lehnte sich an das Geländer. »Ich halte vorsichtshalber Wache.«

Archibald machte eine bestätigend-militärische Handbewegung und ging zu Charles und Pastinak, die sich mittlerweile im rechten Kirchenschiff befanden und die drei Kapellen inspizierten. Sein Freund fuchtelte dabei vorbildlich wie ein Tourist mit dem Merkblatt. *Wir sind schon zu echt, um wahr zu sein.*

Während er unter der Kuppel hindurchging, bemerkte er zwei Neuankömmlinge, die in die Kirche traten. Sie bewegten sich vorsichtig und zögerlich, nicht ehrfürchtig oder staunend. Der feine Unterschied weckte seine Soldatensinne. »*Well, well.* Das sind also unsere neuen Verfolger«, murmelte er.

Eine kurzhaarige Blondine mit gewagtem Undercut um die dreißig und ein jüngerer Mann, beide viel zu warm gekleidet und mit entsprechend großen Schweißspuren auf Brust sowie unter den Achseln, schoben sich neben der Tür an die Seite und blickten sich um. Weder hatten sie ein Auge für die Architektur noch für die Kunstgegenstände in der Kirche.

Ist das Nikitins Tochter? Was tut sie hier? Archibald entging der freudig-überraschte Ausdruck auf dem Gesicht des langhaarigen Mannes nicht. *Was macht ihn froh?* Als er den Blicken folgte, sah er: *Pastinak!*

Die Miene passte nicht zu einem Verfolger, der sich über den Anblick seiner Beute freute, sondern sah nach aufrichtiger Erleichterung aus. *Es gibt einen persönlichen Bezug zu dem Schreiner.*

Archibald blieb stehen und tat, als lese er die Inschrift in der Kuppel über ihm.

Der junge Mann redete hastig mit seiner Begleiterin und zog sie in den Schutz einer Säule.

Angriff aus dem Hinterhalt oder Sammeln der Truppe und massierter Zustoß? Archibald entschied sich fürs Anpirschen. Dem verdutzten Jeremiah gab er mit Handzeichen zu verstehen, dass er zu Charles und Pastinak gehen sollte.

Immer mit der Säule zwischen sich und den beiden Neuankömmlingen, bewegte Archibald sich auf den langhaarigen Mann und Nikitin zu.

* * *

»Wir stehen viel offen herum!« Anton zog Milana hinter eine Säule. Ihn mochten Mutemhats Leute nicht kennen, die junge Russin hingegen schon. Sollten sie sie erblicken oder Wilhelm auf das Auftauchen seines Schülers reagieren, wäre die Überraschung dahin. »Wir müssen jetzt genau überlegen, wie wir vorgehen.«

»Das wird nicht leicht. Mandeville und seine Freunde sind unsterblich. Umbringen kann man sie nicht spontan. Nur beschäftigen.« Milana wischte sich den Schweiß von der Oberlippe. »Wieso ist es nur so heiß, verdammt? Ich sehe aus, als wäre ich mit den Klamotten schwimmen gewesen.«

Anton hatte sein Festoutfit gegen Kleidung aus Gunnars Koffer getauscht. Nicht ganz seine Größe, aber es passte besser in die Umgebung als Stoffhose und Sakko. Und auch er musste feststellen, dass er das subtropische Klima unterschätzt hatte.

»Wir beobachten sie.«

»Und dann?« Milana schaute sich im Innenraum um, ohne sich aus der Deckung zu neigen.

»Einen nach dem anderen abgreifen. Zu zweit schaffen wir das.« *Ich klinge echt verzweifelt.* »Sie dürfen nicht zu Mutemhat zurückkehren.« Er sah Milana an, dass sie es für eine dumme Idee hielt, sich derart mit dem Captain und seiner Gruppe anzulegen.

Beinahe war ihnen der Jet der Gegner entkommen. Als klar wurde, dass deren Maschine nicht auf dem Flughafen in Dabolim landen würde, mussten sie improvisieren. Daher waren sie regulär auf dem Goa International Airport gelandet und hatten die Crew sowie Laetitia und Gunnar gefesselt im Flieger zurückgelassen. Mit einem geliehenen Boot waren sie übers Meer und dann den Fluss Mandovi hinaufgefahren, weil es schneller ging als über Land. In Velha Goa hatten sie sich durchgefragt. Glücklicherweise waren Mandeville und Konsorten mit ihren ungewöhnlichen Bärten recht auffällig.

Anton hatte das Gefühl, alles falsch zu machen. *Die ganze Zeit.* »Wenn du eine bessere Idee hast, nur raus damit«, sagte er und nickte dem patrouillierenden Wächter in Khakiuniform freundlich zu.

Der Mann grüßte zurück und passierte sie.

Milana sah unvermittelt an Anton vorbei, ihre blauen Augen wurden groß vor Überraschung. In ihren dunklen Pupillen spiegelte sich die Silhouette eines Mannes, der ein Messer hielt. »Scheiße!«

Ehe Anton handeln konnte, spürte er den Druck der Spitze auf seinem Rückgrat. *Mächtige Scheiße. Aber er hat mich nicht sofort abgestochen.* Ein gutes Zeichen.

»Namaste und willkommen in Goa«, sagte Mandeville mit einem Hauch Drohung in der Stimme. »Miss Nikitin kenne ich vom Sehen. Doch wer sind Sie, Sir? Waren Sie auch in Tokio? Ein Kavalier, der einer Dame in Not beispringt?« Sein

Blick richtete sich auf Milana. »Ich dachte, wir stünden auf der gleichen Seite, Miss Nikitin. Oder kamen Sie zu unserer Unterstützung?«

Jetzt muss sie verdammt gut lügen. Anton sandte ein stummes Stoßgebet.

»Ganz recht, Captain«, sagte Milana. »Die Gebieterin gab mir den Auftrag, zu Ihnen zu stoßen und gemeinsam mit Anton Gärtner nach den Particulae zu suchen. Wir verpassten uns knapp in Nowosibirsk.«

»Ach? Warum sollen Sie uns unterstützen?« Mandeville fiel offenbar nicht auf die freche Lüge herein. »Was ist an Ihnen und diesem jungen Mann besonders?«

Jetzt kommt mein Part. »Ich bin Wilhelm Pastinaks ehemaliger Schüler«, gestand Anton. »Ich kenne mich ebenfalls mit den Steinen aus.« *Klang das glaubhaft genug?*

»*Well, well.* Das ist doch mal etwas! Aber ich frage mich, warum die Gebieterin Sie uns nicht gleich an die Seite stellte, Sir.«

»Weil ich mich zuerst nicht zu erkennen gab.« Anton wagte nicht, sich zu rühren. *Gib ihm noch mehr, damit er dir glaubt.* »Ich war als Gast der Kadoguchi-Stiftung nach Tokio eingeladen. Als ich sah, was vor sich ging, wollte ich abwarten, ob ich in einem unbeobachteten Moment Hilfe holen kann. Aber nachdem Sie mit Wilhelm weg sind …«

Mandeville nahm das Messer aus Antons Rücken. »Ihre Beweggründe verstehe ich, Sir. Aber Ihre nicht, Miss Nikitin.«

»Mutemhat tötet meinen Vater, wenn ich nicht kooperiere«, erklärte sie. »Und sie setzte mir einen Splitter ein. Wie Ihnen, Captain. Gegen meinen Willen.«

»Vertrauen werde ich Ihnen beiden dennoch nicht. Noch nicht.« Mandeville deutete eine entschuldigende Verbeugung an. »Doch die Geschichten klingt plausibel genug für mich.« Ohne Vorwarnung stach er mit dem Messer zu. Mitten in Milanas Herz. »Testen wir sie.«

Erschrocken sog die junge Russin die Luft ein – und versetzte dem Briten eine schallende Ohrfeige, dass es laut in der Kirche klatschte. Aber sie stand aufrecht, lebendig und unbeeindruckt. »Captain! Sie Irrer!«

Es trat kein Blut aus, als Mandeville die Klinge aus dem Leib zog und dabei nickte. »Ich musste das prüfen.« Er steckte das Messer ein und reichte ihnen nacheinander die Hand. »Ich entschuldige mich aufrichtig und stelle es Ihnen frei, Miss Nikitin, mir ebenfalls eine Klinge zwischen die Rippen zu rammen.«

»Bei Gelegenheit komme ich darauf zurück.« Anklagend zeigte sie auf den Schnitt in ihrem Shirt. »Das werden Sie mir bezahlen, Captain.«

Anton betrachtete die Stelle, an der die Klinge eingetreten war. Der Einstich hatte sich geschlossen, nicht mal eine Narbe oder eine helle Linie blieb in der Haut; wie bei den Einschüssen. *Und kein Blutverlust.*

»Selbstverständlich.« Mandeville machte eine einladende Handbewegung zum rechten Kirchenschiff. »Kommen Sie mit. Meine Leute und Mister Pastinak warten auf uns. Ihr Ausbilder wird sehr froh sein, Sie zu sehen.«

Das Trio durchquerte das Gotteshaus und gelangte in die vorderste der drei kleinen Kapellen.

Wilhelm fielen vor Staunen beinahe die Augen aus dem Kopf. »Anton? Was machst du hier?« Er breitete die Arme zur Begrüßung aus. »Bist du denen auch in die Hände gefallen?«

»Das ist eine lange Geschichte.« Anton drückte Wilhelm fest. *Er ist gesund und munter. Sehr gut!* »Aber zuerst bringen wir diese Mission zu Ende.«

»Die Suche nach den Particulae?«

»Ja.«

»Eines dürften wir gleich haben.« Mandeville stellte reihum seine Mistreiter vor, danach zeigte er zum Altar und der

Marienstatue. »Am Sockel ist das gute Stück. Wir müssen die Fremdenführer ablenken, ein bisschen Rabatz machen und schon haben wir es ausgebaut.«

»Aber nicht so viel Rabatz wie in Nowosibirsk, hoffe ich?« Anton erinnerte sich bestens an die Berichte über das verwüstete Museum. »Wie haben Sie das angestellt?«

Der Captain zog andeutungsweise den Krummstab der Priesterin aus der Tasche. »Damit. Ein Heqa-Stab, mit dem ich Mumien aufwecken kann, damit sie mir zu Willen sind. Ich werde ihn wieder einsetzen, sollte es sich anbieten.«

»Hoffentlich sind es wieder Mammuts. Gentlemen, das war die beste Kavallerie, die wir jemals hatten«, erklärte Strong, und die Briten lachten.

»Haben Sie einen Verdacht, wer die Leute waren, die Ihnen in die Quere kamen? Wer reagiert so schnell?«, fragte Anton und täuschte Unwissenheit vor. *Ich kann schlecht zugeben, dass wir wissen, woher die Attacke stammte.* »Gibt es noch jemanden, der Ihre Schritte verfolgt?«

»Es blieb keine Zeit für eine Befragung. Aber sie werden entweder schon in Goa sein oder auf dem Weg zu uns«, sagte der einarmige Armitage.

»Ich fände es besser, wenn Sie vorerst keine Toten zum Leben erwecken, Captain. Im Zeitalter des Internet ziehen die Menschen rasch Schlüsse, sobald sich bestimmte Szenarien weltweit häufen.« Milana machte ein nachdenkliches Gesicht. »Wie wäre es mit Folgendem: Ich könnte einen hysterischen Anfall bekommen. Oder noch besser: eine Epiphanie! Am Ausgang. Das wird alle Blicke auf mich ziehen und gibt Ihnen genug Zeit.« Sie schaute fragend in die Runde.

»Mehr Möglichkeiten haben wir nicht, abgesehen von Feuer«, kommentierte King.

»Gut vorbereitet wird das ein Kinderspiel. Der Splitter ist mit einem kurzen Hebeleinsatz zu lösen.« Mandeville zeigte auf Anton. »Sie, Sir, gehen mit Miss Nikitin und stehen ihr zur Seite. Geben Sie das Pärchen, das vollkommen überwältigt von der Stärke des Glaubens und des Wunders ist. Den Rest übernehmen wir.«

Ganz recht war es Anton nicht, dass er sich nicht bei Wilhelm aufhalten sollte. Aber die List ging auf. *Sie halten uns für Verbündete.* Und das wollte er nicht aufs Spiel setzen. »Einverstanden.«

»Uhrenvergleich, *Ladies and Gentlemen.*« Mandeville zog seine Taschenuhr. »Es ist 1732 Ortszeit. Um 1740 legen Sie los, Miss Nikitin. Bis dahin sollten wir gute Positionen eingenommen haben, um an der Statue zuschlagen zu können. Ihr Schauspiel muss überragend sein, Miss Nikitin.«

Milana hakte sich bei Anton ein. »Komm, Schatz. Wir müssen uns diese Kirche unbedingt noch genauer anschauen.« Sie zog ihn unter dem leisen Lachen der Männer mit sich. Als sie einige Schritte weg waren, erkundigte sie sich: »War ich gut?«

»Du warst *so was* von gut. Wir sind im Team des Captains.« Absichtlich sah er nicht über die Schulter nach Wilhelm.

»Die Hauptshow überlässt du bitte mir. Du jammerst und schreist und bist besorgt.« Milana drückte ihn. »Entspann dich. Wir haben das gut gemeistert. Wenn wir erst im Flugzeug mit den Briten sind, machen wir das wie bei Laetitia und dem Typen.«

Antons Zustimmung fiel zögerlich aus. *Sie übernimmt sich ein bisschen mit ihrem Optimismus.* Doch unmittelbar vor dem Einsatz wollte er ihre Stimmung nicht ruinieren. »Du hast recht. Wir kriegen es hin.«

Nach ein paar Richtungsänderungen gelangten sie in die Nähe des Ausgangs. Ein Blick auf die Uhr sagte ihnen: noch zwei Minuten.

Es muss klappen. Ich will nicht im indischen Gefängnis landen. Anton schaute nach Mandeville und seiner Truppe. Sie hatten an der Marienstatue Aufstellung genommen und wirkten wie harmlose, interessierte Besucher.

Der Wachmann lief seine Runden in der Kirche und las dabei in einem Buch.

»Gut, Schatz. Es kann …« Anton spürte das Zittern, das von Milana ausging. *Was tut sie denn da?* »Nein, es ist noch zu früh.« Er wandte sich zu ihr um. »Es sind …« Bei ihrem Anblick verstand er sofort, dass sie nicht simulierte. Ihre Augen waren weit aufgerissen, sie bebte am ganzen Leib. *Ein Krampfanfall? Ist sie Epileptikerin?* »Milana, was ist?«

Erste Touristen blickten besorgt zu ihnen.

Anton hielt die blonde Russin an den Schultern fest, während das Rütteln stärker wurde. Ihr Kiefer baumelte wie lose hin und her, sie vermochte nicht zu antworten. »Scheiße, was …?«

Ansatzlos schoss Blut aus beiden Nasenlöchern, als wäre ein Hahn aufgedreht worden. Es rann in breiten Bahnen über Lippen und Kinn, tropfte auf das Shirt und den Kirchenboden.

Um sie herum erklangen laute Rufe, es wurde nach einem Arzt verlangt.

Milanas Beine gaben nach, Anton fing sie und legte sie langsam ab; dabei drehte er sie zur Seite, damit das Blut nicht in den Rachen und den Magen lief.

Der Aufruhr verstärkte sich und erschallte nun auch aus dem Hauptteil der Kirche.

Was mache ich jetzt? Mandeville! Er muss mir beistehen. Bei einem Schulterblick sah Anton die Briten ausnahmslos vor dem Altar liegen. Wilhelm hatte sich über Armitage gebeugt und tätschelte seine Wange. Menschen rannten herbei, ein Helfer rutschte aus und stürzte halb auf den Captain. *Bei ihnen auch?*

Anton konzentrierte sich auf Milana und konnte doch nichts weiter machen, als ihren Kopf zu halten, damit sie sich nicht den Schädel auf dem Boden aufschlug.

Ein winziges Fragment glitt mit dem Blutstrom aus der

Nase und erhob sich schwebend in die Luft. Dabei kochte das anhaftende Blut und vertrocknete innerhalb von Sekunden zu Asche, die davongeweht wurde.

Das … ist der Splitter! Das Particulastück, das ihr Mutemhat einsetzte! Gerade wollte Anton danach greifen, als es beschleunigte und durch die offene Kirchentür hinaussirrte. Deutlich vernahm er weiteres Sirren. Die Fragmente wanderten ebenfalls aus den Schädeln der Briten. *Was geschieht mit den Particulae?*

Die Menschen in der Kirche riefen vor Schreck durcheinander, als die Marienstatue auf dem Sockel abrupt Feuer fing und innerhalb einer Sekunde lichterloh brannte wie in Benzin getaucht. Der eingelassene Splitter befreite sich von seinem Gefängnis, indem er es zerstörte. Einige Gläubige sanken auf die Knie und beteten, der Wachmann rannte mit einem Feuerlöscher herbei. Rauch wallte bis unter die Decke und bildete wirbelnde Formen und Figuren.

Milanas Beben endete. Still lag sie da, die blauen Augen geöffnet, die Atmung ruhig und tief. »Milana?« Anton wischte ihr mit einem gereichten Tuch vorsichtig das Blut unter der Nase weg. »Milana, kannst du mich hören?«

Sie nickte und richtete ihren Oberkörper ruckartig auf, spuckte Blut aus und nahm das Tuch, um es sich gegen die tropfenden Nasenlöcher zu halten. »Der Splitter«, ächzte sie. »Er fing an zu vibrieren und dann … es tat höllisch weh, aber ich …« Anton half ihr, aufzustehen. Shirt und Hose waren blutbesudelt.

Inzwischen kümmerten sich etliche aufgebrachte Menschen in der Kirche unter der Anweisung der Fremdenführer und Aufpasser um die brennende Maria. Wasser und Sand wurde auf die Flammen geschüttet, um den Lohen zu ersticken.

Mandeville bahnte sich einen Weg durch die Menge, ihm folgten Wilhelm und seine drei Freunde, deren Kleidung genauso schlimm aussah wie Milanas.

»Die Particulae sind weg«, sagte der Captain, während er auf sie zukam. »Aus unseren Köpfen und aus dem Sockel.«

»Meiner hat mich auch verlassen.« Milana tupfte an ihrer Nase herum, was das Rot auf den Lippen und am Kinn noch mehr verschmierte.

»Ihr seht aus, als wärt ihr bei einem Schlachtfest gewesen.« Wilhelm schob sie mit ausgebreiteten Armen weiter. Der Qualm nahm zu, das Feuer wollte nicht verlöschen. »Raus, bevor man glaubt, ihr hättet das ausgelöst oder seid so was wie leibhaftige Zeugen eines Wunders.«

Anton ging vorweg, weil Milana und die Briten deutlich angeschlagen waren. »Zum Fluss und zum Boot. Damit entkommen wir am schnellsten.«

Recht bald folgte ihnen eine Traube von höchst erregten und beseelten Menschen, der sich rasch Einheimische anschlossen, und machten sich an ihre Verfolgung.

»Was rufen sie?«, erkundigte sich Wilhelm.

»Dass wir ihnen offenbaren sollen, was geschehen ist«, erwiderte Mandeville. »Sie können sich das Zeichen nicht erklären. Da wir von der Macht der Jungfrau getroffen wurden, sehen sie in uns ihre Boten.«

Jetzt haben wir das Wunder und die Ablenkung. Aber zur falschen Zeit. Anton fluchte vor sich hin. »Wir müssen weg von hier. Bevor die Polizei auftaucht.«

»Zum Fluss ist es zu weit. Da drüben stehen leere Pilgerbusse«, sagte Milana. »Nehmen wir einen von denen.«

»Unser Jet ist nicht weit weg. Das kann klappen.« Mandeville blieb stehen und zückte seinen alten Revolver. Zweimal schoss er damit in die Luft und schrie den Verfolgern entgegen, fuchtelte und scheuchte sie auseinander. Die Menschen kreischten auf und duckten sich kurz.

»Zum Bus«, befahl Strong und verfiel in einen leichten Trab. »Der Captain hält sie uns vom Leib.«

Anton stützte Milana. *Ich gehe kein Risiko ein.* Erst im Inneren des klapprigen Fahrzeugs ließ er sie los und auf eine der Holzbänke sinken.

»Ich kann das Ding fahren.« Er setzte sich hinter das Steuer und fand den Schlüssel im Schloss vor. *So etwas wäre in Deutschland undenkbar.* Eine Umdrehung, ein Tritt aufs Pedal, und der Motor erwachte röhrend zum Leben. »Festhalten!«

Mit hoher Geschwindigkeit fuhr er Mandeville entgegen, der elegant aufs Trittbrett hüpfte und sich mit einer Hand am Rahmen festhielt. »Gut gemacht. Jetzt die Straße runter.«

Die Einheimischen blieben rufend und winkend hinter dem Bus zurück. Dafür hefteten sich mehrere Motorräder an die Stoßstange. »Die Gefahr ist noch nicht überstanden.«

»Bloody hell!« King sah auf seine Finger. Beim Einsteigen hatte er in einen Nagel oder Ähnliches gegriffen, das ihm die Haut aufgerissen hatte. Blut sickerte aus der winzigen Wunde, die sich nicht von selbst schloss.

Anton warf einen Blick auf den Kratzer. »Sie sind wieder sterblich!«

Milana stöhnte. »Fahr bloß vorsichtig!«

* * *

»Ich trotze allen Vorbedeutungen; es waltet eine besondere Vorsehung über den Fall eines Sperlings. Geschieht es jetzt, so geschieht es nicht in Zukunft; geschieht es in der Zukunft, so geschieht es jetzt; geschieht es jetzt nicht, so geschieht es doch einmal in Zukunft. In Bereitschaft sein ist alles.«

William Shakespeare: Hamlet.
Übersetzt von August Wilhelm von Schlegel (1891)

KAPITEL VII

JAPAN, TOKIO, FRÜHHERBST

Sergej stand im verwüsteten Kontrollraum, und hätte er weinen können, er hätte literweise Tränen vergossen. *Vernichtet. So vieles vernichtet!* Die drei eingeschlagenen Blitze hatten die meisten Geräte zerstört und die Aufzeichnungen durch ihre elektrischen Entladungen unbrauchbar gemacht, ganz oder teilweise gelöscht. *Welch ein Verlust für die Menschheit.*

Seine Verwandlung hatte Sergej gespürt. Wie die Macht sein Innerstes gedämpft und seinen freien Willen mit Ketten umschlungen hatte. Sein Herz stand still, das Blut existierte nicht mehr. Er war ein wandelnder Toter, eine Mumie mit klaren Gedanken und beseelt von zwei Wünschen: Mutemhat zu dienen und seine Forschungen voranzutreiben. Das hatte ihm die Priesterin nicht nehmen können. Oder wollen.

Feuchtkalter Wind blies durch die geschlagenen Löcher in den Raum und das Laboratorium, in dem sich Lithos unbeeindruckt erhob, aufgeladen und strotzend vor Kraft, die ihm Mutemhat zur Verfügung gestellt hatte. Um sie zu erhöhen. Um sie zu einer Göttin zu machen.

Das glaubte *sie* zumindest.

Sergej bezweifelte es. Nur weil sie äußerlich wieder zu einer Frau geworden war, mit gesunder brauner Haut und allem, was eine Lebendige ausmachte, erreichte sie längst nicht den Status einer Entität. Der schwarzmetallische Monolith hatte lediglich ihren Größenwahn angefacht.

Ich muss retten, was zu retten sein mag. Sergej versuchte erst gar nicht, Reparaturen an den Geräten vorzunehmen.

Die nicht verschmorten Festplatten hatte er ausgebaut und in einer Kiste gestapelt, um sie in einer ruhigen Minute auszulesen.

Wie er seine Forschungen fortführte, wusste er noch nicht. Die Priesterin erlaubte ihm nicht, Lithos in ein ähnliches Laboratorium zu bringen. Ihre eigenen Pläne mit dem Artefakt oder gar für die kommende Zeit hatte sie ihm nicht offenbart.

Wir dürfen hier nicht bleiben. Er machte sich Sorgen darüber, wie es mit dem Itsh-Tower weiterging. Nach dem misslungenen Befreiungsversuch durch die japanischen Sondereinsatzkräfte konnte es nicht lange dauern bis zu einem neuerlichen Versuch, doch er war gleichermaßen zum Scheitern verurteilt und würde der Priesterin noch mehr Soldatinnen und Soldaten bringen. Aber was womöglich danach kam, ließ Sergej unruhig werden. Ewig würden die Behörden das Spiel nicht spielen und alsbald größere Waffen einsetzen.

Durch den Eingang trat Mutemhat und ging schnurstracks auf Lithos zu, als hätte sie eine bestimmte Absicht.

»Gebieterin, was kann ich für dich tun?«, fragte Sergej, ohne dass es ihm recht bewusst wurde. Es war ein Teil von ihm geworden, unterwürfig und beflissen zu sein.

»Nichts«, antwortete sie und schwang sich elegant auf den Monolith. »Aber ich hatte einen Gedanken, den ich verfolgen muss. Achte darauf, was geschieht, und berichte mir danach, was du gesehen hast.«

»Was meinst du mit *danach*, Gebieterin?«

»Schweig und sieh!« Mutemhat hob die Arme rechts und links vom Körper, reckte die Handflächen nach oben. Die Augen drehten sich nach hinten, sodass das Weiße sichtbar wurde.

Lithos glomm schwach, erwachte aus seinem Schlummer. Auf manchen der halbintakten Geräte erschienen leichte Ausschläge und Reaktionskurven.

Dieses Mal jedoch gingen sie von der Priesterin aus, die etwas in dem Monolith auslöste. Elsmfeuer umspielte die Kleidung und die schwarzen Haare der Frau, fingerlange bläuliche Entladungen stachen aus den Kuppen und tanzten über die Handinnenfläche.

Sergej fragte sich, ob es ein Fehler gewesen war, Mutemhats Göttlichkeit anzuzweifeln. *Was tut sie da?*

Es begann mit einem leisen Sirren wie von einem sehr schnellen Pfeil, der durch die Luft schoss. Ein winziger Schatten zischte durch eines der Löcher in der Wand. Eine blasse dünne Entladung aus Lithos fing das Particula ein, als sollte es an die Leine gelegt werden, damit es nicht wieder verschwand. Leicht schaukelnd schwebte es vor der Priesterin.

Sergej wunderte sich, woher das Fragment kam. *Es ist nicht aus dem Monolith.*

Alsbald erklang das ankündigende Surren erneut, und ein zweites Splitterchen hielt vor Mutemhat, um ebenso an eine Schnur aus bleicher Energie gelegt zu werden.

Zunächst ging es im Minutentakt so weiter, dann steigerte sich die Frequenz, mit der die Stückchen in das 46. Stockwerk schossen und in verschiedenen Höhen und Abständen vor Mutemhat verharrten. Sergej sah auf die Uhr im Kontrollraum, die intakt geblieben war. Sekundenweise rauschten die Particulae heran. Teils haftete Schmutz daran, teils Blut, manche waren ohne Verunreinigungen.

Sie ruft die Fragmente zu sich. Nur aus Japan oder aus der ganzen Welt? Wenn Mutemhat herrenlose Splitter aus Türen und Artefakten zu sich befahl, zerstörte sie die Durchgänge, die über den gesamten Globus verteilt lagen. Nichts und niemand vermochte die Türen dann noch zu nutzen. *Sie sind vernichtet.*

Mit zunehmender Menge an Particulae zeichnete sich in der Anordnung ein Muster ab. Je mehr Steine ankamen, umso schneller arrangierten sie sich um, suchten neue Positionen, drehten und wirbelten, fügten sich und glitten auseinander.

Zuerst dachte Sergej, die Priesterin errichtete ein zweites, größeres Lithos, bis er verstand, was sie wirklich tat. *Das … das ist die eine Tür! Sie baut die Mastertür nach, exakt nach den Plänen, die Pastinak bei sich trug!* Der alte Schreiner hatte davon gesprochen, dass man damit durch Raum und Zeit, durch Paralleluniversen und durch die Sphären reisen konnte, um an Orte zu gelangen, an die kein Raumschiff jemals vorzustoßen in der Lage sei.

Mutemhat errichtete sich diesen Durchgang rein aus Particulae. Ihre Macht stieg ins Unendliche. So könnte sie sich aus anderen Welten und Universen Verbündete holen oder Waffen oder unbekanntes Wissen, um die Erde vollständig zu unterwerfen.

Nicht nur die Erde, zuckte es durch Sergejs Verstand. Er kannte nichts Vergleichbares, niemand Vergleichbaren. *Eine Unsterbliche schickt sich an, zu einem Schöpferwesen mit Gewalt über Planeten und Schicksale aller Lebewesen darauf zu werden.*

Er fühlte stolz, dass er Teil dieses Wunders sein durfte.

Zugleich wollte etwas in ihm aufbegehren. Sich widersetzen. Dieser ungesunden Allmacht Einhalt gebieten, die in der Lage sein mochte, in Ungnade gefallene Welten mit seinem Fingerzeig auszulöschen.

Auch die Erde.

Auch ihn und Milana. Und seinen Enkel Ilja.

So sehr ihn der Gedanke in innerliche Aufruhr versetzte, so wenig vermochte Sergej, in das zerstörte Laboratorium zu eilen und Mutemhat daran zu hindern, diesen unseligen Durchgang aus reinen Particulae fertigzustellen. *Oder sie zu töten …*

Sein Sklavendenken tadelte ihn dafür, was ihm beinahe Schmerzen bereitete. Niemals würde er die Priesterin verraten, der er diente und für die er alles täte.

Vor Sergej zuckten und huschten die herbeigerufenen Fragmente, malten flirrende Bahnen in die Luft und ordneten sich wieder neu an. Die Mastertür entstand von unten nach oben, aber es bildeten sich bereits einzelne Intarsien auf verschiedenen Höhen und schwebten frei im Laboratorium. *Das ist wunderschön!*

Zum einen konnte er es kaum erwarten, welche Möglichkeiten sich damit auftaten, zum anderen fürchtete er um Milana und Ilja. Doch jegliches Denken wurde überstrahlt von der Demut für Mutemhat, seine Gebieterin, die göttliche Priesterin, die sich anschickte, viele Planeten zu unterwerfen und neue Zeiten einzuläuten.

Surrend und pfeifend flogen weitere Splitterchen durch die Löcher in den Wänden herein und gesellten sich in den klickernden, reibenden Reigen, umspielt von den Entladungen aus Lithos, wie ein geisterhaftes Steckspiel.

* * *

INDIEN, NAHE VELHA GOA, FRÜHHERBST

Anton schwitzte sich das Wasser aus dem Körper. Die Luft war schwülheiß, er hatte gefühlt literweise Flüssigkeit verloren. Neben ihm ging Milana, vor ihm keuchte Wilhelm, während die vier Soldaten die Spitze ihrer Gruppe bildeten, die quer durch den Dschungel einem Trampelpfad folgte.

Den Bus hatten sie abgestellt, kaum dass sie die überladenen Motorräder abgeschüttelt hatten, und nun waren sie zum Jet der Briten unterwegs, der nach Mandevilles Aussage keine halbe Stunde entfernt stand.

»*By jove!* So fertig war ich seit mehr als hundert Jahren

nicht mehr.« Strong keuchte und wischte sich das Wasser von der Stirn. »Es hat doch Nachteile, kein Unsterblicher mehr zu sein.«

»Sei froh, dass wir nicht zu Staub zerfielen, alter Knabe«, gab Mandeville zurück. »Denkt dran: Was immer ihr tut und macht, es hat körperliche Konsequenzen. Keine Stürze mehr einen Abhang hinab, nicht ins Feuergefecht ohne Vorbereitung.«

Zur Bestätigung hielt King seine mit einem Taschentuch verbundene Hand in die Höhe. »Außerdem droht Tetanus. Ich hoffe, ich überlebe den Kratzer.«

»Sie sollten sich impfen lassen.« Wilhelm klang väterlich, als läge ihm etwas am Schicksal seines Entführers.

Anton wusste nicht, woran er bei den Briten war. Mit dem unerwarteten Entfernen der Particulae aus den Köpfen waren sie vom Fluch befreit und nicht länger an Mutemhat gebunden. Sie konnten mit dem Jet aus Indien verschwinden und danach das Leben wie herkömmliche Menschen verbringen. *In Großbritannien fallen sie mit ihrer spleenigen Art nicht einmal auf.* Aber wenn er es richtig verstanden hatte, hegten die vier Soldaten andere Pläne.

Zumindest die Feindschaft zu Anton, Milana und Wilhelm hatte sich aufgelöst. Es gab keinen Grund mehr, sich gegenseitig das Leben schwer zu machen. Der eigentliche Anlass ihrer Reise, die Jagd nach den verlorenen Particulae der Priesterin, hatte sich erledigt.

»Da vorne ist der Jet«, verkündete Mandeville. »Gleich neben dem Heli-Pad. Keine Polizei. Sieht gut aus.«

»Wir haben offenbar genug Schmiergeld bezahlt.« Armitage sah an seiner durchgeschwitzten, blutigen Kleidung hinab. »Wie klug von uns, dass wir Wechselwäsche mitnahmen.«

»Die Minibar dürfte für unseren Durst nicht ausreichen«, meinte King.

Milana schwieg und grübelte erkennbar, was Anton sehr gut verstand. Zwar war auch sie vom Fluch befreit, aber ihr Vater befand sich noch im fernen Tokio. *Bei Mutemhat.*

»Was machst du jetzt?«, fragte er sie, um sie aus den Gedanken zu reißen.

Sie verließen den Dschungel und gingen über ein Feld auf die Maschine zu. Am Heli-Pad standen zwei Hubschrauber, im dahinterliegenden Hangar wurde an einer zerlegten Turbine geschraubt. Die einheimischen Techniker interessierten sich nicht für den unangemeldet gelandeten Jet und seine Besatzung.

Die Triebwerke waren abgeschaltet, die Crew saß im Schatten auf Campingstühlen, rauchte und unterhielt sich. Beim Anblick ihrer Passagiere erhoben sie sich und stiegen in die Maschine, um sie startbereit zu machen.

»Ich muss zu meinem Vater«, erklärte Milana leise. »Ich kann ihn nicht zurücklassen.«

»Mutemhat wird sein Leben verschonen. Sie hat doch die Particulae, die sie verlangte«, sagte Anton ermunternd.

»Wer sagt, dass es die Priesterin war?« Wilhelm ließ sich zu ihnen zurückfallen. »Denn wenn: Wieso hat sie das nicht von Anfang an getan?«

»Vielleicht wuchsen ihre Kräfte?« *Außerdem brauchen wir nicht noch einen neuen Gegner auf dem Schlachtfeld.* »Der Jet hat Fernsehen und Internet. Wir werden erfahren, was sich auf der Welt zugetragen hat.«

Sie folgten den Briten in die Maschine. Der Fernseher lief bereits, die Nachrichten waren eingeschaltet. Mandeville und seine Leute standen vor dem Bildschirm und verfolgten die Meldungen, eine Stewardess verteilte Kaffee und Espresso.

»… in Tokio zu einer spektakulären Geiselnahme im Itsh-Tower. Ein Zugriff der Polizei und eines Spezialkommandos wurde von den Terroristen abgewehrt. Es besteht keinerlei Kontakt zu den Einheiten sowie den Geiselnehmern. Während des Unwetters hatten mehrere Blitzeinschläge in das Gebäude für Aufsehen in ganz Tokio gesorgt«, trug eine Sprecherin vor. »Ebenso vermisst wird eine Einheit der Feuerwehr, welche die Evakuierung prüfen sollte. Bis auf das Stockwerk 46 sind die übrigen Etagen geräumt.«

Milana fasste nach Antons Hand. »Batjuschka«, flüsterte sie und wurde merklich blasser.

Schnell geschnittene Bilder und Filmchen aus Hubschraubern und Drohnen zeigten die klaffenden Löcher in der Fassade und die geborstenen Fenster des Wolkenkratzers. Der Himmel über der japanischen Hauptstadt war schwarz, Regen prasselte in Strömen herab, und weitere Blitze fuhren aus den finsteren Gespinsten.

Das sieht alles andere als gut aus. Anton drückte Milanas Finger, um ihr Mut zu machen. Gleichzeitig hatte er ein schlechtes Gewissen, weil er froh war, dass er und Wilhelm sich nicht mehr im Itsh-Tower befanden. Sie waren diesem Wahnsinn entkommen und weit weg von der Gefahr, die von Mutemhat ausging. *Ich muss Kathrin anrufen,* fiel es ihm siedend heiß ein. *Damit sie nicht vor Angst um mich umkommt.*

»*Ladies and Gentlemen,* wie Sie sehen, hat sich diese Drecksmumie ein neues Hauptquartier gesucht«, sprach Mandeville ernst wie bei einer militärischen Einsatzbesprechung. »Ohne Hilfsmittel aus der Luft ist es nicht einzunehmen. Wir können davon ausgehen, dass sie die verschwundenen Einheiten längst zu ihren Kriegern machte. Die Geiseln ebenfalls.«

»Was … was haben Sie vor?« Milana ließ Antons Hand los und ging zum Captain. »Wollen Sie etwa nach Tokio zurück?« Hoffnung schwang in ihrer Stimme.

»Meine Offiziere und ich sind der Meinung, dass wir zu Ende bringen müssen, was wir begannen. Ohne den verdammten Fluch können wir das Miststück von Priesterin endlich angreifen und zur Strecke bringen. Darauf mussten wir *verflucht* lange warten.«

Seine drei Freunde lachten kurz.

Mandeville legte Milana seine Linke auf die Schulter. »Ich weiß, dass sich Ihr Vater noch dort befindet. Ihm sind wir es ebenso schuldig wie all jenen, die durch unser Tun vor mehr als hundert Jahren in Ägypten zu Schaden kamen. Wir retten, wer zu retten ist.«

»Hätten wir den Frevel nicht begangen, wäre Mutemhat nicht erwacht.« Strong setzte sich auf die Sessellehne. »Auch wenn wir dabei draufgehen, Miss Nikitin, haben wir die Pflicht, es wenigstens zu versuchen, diese untote Pest aufzuhalten.«

»Sie, Mister Gärtner und Mister Pastinak, sind selbstverständlich frei«, sagte Armitage zu den beiden. »Sie können gehen, wohin Sie möchten.«

»Sie fliegen tatsächlich nach Tokio zurück?« Anton fand die Absicht ehrenhaft, ganz wie man es von Offizieren der alten Empire-Schule erwartete.

Die vier Briten nickten gleichzeitig.

»Die Welt rätselt über merkwürdige Vorkommnisse, die sich auf sämtlichen Kontinenten abspielten und noch immer anhalten«, las die Sprecherin auf dem Bildschirm weiter vor. »Noch ist nicht geklärt, wie es dazu kommen konnte. Aus verschiedenen Gebäudeteilen, Kunstgegenständen und Türen lösen sich kleine Steine, die mit hoher Geschwindigkeit davonfliegen, ohne dass sie sich aufhalten lassen. Dabei gab es mehrere Verletzte, die in der Flugbahn der Objekte standen. Forscher gehen von einer Art inframagnetischer Resonanzen aus, die lediglich auf bestimmte Metalle wirken. Welche Beschaffenheit diese Metalle haben, konnte noch nicht bestimmt werden. Die Behörden bitten um Vorsicht. Keinesfalls sollte man versuchen, diese Steine zu fangen oder festzuhalten. Es führt zu gravierenden Verletzungen. Zielpunkt soll nach unbestätigten Meldungen der Itsh-Tower in Tokio sein, wo sich auch die Geiselnahme unbekannter Terroristen abspielt.«

»Dann war es tatsächlich Mutemhat. Sie rief die Particulae aus der ganzen Welt zu sich«, stellte Wilhelm fest.

»Gut für uns«, warf Mandeville ein. »Ich weiß nicht, ob das so vorgesehen war von ihr, aber es nahm den beschissenen Fluch von uns.«

»Sie hat einen Plan. Ein Vorhaben, für das sie diese Menge an Particulae benötigt. Das gefällt mir nicht.« Wilhelm setzte sich und holte eine Flasche Wasser aus dem kleinen Kühlschrank. »Ich begleite Sie, Captain.«

Anton dachte, er habe sich verhört. »Was? Wieso?«

»Die Pläne, Anton. Die Pläne für die Mastertür liegen noch im Hochhaus. Es ist gleich, ob sie der Priesterin oder den japanischen Behörden oder der Kadoguchi-Stiftung oder wem auch immer in die Finger fallen – das Geheimnis wäre offenbart. Das muss ich um jeden Preis verhindern.« Wilhelm drehte die Flasche auf und nahm zwei, drei lange Züge. »Du wirst zu deiner Familie fliegen. Da bist du besser aufgehoben als in diesem Durcheinander.«

»Sir, bei allem Respekt, aber ich kann nicht auf Sie aufpassen«, wandte Mandeville ein. »Wir müssen uns komplett auf unsere Mission konzentrieren. Sollten Sie in Gefahr geraten, hat die Vernichtung Mutemhats für uns Vorrang. Das muss ich Ihnen an dieser Stelle sagen.«

»Das weiß ich, Captain. Und ich weiß auch, wie gefährlich es ist. Danke für Ihre offenen Worte.« Wilhelm nahm eine weitere Flasche heraus und warf sie Anton zu, der sie fing. »Schau nicht so.«

»Du weißt, dass ich dich nicht alleine gehen lasse.« Anton spielte sinnierend mit dem Behältnis. »Ich bin auch dabei.«

Milana schaute ihn dankbar an, und Mandeville schüttelte ihm sogleich die Hand.

»Verzeihen Sie die Störung«, kam es durch die offene Kanzeltür, und der Copilot warf einen Blick in die Kabine. »Wir wären demnächst abflugbereit. Wohin soll es gehen?«

»Tokio. So schnell wie möglich«, befahl Mandeville.

»Geht in Ordnung. Wir müssen noch einmal runter für einen Tankstopp, aber dann kann es ohne Umwege nach Japan gehen.« Der Copilot hob den Daumen. »Start ist in fünf Minuten. Ich empfehle, dass Sie sich erst frisch machen, sobald wir die Reisehöhe erreicht haben.«

Anton setzte sich neben Wilhelm, Milana und Mandeville nahmen ihnen gegenüber Platz und schnallten sich an, während der Jet langsam anrollte und eine gerade Strecke zur Beschleunigung suchte.

»Haben Sie schon einen Plan?« Anton bedauerte die Entscheidung nicht, an diesem Kommando teilzunehmen. *Danach kehre ich zu meiner Familie zurück.*

Mandeville ordnete die Härchen seines Schnurrbartes mit einer raschen Handbewegung. »Ich nehme an, dass Mutemhat weiß, dass der Fluch nicht mehr auf uns liegt. Tauchen wir also auf und tun so, als wären wir noch ihre Untergebenen, wird sie uns angreifen. Daher schlage ich vor, dass wir uns hineinschleichen. Von oben.« Er hob den Heqa-Stab. »Der wird uns leider nichts nützen. Die Mumien im Hochhaus stehen unter ihrem Bann.«

»Mit einem Hubschrauber, der uns aufs Dach bringt?« Milana sah nicht überzeugt aus. »Angenommen, wir landen darauf und gelangen über die Treppe oder den Lift in das Stockwerk mit dem Laboratorium – was dann? Durch die Tür kommen wir nicht.«

»Die Blitze haben drei Löcher in die Außenfassade geschlagen, wenn ich es richtig gesehen habe«, erklärte Mandeville. »Die Öffnungen sind groß genug, damit wir durchkommen. Wir zerschlagen ein Fenster in der Etage darüber und lassen uns herab.«

»Somit erreichen wir das Innere und Lithos, ohne dass

wir uns durch Mutemhats Armee kämpfen müssen.« Anton gefiel der Gedanke zwar nicht, sich in einem Unwetter an einem Hochhaus abzuseilen, doch es war wohl aussichtsreicher als ein Gefecht. »Ich habe so etwas noch nie gemacht.«

»Wir auch nicht, wenn Sie das beruhigt, Mister Gärtner. Und dieses Mal können wir sogar dabei draufgehen. Das wird ein neuer Nervenkitzel, was, Männer?«, rief Mandeville durch die Kabine.

Die drei Briten stimmten lachend zu.

Das Flugzeug hielt an, die Anschnallzeichen sprangen an. »*Ready for Take-off*«, kam die Stimme aus dem Lautsprecher. Gleich darauf beschleunigte der Jet und schwang sich über die holprige Piste in halsbrecherischer Fahrt in die Lüfte, um mehr Schub zu geben und steil in den Himmel zu stechen.

»Ich bin ungern die Spaßbremse, aber ich glaube, dass wir das nicht versuchen sollten.« Milana legte eine Hand gegen das Fenster. »Was ist, wenn ein Kamerateam uns filmt und wir landen in den Nachrichten und damit womöglich auf einem Fernseher, der in der 46. Etage läuft? Mutemhat kann uns ganz einfach mit Blitzen abschießen oder schickt ihre Mumienkrieger, um die Seile durchzuschneiden.«

»Da ist was dran.« Wilhelm spielte mit der leeren Flasche. »Und wenn wir gar nichts vorgeben?«

»Einfach zu ihr gehen und sagen, dass wir bei ihr mitmachen?«, ergänzte Anton.

»Abwegig wäre das nicht. Wir waren lange genug in ihren Diensten.« Mandeville sah ein wenig erleichtert aus. »Wir könnten sagen, dass wir unsere Unsterblichkeit zurückerhalten wollen.«

»Ich möchte zu meinem Vater«, fügte Milana an.

»Und ich stelle mich mit Anton aus freien Stücken in ihren Dienst, um die Mastertür zu errichten, damit Mutemhat noch mehr Macht bekommt. Wir hätten verstanden, wer die neue Herrscherin der Erde ist, und wollten uns gut mit ihr stellen«, ergänzte Wilhelm. »Das ist hundertmal sinnvoller als die Turnstunde in hundert Metern über dem Boden.«

Der Jet legte sich in die Kurve und flog in Richtung Nordosten. »Hier spricht ihr Captain«, meldete sich der Pilot. »Wir haben Kurs auf Japan genommen, mit einem Stopp in Russland, um Kerosin nachzutanken. Die geschätzte Flugzeit wird weniger als sieben Stunde betragen, inklusive der Landung. Genießen Sie den Flug, und nun können Sie die Zeit nutzen, sich frisch zu machen.«

Die Briten lösten die Gurte und begannen, sich einer nach dem anderen auf der kleinen Toilette zu säubern und danach zwischen den Sitzen neue Kleidung anzulegen. Die dreckigen, blutigen Sachen landeten im Mülleimer.

»Was tun wir, wenn Mutemhat uns nicht glaubt?« Anton sah zu den Spirituosen, die unangetastet im Schränkchen standen. Ihm war nach einem großen Mutschluck. *Falls wir die Priesterin nicht aufhalten, gibt es keine Sicherheit für meine kleine Familie.*

»Wir müssen so gut sein, dass sie es tut. Sonst sterben wir innerhalb einer Sekunde.« Mandeville sah zur freien Toilette und ließ Milana den Vortritt, damit sie sich waschen und umziehen konnte. »Nehmen Sie sich ruhig Kleidung aus unserem Fundus. Es wird Ihnen großartig stehen, Miss Nikitin.«

Milana machte den Gurt los.

Mandeville langte in die Tasche und zog einen USB-Stick heraus. »Nehmen Sie den, Miss Nikitin.«

»Was ist das?«

»Unterhaltsame Lektüre. Für die Zeit, wenn meine Männer und ich nicht mehr sind.« Mandeville zwinkerte. »Ein paar Abenteuergeschichten, die wir erlebten. Vielleicht inspiriert es Sie.«

»Danke. Da werde ich gleich während des Flugs reinschauen.« Milana verschwand im kleinen Kabuff.

Anton nahm Stift und Zettel von der Ablage. »Ich denke darüber nach, wie wir durch die Absperrungen gelangen. Wir werden in Tokio keinen Hubschrauber finden, der uns auf das Dach fliegt.«

»An was denkst du?« Wilhelm schaute ihn neugierig an.

»Ablenkung. Ein Feuer«, sagte Anton spontan. »Das ist immer gut für Durcheinander, wie wir in Goa sahen.« Anton ließ sich von der Stewardess den bordeigenen Tabletcomputer bringen und rief die Umgebungskarte des Wolkenkratzers auf. Auch wenn die Abbildungen schon älter waren, entdeckte Anton darauf etwas, das ihn zum Grinsen brachte. »Gut. Das Feuer sollte kein Problem werden, sollten wir es brauchen.« Er wendete das Display, damit sie sahen, was er gefunden hatte.

Mandeville lachte schallend, und Wilhelm nickte nur.

* * *

INDIEN, GOA, FLUGHAFEN DABOLIM, FRÜHHERBST

Nach einer letzten Handbewegung, bei der sich Laetitia beinahe das Wurzelgelenk gebrochen hätte, schlüpfte sie dumpf stöhnend aus der Schlinge und konnte die Arme endlich einsetzen.

Verschwitzt richtete sie sich halb zwischen den Sitzen auf und löste das verknotete Seil um ihre Füße, zog sich das Taschentuch aus dem Mund. Der Knebel hatte sie am meisten genervt. Der Stoff schmeckte nach schlimm parfümiertem Waschmittel. Sie würde den Geschmack eine Woche lang auf der Zunge haben.

»Gunnar?« Sie nahm eine Wasserflasche aus dem Kühler, in dem das Eis längst geschmolzen war.

Der Mann schnaubte als Antwort und trat mit dem Fuß auf den Boden, damit sie ihn schneller fand.

Eilends machte sich Laetitia auf den Weg und trank die Flasche in zwei langen Zügen aus. »Ich sehe dich. Halt durch.«

In den Reihen um ihn herum lagen Pilotin, Copilot und Steward verteilt, ebenso verschnürt wie Rollbraten.

Schnell waren sie befreit, und sofort machten sie sich wie Laetitia einige Minuten vorher über die Getränke her. Ohne laufende Klimaanlage hatte die Sonne den Jet ordentlich aufgeheizt.

»Das hat uns zwölf Stunden gekostet«, fluchte Laetitia und schaltete den Fernseher ein. Parallel checkte sie im Internet, was sich in und um Velha Goa getan hatte. »Sie können über alle Berge sein.«

Die Piloten meldeten sich beim Tower an, der sie bereits mehrfach wegen der langen Standzeit angemahnt hatte. Sie taten so, als seien sie eben erst an Bord gegangen, und entschuldigten sich.

Laetitia befahl, für zügiges Betanken zu sorgen. *Die Verfolgung geht weiter.* Einige Mails waren hereingekommen. Die Zentrale glaubte, sie wäre auf einer erfolgreichen Mission, und gab neue Anweisungen.

Gunnar machte sie auf die Nachrichten aufmerksam. »Diese Steine, die überall von selbst losfliegen – das kann nur das Werk der Priesterin sein. Sie hat an Macht gewonnen und ruft die Particulae zu sich. Oder was meinst du?«

Laetitia las die eingegangenen Nachrichten. »Die Zentrale sieht es ebenso. Und sie fragt, wo wir sind.« Schnell wählte sie die Nummer des Hauptquartiers und ließ sich mit dem Oberhaupt der Organisation verbinden. »Sir, hier spricht Laetitia. Es gab ein Problem. Wir wurden von Gärtner und Nikitin eine Weile kaltgestellt.«

»Vergessen Sie die beiden«, kam es aus dem kleinen Lautsprecher. »Kehren Sie nach Tokio zurück. Sie werden einen Weg in den Itsh-Tower finden und alles, wirklich alles tun, um in den Besitz des Arkus zu gelangen, den diese Verrückte gerade erschafft.«

»Sagten ... sagten Sie eben Arkus?« Laetitia sah zu Gunnar, der sie verblüfft anstarrte. »Woher weiß sie davon?«

»Ich glaube nicht, dass sie etwas weiß. Sie nutzt lediglich ihr Wissen und die Ressourcen«, sagte der Mann am anderen Ende, den sie nur als *Sir* kannte.

»Und das ist sicher, Sir?«

»Warten Sie. Ich sende Ihnen eine Aufnahme.« Mit einem *Ping* flog Sekunden darauf ein elektronisches Bild auf das Display. »Es ist die Vergrößerung eines Fotos, das von einer Spähdrohne der Polizei geschossen wurde. Kurz bevor man sie abfing.«

Laetitia betrachtete das Foto. Es zeigte zwei verwüstete Räume, wobei der eine ein Kontrollzentrum und der andere ein Laboratorium gewesen sein mochte. Schemenhaft erkannte man darauf die Priesterin, die von Entladungen umspielt und beleuchtet auf Lithos saß.

Davor machte Laetitia die Grundzüge einer Tür mit Rahmen und Blatt aus, die sich von unten nach oben zusammensetzten. Noch fehlten etliche Stücke, aber wie bei einem unvollständigen Puzzle war deutlich, was es werden sollte. *Es stimmt!*

»Unsere Bildanalyse ergab, dass es sich bei den Bausteinen, die Mutemhat nutzt, um Particulae handelt. Das Muster kann der Mastertür entsprechen, zu deren Plänen Wilhelm Pastinak Zugang hatte.«

»Wir gaben ihr erst die Möglichkeit dafür«, sagte Laetitia verärgert. Die Priesterin erbaute sich einen Durchgang, einen Arkus, und noch dazu einen, wie es keinen weiteren mehr geben würde. »Sie haben recht, Sir. Wir brauchen ihn.«

»Sie werden unbemerkt in den Wolkenkratzer eindringen und in einem Versteck abwarten, bis Mutemhat die Tür vollendet hat«, lautete die Anweisung des Sirs. »Versuchen Sie nicht, die Priesterin zu töten. Das wird Ihnen vermutlich nicht gelingen. Sie kümmern sich einzig um die Eroberung der Tür auf die denkbar einfachste Weise: Nutzen Sie den Arkus und entführen Sie ihn, indem Sie ihn durchs Aktivieren mit an einen anderen Ort nehmen. Hauptsache, raus aus Tokio. Sobald das geschehen ist, nehmen Sie Kontakt zu uns auf.«

»Verstanden.«

»Gutes Gelingen. Wir alle vertrauen auf Sie. Unsere Organisation musste in der Vergangenheit große Verluste hinnehmen, und nun sind auch die letzten unserer Türen zerstört worden. Durch Mutemhat. Bringen Sie uns den Arkus, Laetitia. Und Sie steigen auf. Ein Versagen kann nach den großen Verlusten nicht akzeptiert und vergessen werden.« Das Gespräch wurde beendet.

Laetitia hatte die Drohung des Sirs verstanden. Dabei hätte es dieser gar nicht bedurft. Sollte die Mission scheitern und sie wurden entdeckt, wären sie Teil des Mumienheeres von Mutemhat.

Vor nicht allzu langer Zeit hatte ihre Organisation große Teile der Welt beherrscht. Indirekt. Aus dem Verborgenen heraus und durch Manipulation der Mächtigen – mithilfe einfacher Türen, die im Vergleich zur Mastertür wie Kinderspielzeuge wirkten. Der Sir hatte am Telefon geklungen, als könnte er es mit jedem Präsidenten und jeder Präsidentin der Welt aufnehmen, doch die alte Macht existierte nicht mehr. Die Türen, die ihnen den heimlichen Zugang zu den Mächtigen erlaubt hatten, waren nach Mutemhats Show vernichtet. Ohne sie gab es keine Verschwörer mehr.

Aber schon vor dem Auftauchen der Priesterin war ihre Organisation ins Hintertreffen geraten. Ganz genau hatte es

Laetitia nicht mitbekommen, aber es hing mit der alten Zentrale bei Frankfurt zusammen. Ohne das Eingreifen des Sirs wäre die Struktur zerfallen. *Die Welt kann unmöglich sich selbst überlassen werden. Sie braucht unsere führende Hand, und dazu müssen wir zur alten Stärke zurück, koste es, wen es wolle.*

»Fliegen wir nach Tokio und greifen uns den Arkus«, sagte Laetitia entschlossen zu Gunnar.

»Dorthin sind die Briten auch unterwegs«, gab der Hüne bekannt. »Hat mir der Copilot eben gesagt, während du telefoniertest. Der Transponder und die Anmeldung der Flugdaten sind eindeutig.«

»Sie kehren um?« *Natürlich. Um Mutemhat aufzuhalten. Echte Helden.*

»Es gibt keine Particulae mehr einzusammeln. Das hat die Priesterin selbst übernommen.« Gunnar nahm sich ein Bier und öffnete es. »Auf den Arkus! Mögen wir ihn als Erste bekommen.«

Laetitia hob die Wasserflasche und stieß mit ihm an. Niemals war sie ihrem Ziel näher.

* * *

**Vorsehung – über die Welt herrschende Macht,
die in nicht beeinflussbarer oder zu berechnender Weise
das Leben der Menschen bestimmt und lenkt*

**vorsehen – (4.) sich in Acht nehmen, sich hüten*

Duden Online

KAPITEL VIII

JAPAN, TOKIO, FRÜHHERBST

Sergej hatte aus den Trümmern des Kontrollraumes jene Geräte herausgesucht, die noch funktionierten, und nahm Messungen vor, um zu verstehen, was Mutemhat tat. Wie sie es tat. Damit er sie stärker machen konnte, sollte es im Kampf gegen die Feinde nötig sein.

Die Priesterin saß nach wie vor mit geschlossenen Lidern auf Lithos und ordnete die ankommenden Particulae unentwegt neu an, sodass sie sich lückenlos zu der Mastertür fügten, deren Pläne Wilhelm Pastinak mitgebracht hatte. Zentimeter für Zentimeter entstanden die unterschiedlichen Elemente des Durchgangs.

Takahashi betrat das Kontrollzentrum und verneigte sich. »Die Mastertür! Und sie ist groß«, stellte er verblüfft fest. »Das sind mehr als vier Meter in der Höhe!«

»Die Gebieterin fand, dass ein Portal ihr gerechter wird als eine einfache Tür«, erwiderte Sergej. »Viel fehlt nicht mehr, und sie hat es vollbracht.«

»Was willst du, Takahashi?«, rief Mutemhat ungehalten aus dem Laboratorium. »Aus welchem Grund hast du deinen Posten verlassen und störst mich in meinem Tun?«

»Zürne mir nicht. Wir erfuhren von den Plänen, die unsere Feinde schmieden, Gebieterin«, erklärte er unterwürfig. »Eine zweite Einsatzwelle ist vorgesehen, die gleichzeitig von oben und unten zuschlagen soll. Das Militär wurde angefordert. Es könnten zu viele sein, um sie aufzuhalten, Gebieterin. Wenn sie mit schweren Waffen oder Flammenwerfern auflaufen, ist der Kampf rasch zu unserem Nachteil beendet.«

Mit einem wütenden Schrei riss Mutemhat die Augen auf. »Dann ist es an der Zeit, den Sterblichen meine Macht zu beweisen. Sie werden nie wieder die Hand gegen mich erheben!« Elegant sprang sie von Lithos herab, und die Anordnung der Particulae stockte sogleich. Die wenigen Steinchen, die noch nicht an Ort und Stelle saßen, schwebten wartend in ihrer letzten Position.

Sergej glich es mit dem Plan ab, der am Whiteboard hing. Nur noch zehn, zwanzig Particulae waren zu bewegen, um das Portal zu beenden. Eine übergroße Mastertür, erbaut aus reinsten Fragmenten. *Wozu sie wohl in der Lage sein wird?*

»Kommt mit mir.« Mutemhat schritt an ihnen vorbei und verließ das Laboratorium und den Forschungskomplex, um in die Halle zu gelangen, wo das Bankett hätte stattfinden sollen.

Die Mumien neigten die Häupter vor ihr und ließen sich auf ein Knie herab, um ihr zu huldigen; leise beschwörende Sprechchöre kamen auf.

Mutemhat trat an die zerstörte Fensterfront und stellte sich stolz in die Kegel der Suchscheinwerfer, die aus den Straßen hinaufleuchteten, das Kinn leicht in die Höhe gereckt. Das goldene Übergewand wehte wie lebendig um sie, der Federkopfschmuck duckte und bog sich in den Böen.

Sergej und Takahashi flankierten sie und knieten sich neben ihre Gebieterin.

Die kreisenden Hubschrauber der verschiedenen Nachrichtenagenturen wurden auf die Priesterin in ihrem außergewöhnlichen Outfit aufmerksam und drängten sich vor den Fenstern. Aus den geöffneten Seitentüren lehnten sich Kameraleute, um das beste Bild einzufangen.

»Sterbliche«, rief Mutemhat, und ihre Stimme war bis in die Straßen und zu den Helikoptern zu hören. »Ich bin Mutemhat, Priesterin des Amun-Ra. Nichts, was ihr aufbieten könntet, um mich aufzuhalten, wird euch etwas nützen. Denn ich bin mit Mächten im Bunde, gegen die ihr nichts auszurichten vermögt. Im Namen von Amun-Ra nehme ich die Erde in Besitz.«

Sergej bewunderte sie für ihren Mut, ihre Anmut und ihren Stolz, der ganzen Welt die Stirn zu bieten. *Niemand wird die Länder der Erde besser regieren als sie.*

»Ich weiß, ihr Sterbliche wollt Beweise für meine Worte. Es wäre mir ein Leichtes, die gesamte Bevölkerung dieser Stadt in Mumien zu verwandeln, in lebende Tote, die fortan über die Welt wandeln, um mir zu dienen. Aber das liegt mir fern.« Sie hob die Hand mit der Peitsche und schwang sie einmal, die neun Enden zischten durch die Luft und knallten so laut wie eine kleine Explosion. »Ihr Präsidenten und Präsidentinnen, ihr Könige und Königinnen, ihr Herrscherinnen und Herrscher fern und nah: Wandelt euch, verwandelt euch und verliert euer erstes Leben, um euer zweites mir zu widmen«, rief sie. »Das ist der Fluch von Mutemhat, dem sich niemand widersetzen kann! Und dies sei der Beweis für meine Macht!«

Sergej fühlte das Kribbeln überall in sich. *Welche Kraft!* Die Gebieterin hatte ihre Gabe um den Globus geschickt. Vom russischen bis zum amerikanischen Präsidenten, vom größten Diktator bis zur kleinsten Fürstin hörten die Herzen auf zu schlagen und trocknete das Blut in den Adern. Die Leiber mergelten aus, und fortan existierte nichts anderes mehr in deren Verstand, als Mutemhat zu dienen. *Nichts kann die Männer und Frauen davor schützen, auf sämtlichen Kontinenten. Kein Bunker, keine Leibwächter, kein Glaube.* Denn Mutemhat besaß den Segen von Amun-Ra.

Auf einem der eingeschalteten Fernseher flimmerten rasch wechselnde Berichterstattungen aus den Zentren der Macht, von Europa über Asien, Afrika, Amerika und Australien. Manche zeigten live, welche Veränderungen mit den Oberhäuptern vor sich ging. Andere Staatenlenker ließen sich verleugnen, um nicht vor die Kameras zu müssen. Von Unpässlichkeit, Unwohlsein und Krankheit war die Rede.

Sergej lächelte selig, als er sah, wie der amerikanische Präsident als Schatten seiner selbst an einem Rednerpult stand und skandierte: »*Mutemhat first!*«

Kein Zuhörer fiel in den Spruch mit ein. Der Beweis war erbracht, über hundertmal auf der ganzen Erde. *Niemand ist entkommen.*

»Seht: Die Welt gehört mir«, sprach Mutemhat. »Ich werde schon bald jedes einzelne meiner Länder besuchen und meinen Untertanen Anweisungen geben. Kriege gehören der Vergangenheit an. Hungersnöte gibt es nicht mehr. Ich werde die Ressourcen neu verteilen, sodass ein jeder meiner Untertanen in Frieden und Wohlstand leben kann, um mir und Amun-Ra zu huldigen.« Mutemhat wandte sich von der zerstörten Fensterfront ab. »Eine glorreiche Zeit erwartet euch, Sterbliche.«

Unvermittelt knallte es mehrmals.

Die Kugeln trafen die Priesterin in die Brust und in den Kopf, fegten durch Haut, Fleisch und Knochen. Doch das zerstörte Gewebe schloss sich so rasch, wie die Öffnungen entstanden waren. Lediglich das weiße Gewand unter dem goldenen Überwurf zeigte Ein- und Austrittslöcher, eine zerrissene Kette fiel vor ihre Füße.

»Wer wagt es?«, schrie Mutemhat und wirbelte herum, die Peitschenschnüre kreisten einmal über ihren Kopf.

»Scharfschützen«, rief Takahashi und deutete auf das Gebäude zu ihrer Linken. »Am zweiten Fenster, fünfzigstes Stockwerk, Gebieterin.«

Die Priesterin ließ die Enden mit den Lederkügelchen knallen und richtete die freie Hand auf das Fenster, die Augen leuchteten grün. »Ihr habt euer Schicksal gewählt. Werdet zu meinen Kriegern!«

Sie setzt wieder ihre Kraft ein. Sergej konnte es spüren. Er sah erneut zum Bildschirm, auf dem dank der Live-Übertragung einer Hubschrauberkamera das Team aus sechs Scharfschützen erschien.

Die Maskierten wanden und krümmten sich, aus der schwarzen Kleidung troff Flüssigkeit. Die Wandlung machte aus den Menschen Mumien, der Zoom zeigte, wie sich die Haut veränderte und die Augäpfel vertrockneten und tief einsanken.

Nach einigen Sekunden erhoben sich die gewandelten Scharfschützen, schulterten ihre überlangen Gewehre und verließen den Raum, von dem aus sie geschossen hatten.

Sergej wusste, wohin sie gingen. Sie begaben sich auf den Weg zum Itsh-Tower und ins Stockwerk der Kadoguchi-Stiftung. *Um ihrer Gebieterin nahe zu sein.*

Mutemhat richtete das schöne Gesicht zu den Hubschraubern, damit ihre Miene von den Kameraobjektiven eingefangen wurde. »Noch ein Versuch, noch ein Schuss gegen mich und meine Getreuen, und ich lasse Tokio zu einer Stadt der lebenden Toten werden. Ihr habt meine Macht gesehen. Es ist mir ein Leichtes.« Sie wandte sich ab und verließ die grellen Lichtkegel. »Takahashi, du bewachst weiterhin das Stockwerk. Irgendein Sterblicher ist stets dumm genug, nicht auf das zu hören, was man ihm sagt.«

Takahashi verbeugte sich und stand auf, blieb im Foyer zurück.

Sergej folgte seiner Gebieterin und zweifelte nicht daran, dass die Welt durch Mutemhat ein besserer Ort wurde.

* * *

Milana steuerte den Mietwagen gemäß den Navi-Anweisungen durch Tokio. Mit dem Scannen von Führerschein und Kreditkarte hatte sie den Transporter am automatisierten Carsharepoint ganz einfach abgeholt.

Die Lektüre der Abenteuer, die Mandeville und seine

Freunde erlebt hatten, hatte sie auf dem Flug von ihren vielen Sorgen abgelenkt. *Man sollte ein Buch daraus machen.*

»Uns kommen mehr Wagen entgegen, als in diese Richtung fahren«, sagte Milana zu ihren Mitfahrern. Im Kofferraum lag ein Stapel Samuraischwerter und Wakizashis aus einem Antiquitätenladen, den sie nach Verlassen des Flughafens angesteuert hatten. Es war versichert worden, dass es sich um original antike Schwerter handelte, verkauft vor über hundert Jahren von echten Samurai. Die Schneiden waren scharf, und nur das zählte. *Unbewaffnet würde ich nicht in Mutemhats Höhle gehen.*

Anton behielt mit stetem Wischen auf seinem Smartphone die Nachrichtenlage im Blick. »Sie evakuieren den Umkreis des Itsh-Towers. Auf verschiedenen Plattformen wird gemeldet, wo die Leute aus ihren Wohnungen müssen.« Er rief eine Karte auf und verglich die Angaben. »Das sind … ungefähr zwei Kilometer um das Hochhaus.«

»Wenn wir uns damals von etwas wegbewegten, anstatt es anzugreifen und einzunehmen, geschah das meist aus Respekt vor der Artillerie. Die eigene oder fremde, das spielte keine Rolle.« Mandeville besah sich vom Rücksitz aus die Karte. »Sie haben recht, Mister Gärtner. Sie räumen in einem ziemlich genauen Kreis.«

»Bombardement? In einer dicht besiedelten Stadt wie Tokio?« Strong knetete die Unterlippe. »*Bloody hell!* Das ist unwahrscheinlich.«

»Marschflugkörper sollen sehr präzise sein. Wenn sie so einen in das Stockwerk der Kadoguchi-Stiftung lenken, wird von der Priesterin nichts übrig bleiben«, meinte Anton. »Den Kollateralschaden hätten sie durch die Evakuierung abgefangen.«

»Aber Lithos! Was wird damit?«, warf Milana ein. *Sind die Japaner so verrückt? Oder stecken die Amerikaner dahinter?* »Und was wird aus den Geiseln und meinem Vater?«

»Ich kenne mich mit diesem Lithos nicht aus, aber wenn

es so viel Macht hat, wie ich denke, und ein oder zwei Marschflugkörper darum herum detonieren, kann das eine wesentlich heftigere Reaktion auslösen, als die Militärs vorgesehen haben«, gab Wilhelm zu bedenken. »In den Aufzeichnungen über die Particulae ist von heftigen Explosionen und … exothermen Reaktionen die Rede, sobald die Fragmente zerfallen.«

»Was weißt du eigentlich über das Artefakt?« Anton sah Milena von der Seite an.

»Nicht viel.« Sie versuchte sich zu erinnern, was ihr Vater beiläufig berichtet hatte. »Wir haben zu seiner Zeit in Cadarache Nachrichten ausgetauscht, illegalerweise über einen Privatserver. Er schrieb mir, dass ein Unternehmen namens PrimeCon aus extraterrestrischem Gestein einen Monolith erschuf, von dem sie sich eine extrem hohe Energieausbeute und unglaubliche, bislang ungeahnte Experimente versprachen.«

»Übersetzt bedeutet das?«, hakte Mandeville nach.

»Dass die Leute etwas zusammensetzten, von dem sie nicht wussten, was es tun würde, sobald man es aktivierte.« Milana suchte in ihrem Gedächtnis und wich ersten Polizeiabsperrungen aus. Sie nahm einen Umweg durch zwei Parkhäuser, die mit Brücken verbunden waren, und entging damit knapp einem tieffliegenden Polizeihubschrauber. »Mein Vater war dagegen. Er wollte sie auffliegen lassen. Aber dann muss sich Kadoguchi eingeschaltet haben.« Sie bog ab und kurvte quer über den verlassenen Bürgersteig.

Das Viertel sah leer aus. Altpapier und dünne weiße Einkaufstüten wehten über die Straße, während sich in etwa einem Kilometer Entfernung der Itsh-Tower erhob, an dem sie deutlich die Zerstörung durch die Blitze erkannte. Hubschrauber umschwirrten das Gebäude, dicke grelle Suchscheinwerfer richteten sich auf die Front.

»Godzilla fehlt noch«, merkte Mandeville trocken an.

»Eher wie bei der Zombieapokalypse«, entfuhr es Anton.

»Nur mit Mumien«, warf Milana ein und schaltete vom Navi auf Radio um.

Ein Nachrichtensender berichtete, dass die Räumung des umliegenden Areals abgeschlossen sei. Im Anschluss sprachen Experten aus der ganzen Welt in einer zusammengewürfelten Runde über Mutemhat, deren Grab sich in Sakkara befunden haben soll. Zweifel an der Echtheit der Drohung gab es kaum mehr. Zu viele Mächtige verwandelten sich in aller Öffentlichkeit zu Untoten. *Mutemhat first* war bereits zu einem geflügelten Wort geworden. Gerade die Entwicklungsländer versprachen sich nach der Ankündigung der Priesterin einen Ausgleich, wie ein Professor aus Peru ausführte.

Ein Ende der Not. Mutemhat hatte sich erste Freunde gemacht.

Sodann erzählte man im Radio, wie die rätselhafte Mutemhat sechs Scharfschützen zu ihren Anhängern geformt hatte, nachdem die Männer versucht hatten, sie mit Präzisionsschüssen auszuschalten. Die Schützen hätten ihren Posten aufgegeben und befänden sich nun auf dem Weg zum Itsh-Tower.

»Hip, hip hooray! *Das* ist unsere Fahrkarte!«, rief Mandeville aufgeregt. »Unsere Fahrkarte hinauf in den 46. Stock! Wir brauchen die Ablenkung nicht mehr!«

»Die maskierten Scharfschützen, Captain?«

»Genau. Wenn wir sie abfangen und ihre Kleidung anziehen, wird uns keiner aufhalten. Weder die Polizei noch die Mumien.« Mandeville wies Anton an, die Adresse ins Navi einzugeben, von wo aus die Sniper operiert hatten. »Das ist die Parallelstraße.«

»Gewagt. Aber machbar«, stimmte Wilhelm zu. »Nur dass wir sieben sind.«

»Kein Problem. Sie haben mich geschnappt, als ich mich reinschleichen und zu meinem Vater wollte«, sagte Milana und fuhr, so schnell sie konnte, durch die verwaiste Stadt. Es bereitete ihr auf eine merkwürdige Weise Vergnügen, durch die Kurven zu driften. *So was habe ich sonst nur in Videospielen gemacht.* Sie folgte den Anweisungen des Navis und erreichte schließlich die Straße mit dem Hochhaus, aus dem auf Mutemhat geschossen worden war. »Ob wir sie –«

»Rechts! Auf zwei Uhr!«, rief Mandeville alarmiert. »Los, los, los!«

Strong und King langten in den Kofferraum und verteilten Schwerter.

Die Snipertruppe kam in einem lockeren Haufen und mit den Gewehrtaschen in den Händen aus dem Gebäude. *Ein Kampf ist keine gute Eingebung.* Ihr Fuß trat das Gaspedal durch, und der Toyota beschleunigte wie ein Rennwagen. *Wir haben nur Schwerter und sie Schusswaffen.*

»Wie können wir gegen Mumien gewinnen?«, rief Anton noch, da zog Milana die Handbremse und driftete mit der langen Seite des Transporters quer durch die untoten Schützen.

Es rumpelte und schepperte. Die Maskierten flogen aufgrund ihres geringen Gewichts in hohem Bogen auseinander und landeten unter dem Vordach eines Kaufhauses.

Super! Milana hielt den Wagen an. *Das Dach schützt vor Blicken von oben. Niemand kann sehen, was vorgeht.*

»Die Köpfe abschlagen. Das hilft auch bei denen«, befahl Mandeville hastig beim Aussteigen und riss die Klinge aus der Hülle.

»Scheiße. So eine Scheiße«, fluchte Anton und sprang ins Freie.

Milana nahm sich ein Wakizashi. Im Gegensatz zu Mandeville und seinen Briten konnte sie mit dem Kurzschwert nicht umgehen, die Offiziere hatten das Fechten einst gelernt. »Ich kümmere mich um die Ausgeknockten.« Sie spurtete auf eine der liegenden Mumien zu.

Die gebrochenen und verdrehten Gliedmaßen des Scharfschützen korrigierten sich unerwartet von selbst, knackend fügten sich die Gebeine unter der Kleidung zusammen; dabei erhob sich der Untote und sah sie aus leeren Augenhöhlen an.

Oh, shit! Milana schlug aus dem Laufen mit dem Kurzschwert zu, die Schneide zielte auf den Hals. »Stirb!«

Die Snipermumie machte einen ungelenken Sprung rückwärts, um der Attacke auszuweichen, die schräge Spitze ritzte lediglich die vertrocknete Pergamenthaut und den Knochen auf der Stirn auf. Dafür langte der Untote nach seiner Pistole, die er im Halfter trug, mit der anderen griff er nach seinem Messer.

Ich habe nur diese Chance! Milana versuchte es wieder und wagte sich dichter an den Gegner heran. Aus einem Reflex blockierte sie den zustoßenden Unterarm des Snipers mit ihrer Schulter, die Klinge verfehlte sie. Dafür traf sie den Mann mit ihrem hektischen Wakizashihieb, der Kopf wurde vom Hals des Scharfschützen getrennt.

Kaum fiel der Schädel vom Rumpf, verging jegliche Spannung im Körper des Untoten. Der Schütze brach zusammen, im Vergehen drückte er den Abzug. Knallend entlud sich ein Schuss, die Kugel flog vorbei.

»Ich hab ihn!«, rief Milana und zitterte vor Aufregung und Glück. Das Adrenalin puschte sie auf. Mit einer Hand reckte sie das Schwert in die Luft und drehte sich um. »Ich hab dem Arsch den Kopf abgeschlagen!«

Die übrigen fünf Mumien lagen ebenso besiegt auf der Straße.

Und Armitage.

Neben ihm knieten King und Mandeville, die versuchten, die Blutung in seiner Brust zu stoppen. Gleich darauf sackte der verletzte Brite nach einem letzten, lauten Stöhnen zusammen, die Hand öffnete sich und gab das Samuraischwert frei.

»Verdammt, Armitage.« Mandeville erhob sich mit Gram auf dem Gesicht und bekreuzigte sich.

Die Truppe versammelte sich um ihren toten Freund für ein rasches letztes Gebet.

Milana wurde beim Anblick des gestorbenen Briten bewusst, dass nur ein Fehler den Tod bedeutete. *Unwiderruflich.* »Was ist passiert?«

»Hat sich in den Stich geworfen, der für Mandeville vorgesehen war«, erklärte Anton gedämpft. Er entledigte sich bereits seiner Kleidung bis auf die Unterwäsche. »Schnell, umziehen.«

Sie nickte und ging zu ihrer erlegten Mumie, befreite sie rasch von den schwarzen Militärsachen. Der ausgedörrte Kadaver wog geschätzte dreißig Kilogramm und war sogar für Milana leicht zu bewegen. Der Stoff flatterte um den dürren Leib, darunter kamen die vertrocknete Papierhaut und das skeletthafte Äußere zum Vorschein.

Die meiste Überwindung kostete es sie, dem abgetrennten Kopf zuerst den Helm und danach die Sturmhaube abzunehmen. Sie kannte den Anblick von Museen und Ausstellungen, aber niemals war sie einer Mumie so nahe gekommen. Ohne Mutemhats Kraft zerfiel der Schädel beim kleinsten Druck wie gesprungene Eierschalen, die Zähne kullerten über den Asphalt.

Widerlich. Milana schüttelte die Überreste aus der Haube und klopfte sie aus. Es staubte weißlich, Haare flogen wie dicke Spinnweben davon. Dass es keinen üblen Geruch gab, beruhigte sie. Nur eine schwache Nuance von Trockenfleisch. Der Overall war an einigen Stellen nass, wo Wasser und Körperflüssigkeiten herausgesickert waren. Milana ignorierte es.

»Fertig, Miss Nikitin?« Mandeville kam zu ihr und korrigierte den Sitz der Trageriemen, mit der die Ausrüstung des Scharfschützen befestigt war. »Das steht Ihnen sehr gut.«

Milana betrachtete die Truppe in der dunklen Spezialkleidung. Sie konnte bis auf Wilhelm nicht ausmachen, wer von ihnen wer war. Der Schreiner fiel wegen der Falten um die Augen und des Bäuchleins mehr auf, den Bart hatte er unter der Maske verborgen.

»Wird das reichen?« Sie tastete an ihrer Haube, wie groß der Sehschlitz war. »Wir sollten das umschminken. Damit es alt und eingefallen wirkt.«

»Wir haben etwas Besseres.« Mandeville langte in den Einsatzrucksack und zog eine Sonnenbrille hervor. »Die gehört zur Ausrüstung.« Er setzte sie auf. »Geschliffene Gläser. Gewöhnungsbedürftig, aber machbar.«

Milana suchte die Brille heraus. Sie beeinträchtigte sie kaum. »Dann gehen wir.«

Mandeville zeigte auf die Tragetasche, in der das Scharfschützengewehr eingepackt war. »Aber das bauen wir vorher noch auf.« Er öffnete den Reißverschluss und setzte das überlange Gewehr nach ein wenig probieren zu einem Stück zusammen. »Haben Sie schon mal geschossen oder wollen Sie das uns überlassen, Miss Nikitin? Sollten Sie erprobte Sportschützin sein, überlasse ich es gerne Ihnen.«

»Nein, nehmen Sie das, bitte. Ich …« Milana steckte das Wakizashi in den Gürtel. »Ich verlasse mich lieber darauf. Da weiß ich, dass es funktioniert.«

»Gute Idee!« Mandeville gab den Befehl, die Schwerter mitzunehmen, und legte sich ein Katana an. »Sehen wir nicht wahrlich japanisch aus, Gentlemen?«

»*Banzai, banzai, banzai!* Wie man damals sagte«, kommentierte Strong und verfiel in leichten Dauerlauf. »Schlagen wir der verdammten Priesterin den Kopf von den Schultern.«

Milanas Angst um ihren Vater stieg mit jedem Schritt, den sie machte. *Wir dürfen keinesfalls zu spät kommen.*

* * *

AN EINEM ABGESCHIEDENEN ORT, FRÜHHERBST

Egon starrte auf den Monitor, auf dem durchgehend ein Nachrichtensender lief. Nur durch die eingeblendete Uhrzeit und das Datum erfuhr er, dass er bereits seit vier Wochen auf der Pritsche angeschnallt lag. Unbeweglich, immobilisiert.

Um Toilettengänge zu vermeiden, hatten sie ihm einen Katheter eingeführt, die Nahrungszufuhr geschah ausschließlich über flüssige Substanzen. Sein Magen wusste bestimmt nicht mehr, mit fester Nahrung umzugehen. Das, was er von sich als Spiegelung im Display sah, verriet ihm, dass er nun locker zwanzig Kilogramm weniger wog. Blutverdünner verhinderten Thrombosen, seine Muskeln und Fett schwanden Tag für Tag.

Unvermittelt summte der Türöffner, und Egon zuckte zusammen. *Es geht wieder los.*

»Hallo, hallo«, sagte Schmidtchen gut gelaunt beim Eintreten. »Du bist ja wach, Lieblingshacker.« Er trug nicht mehr seinen schwarz-weißen Anzug, sondern einen grauen Mechanikeroverall und an den Händen feste, violette Gummihandschuhe. »Dann können wir gleich anfangen.«

So ist er noch nie bei mir aufgetaucht. Egon brach sogleich der Schweiß aus. »Ich sage nichts.«

»Ich weiß. Das denkst du jedes Mal. Und doch erfahre ich bei jedem Besuch mehr über EXODUS.« Schmidtchen hatte einen Arztkoffer dabei, dessen Inhalt er auf dem Beistelltisch neben der Pritsche aufreihte. Spritzen, Infusionsbesteck, verschiedene Ampullen und Phiolen. »Aber leider weiß ich immer noch nicht alles. Nicht alles Relevante. Meine IT-Leute sind nicht clever genug, um deine und Nótts Sicherungen zu unterlaufen oder auszuhebeln.«

»Lassen Sie mich laufen, und ich verschwinde aus Deutschland. Sie sehen mich nie wieder.« Am liebsten hätte Egon den Mann umgebracht, ganz egal wie. Inzwischen ging er nicht mehr davon aus, dass Schmidtchen dem BND angehörte. Falls doch, war es die größte Sauerei, die sich eine staatliche Behörde erlaubte. *Nehme ich an.* »Irgendwann wird es einem Ihrer Leute gelingen. Sie brauchen mich nicht. Und Suna auch nicht«, haspelte er. »Lassen Sie uns gehen!«

»Das würde ich sofort, wenn du uns alles erzählst.«

Egon markierte den Tapferen. »Dann hauen Sie mir halt wieder was in die Vene.«

»Werde ich.« Der Vierzigjährige mit einem lichten Dreitagebart rüttelte unvermittelt heftig an der Pritsche, die auf dem Haltegestell schwankte und kippelte.

»Was soll das?«, rief Egon und konnte sich wegen seiner Fesseln nicht rühren. Seine Furcht stieg. »Scheiße, hören Sie auf damit! Aufhören!«

Schmidtchen nahm die Finger vom Gestell und richtete sich die hellen Haare. »So ungefähr fühlt es sich an.«

»Was?«

»Wenn ich dich aus viertausend Meter aus dem Flugzeug werfen lasse. Mit Sauerstoffmaske, damit du nicht ohnmächtig wirst«, erklärte der Mann und zog verschiedene Spritzen auf. »Und Mikro. Auf dem Weg nach unten kannst du uns verraten, was du bislang verschweigst. Und gefällt uns, was wir hören, öffnen wir deinen Fallschirm über eine Fernbedienung.« Sorgsam drückte er die Luft aus der Kammer, das streng chemisch riechende Mittel spritzte aus der geschliffenen Nadel. »Nur, falls ich heute wieder nicht das Gewünschte erfahre. Andernfalls platschst du mit zweihundert Sachen ins Meer und säufst ab.« Er sah Egon mitleidslos an. »Letzte Möglichkeit, bevor wir dich fliegen lassen, Hackerboy.«

Der Aufzug, die Handschuhe, der veränderte Tonfall. Egon glaubte Schmidtchen. *Sie sind meiner überdrüssig geworden.* »Umbringen würde ich mich nicht.«

»Nein. Ich bringe dich um.«

»Scheiße, nein, ich meinte an Ihrer Stelle.«

»So? Weswegen? Brief beim Anwalt hinterlegt? Eine kryptische Schutzschaltung auf einem Schattenserver hinterlegt, die nur du umgehen kannst?« Schmidtchen legte gespielt nachdenklich eine Hand an die Unterlippe und schaute zur Decke. »Was könnte es noch sein? Ein Auftragskiller, dem du mit Gedankenkraft mein Bild und meine Adresse schicktest?« Patschend schlug er sich gegen die Stirn. »Superman! Er kommt, um dich zu retten!« Lässig lehnte er sich an die Pritsche. »Oder ist es was anderes?«

Egon hasste seinen Peiniger aus ganzem Herzen. *Er verarscht mich.* Die latente Aggressivität war ebenfalls neu für den Mann, der gewiss nicht Schmidtchen hieß. »Wie geht es Suna?«

»Nicht besser und nicht schlechter. Wir bauen sie langsam auf. Aber ich denke nicht, dass du mit ihr sprechen kannst, solltest du dich weiterhin stur stellen.« Schmidtchen nahm das Desinfektionsspray und besprühte die linke Armbeuge. »Denn Tote reden nicht. Ist dir bekannt, Hackerboy.«

Ich muss was Schlaues sagen. Egon starrte auf seine dünne, durchlöcherte Haut. An der Hand hatten sie einen Dauerzugang gesetzt, über den sie ihn mit Kochsalzlösung und Nährmittel versorgten, sobald die Blutwerte zu schlecht wurden oder die chemischen Verhörsubstanzen ausgleichen mussten. Schmidtchen stach mit Absicht neu. Jedes Mal. Ein Symbol der Überlegenheit seinem Gefangenen gegenüber. »EXODUS ist nur ein Programm.«

»Ich weiß.«

»Nein, ich meine, es ist *ein* Programm.« Der Gedanke gefiel Egon. »Es gibt mehrere.«

»Ach?« Schmidtchen sah nicht beeindruckt oder begeistert aus. »Das kommt aber reichlich spät.«

»Bis eben wollten Sie mich auch nicht aus dem Flugzeug werfen.«

»Hätte ich das früher gewusst, wäre ich mit der Drohung wohl früher gekommen.«

Elendes Arschloch! »Ich weiß nicht, wie viel Zeit ich auf dem Weg nach unten habe, deswegen sage ich es lieber jetzt.« Egon las am interessierten Gesicht seines Peinigers ab, dass er die richtigen Knöpfe bei Schmidtchen drückte. »Außer EXODUS gibt es noch PHARAO und ROTES MEER.«

»Nur weiter.«

Innerlich sammelte er seine letzten verbliebenen Widerstandskräfte und sagte: »Nein.«

Der Agent wackelte mit der Spritze. »Muss ich dich erinnern, was das ist?«

»Ich habe es geschafft, bis jetzt nichts von PHARAO und ROTES MEER zu erzählen. Das Zeug in der Spritze ist also nicht so toll, wie Sie denken.« Egon schien es sinnvoll, neue Forderungen zu stellen, um seine Lüge glaubwürdiger zu machen. »Ich will runter von dieser Scheißpritsche. Und was zu essen. Und frische Klamotten.«

»Klingt machbar.« Schmidtchen schlug einmal gegen das Gestell. »Und danach rolle ich dich zum Heli-Pad.«

»Was?«

»So ein Flug mit vollem Bauch und frischen Klamotten ist doch gleich viel besser zu genießen.« Schmidtchen rammte ansatzlos die Nadel in die Vene und drückte das Mittel in den Kreislauf. »Verarsch mich nicht, Hackerboy. Ich finde raus, ob du es eben versucht hast. Und *falls,* ist es das letzte Mal gewesen.« Er näherte sich Egon mit einer zweiten Spritze und injizierte ihren Inhalt gleich hinterher. »Die anderen wollten dich schon nach zwei Tagen beseitigen, aber ich sagte: Nein, der Junge hat Potenzial. Der wird für uns arbeiten, wenn wir ihn genug motivieren. Und gut bezahlen.«

Egon fühlte das Brennen, das seinen Arm hinaufkroch

und sich in seinen Leib stürzte. Auch das war neu. »Es tut weh!«, begehrte er auf.

»Beweise es mir. Beweise es ihnen.« Schmidtchen feuerte den Inhalt der dritten Spritze in die Vene, bevor er die Nadel aus dem Fleisch zog und das Loch mit einem Pad abdrückte. »Dein Potenzial. Dein Wissen, Hackerboy. Deine letzte Chance. Heute.«

Ein guter Schwindel breitete sich in Egons Bewusstsein aus. Glücksgefühle überkamen ihn, als seine Arme losgeschnallt wurden und ein Wägelchen mit Essen hereingerollt wurde. Echtes Essen, mit tollem Duft und unfassbaren Farben, wenn auch in winzigen Portionen.

Ich bin high, realisierte Egon, und es war ihm egal. *So was von scheißegal!*

Unter den Augen von Schmidtchen machte er sich über die Handvoll Pommes, den Vierteldöner, das Schnitzelchen, den Salat und das Deko-Gemüse her, bis ihm trotz der wenigen Bissen schlecht wurde. Danach gab es einen Espresso und noch ein bisschen Eis. Erdbeer-Vanille.

»Sie können mich jetzt aus dem Heli werfen«, verkündete er großspurig. »Bevor ich kotze. Besser wird mein Leben nicht mehr.« Er fühlte eine große Dankbarkeit und Rührung – sowie Sodbrennen. »Sie haben mich gut behandelt. Danke. Vielen Dank für dieses leckere Essen.« Müdigkeit wollte in ihn kriechen und zog ihm die Lider herab. *Schlafen.* Zufrieden einschlafen und in seinem echten Leben aufwachen, ohne Pritsche, Riemen und dem Agenten. »Und ohne EXODUS und ohne PHARAO und ROTES MEER«, murmelte er und kicherte, die Augen waren geschlossen. »PHARAO. Was für ein bescheuerter Name. EXODUS war schon dumm. Es müsste EXITUS heißen. Habe ich schon erzählt, wie Suna die Sicherheitslücke von Facebook fand? Nein?« Er schnaubte. »Hu, da geht vieles. Haben Sie was zu schreiben?«

»Er meint es ernst. Gut.« Schmidtchen lachte. »Das Zeug

wirkt. Schauen wir mal, was geschieht, wenn wir dazu noch natürliches Adrenalin mischen.«

Egon wurde durch die Gegend gerollt, und es gefiel ihm. Das Vibrieren erinnerte ihn an viele Stunden Autofahrt als Kind, bei denen er behütet eingeschlafen war. *Wie viele Kilometer ein Mensch auf Reisen wohl verschläft?*

Dösend und dämmernd redete er unbewusst vor sich hin. Da seine Augen geschlossen blieben, wusste er nicht, wer ihm antwortete. *Aber er hört zu. Das ist so schön. Warum habe ich das nicht viel früher gemacht?*

»Hey! Hey, Egon!«

Schmidtchen! Er hob die Lider und sah den Mittvierziger vor sich. »Sie könnten sich mal rasieren. Damit sähen Sie besser aus.« Egon grinste. »Das wollte ich Ihnen schon die ganze Zeit sagen.«

»Dank der Chemie hast du es jetzt ja getan.« Schmidtchen trug eine Sicherungsleine am Gürtel und saß auf einer Pritsche, ein Headset war an seinem Kopf befestigt. »Bereit für den Rundflug?«

Egon realisierte schlagartig, wo er sich befand. Das Rattern und Vibrieren stammte vom Hubschrauber, in dem er lag, auf seiner Liege, mit Mikro vor dem Mund und Kopfhörern auf den Ohren. Sauerstoffschläuche führten in seine Nase. »Echt jetzt?«

»Echt.« Schmidtchen öffnete die seitliche Schiebetür. »Und jetzt.«

Mit einem Ruck beförderte er die Liege aus dem Helikopter.

Egon schrie, als er vornüberkippte und mit dem Gesicht voran auf die Erde zuraste, die unter ihm nichts war als eine blaue Fläche. Rechts und links, weit entfernt gab es braune und grüne Ränder. *Land.* Aber er stürzte auf Wasser und irgendein Meer zu, wie es ihm Schmidtchen versprochen hatte.

»Hörst du mich, Hackerboy?«, drang die Stimme des Agenten aus dem Kopfhörer.

Der Luftstrom erschwerte Egon das Atmen, er drehte das Gesicht zur Seite und versetzte die Pritsche ungewollt in Rotation. Schon begann das Rütteln und Schütteln, gepaart mit Überschlagen und Wirbeln, sodass er sich übergeben musste. Seine Kotze schnellte aus dem Mund und wurde in die Höhe gerissen.

»Ah, okay. Verstehe«, kommentierte Schmidtchen. »Lass dir nicht zu viel Zeit damit. Du schlägst in wenigen Minuten auf. Ich sehe die Anzeige des Höhenmessers.«

»Was wollen Sie wissen?«, schrie Egon schrill. Nichts würde er geheim halten, er würde reden, alles hinausrufen, jede Tat gestehen, die er jemals begangen hatte.

»Alles, mein Junge. Passwörter, die dir bis eben nicht eingefallen waren. Alles zu PHARAO und ROTES MEER.«

»Ist erfunden! Ist erfunden«, stieß er aus. »Gibt es nicht. Ich wollte mich wichtigmachen.«

Schmidtchen schwieg.

»Ich … ich kenne die Zugangsdaten zu Sunas Märchenserver.«

»Die haben wir schon.«

»Von wem?«

»Von dir, Hackerboy. Seit zwei Wochen. Aber die Passwörter wären gut.«

»Ja, klar. Die habe ich!« Egon schloss die Augen, übergab sich ruckartig nochmals und ratterte die Kombinationen aus Ziffern und Buchstaben und Sonderzeichen heraus. Es fühlte sich an, als befreite er sich von einer immensen Last. Als er sich fünf Dutzend Codes aus der Seele geschrien hatte und die Lider hob, war die blaue Fläche deutlich näher gekommen. »Fallschirm! Fallschirm!«, bettelte er.

»Du hast noch ein bisschen Zeit, uns von deinem Wert zu überzeugen. Meine ITler prüfen deine Codes noch«, gab

Schmidtchen zurück. »Sieht gut aus, wie du fliegst. Du hast acht Umdrehungen hintereinander geschafft. Der Letzte brachte es auf fünf.«

Der Letzte? Die Verhörmethode hatte sich offenbar bewährt. »Was noch?«

»Wir haben in einer Datei etwas über eine Verschwörergruppierung entdeckt.«

»Und?«

»Die gerieten in Schwierigkeiten. Anscheinend haben sie nicht mehr den Zugriff auf diese Türen, wie es vorher der Fall war.«

»Welche Kacktüren?«, brüllte Egon. »Ich weiß nichts davon!«

»Du hast Suna mit ein paar Raids geholfen, wo es genau darum ging.«

So gerne Egon geplaudert und Geheimnisse verraten hätte: Er wusste nichts davon. »Was?«

»Ein Mann namens Ritter spielte dabei wohl eine unrühmliche Rolle. Und ein Höhlenlabyrinth, das es nicht mehr gibt. Jedenfalls nach unseren Erkenntnissen.«

»Ist das jetzt die Masche Stranger Things oder Twilight Zone?« Egon sah das Glitzern der Wellen, den Schaum auf den Wogen, und er roch das Meer. *Ich bin schon scheiße tief!* »Öffnen Sie meinen Fallschirm!«

»Diese Verschwörer hatten Zugriff auf die Mächtigen der Welt, Hackerboy. Was weißt du?«

»Nichts! Ich besorge nur Daten und schaue sie mir nicht an!« Er riss sich zusammen und verhinderte mit purer Willenskraft ein weiteres Übergeben. »Haben Sie nichts anderes?«

»Einen Moment. Meine ITler melden sich.« Schmidtchen schaltete den Ton ab, es knackte im Lautsprecher.

Im berauschten Zustand fiel Egon auf, wie schön die See war. Was sich jenseits der Oberfläche abspielte, wo Schatten schwammen. *Wale!* Möwen zogen unter ihm vorbei, ihre

Schreie klangen bis zu ihm. *Ich war noch nie am Meer,* dachte er. *Und ich will vor allem nicht ins Meer! Nicht so!*

»Fallschirm«, schrie er panisch.

»Okay, keine Panik. Du hast uns schöne Infos geliefert, sagen meine Leute. Nicht erschrecken, wenn sich der Schirm öffnet. Das ruckt. Kann sein, dass du ohnmächtig wirst. Die Schwimmkissen am Gestell halten dich über Wasser, bis wir kommen und dich aufsammeln.«

»Mir egal.« Egon schluckte, sein Mund war vom Reden im Sturm und der Angst völlig ausgetrocknet. »Bitte, ich kann noch mehr …«

Ein übler Schlag ging durch die Pritsche, der Fall wurde abrupt abgebremst. Ein Schatten fiel auf Egon, der Nylonstoff hatte sich gehorsam aufgespannt. Durch den Ruck rissen die Brustgurte, die ihn auf der Liege hielten, und er kippte schreiend nach vorne. Die Sicherungen an den Unterarmen konnten ihn nicht halten, die dünner gewordenen Handgelenke rutschten durch. »Hilfe! Ich …«

Die Beinriemen zerbrachen Egons Unterschenkelknochen und Sprunggelenke wie trockenes Schilf. Die Schmerzen ließen ihn trotz der Drogen in seinem Leib gellend schreien, während er von der Liege glitt.

»Fuck«, vernahm er Schmidtchens aufgeregte Stimme in seinen Ohren. »Welches Arschloch hat die Gurte kontrolliert?«

Das Wasser raste auf ihn zu.

Egon verlor die Hoffnung, diesen Flug zu überstehen. Beim nächsten unkontrollierten Überschlag sah er die herabsegelnde Pritsche, an deren unterem Ende sein linker Fuß steckte. Aus den blutenden Stümpfen zog er eine rote Spur hinter sich her, der rechte Fuß hing an einem Hautstreifen und weigerte sich abzureißen.

»Aber ich habe doch alles gesagt, was ich weiß«, jaulte Egon.

»Abbruch. Zurück zur Basis. Dann wecken wir die Hackerin aus dem Koma. Wir brauchen dringend Zugangsdaten«, sagte Schmidtchen. »Um den Hackerboy kümmern sich das Meer und die Fische. Danach will ich wissen, welcher Wichser behauptet hat, dass die Gurte sein Gewicht halten und –«

Klack. Der Funk erstarb.

Mit der nächsten Drehung machte Egon den abdrehenden Helikopter über sich aus, der landeinwärts flog. *Ohne mich.*

Er roch das Meer, hörte das Rauschen der Wellen und sah aufsteigende Gischtflocken, um in der folgenden Sekunde mit hundertachtzig Stundenkilometern auf die Oberfläche zu prallen. Wie auf Beton zerschellte Egons Körper und versank in den kalten Fluten.

* * *

JAPAN, TOKIO, FRÜHHERBST

Yūki Takahashi verfolgte, wie der Fahrstuhl nach oben fuhr und auf ihrem Stockwerk anhielt.

Die Mumien, die mit ihm zusammen für die Sicherheit der Gebieterin sorgten, wandten sich zur Kabine, deren Türen sich öffneten.

Heraus traten jene sechs Polizisten, welche es gewagt hatten, auf Mutemhat zu schießen, und in neue Diener verwandelt worden waren. Drei von ihnen trugen ihre Gewehre lässig geschultert, ihre Helfer schleppten die Rucksäcke mit Munition und Ausrüstung. An ihren Gürteln führten sie kleine und große Samuraischwerter mit sich, was ihnen ein ungewöhnliches Erscheinungsbild gab.

Die Wächtermumien kehrten in ihre entspannte Haltung zurück. Von den Neuankömmlingen drohte keinerlei Gefahr.

Das Sextett trat aus dem Lift und marschierte geordnet vorwärts, ohne dass es nach rechts und links schaute; die Gesichter waren hinter Sturmhauben und Sonnenbrillen verborgen.

Yūki ging ihnen entgegen. Gleich mehrere Dinge fielen ihm auf: Einer hinkte deutlich, ein anderer wies eine erstaunlich unsportliche Figur für einen Sonderpolizisten auf, und keiner von ihnen hatte durch die Mumifizierung viel Substanz verloren. *Das muss ich genauer wissen.* »Willkommen. Ich bin Takahashi-sama und …« Sie passierten ihn einfach, als hätte er nichts zu ihnen gesagt. »Hey! Bleibt gefälligst stehen, wenn ich mit euch rede!«

Einer der Scharfschützen deutete auf den Durchgang zum Laboratorium. »Mutemhat will uns sehen«, entgegnete er auf Englisch. Die Neulinge marschierten weiter quer durch die Halle.

Mit langen Schritten folgte ihnen Yūki und versperrte ihnen den Weg, die Axt locker in der Rechten haltend. »Sie sagte mir nichts davon.«

»Muss sie das?«, gab der Anführer des Trupps zurück. »Sie ist die Priesterin. Ihr Wort ist Gesetz.«

Yūkis Misstrauen stieg. Zum einen antwortete der Scharfschütze nicht in seiner japanischen Muttersprache; zum anderen sprach er Englisch mit einem extremen britischen Akzent, zum Dritten nannte er sie nicht Gebieterin, wie es sich schickte.

Echte Menschen. Man will uns hereinlegen. Sechs Attentäter befanden sich auf dem Weg zu Mutemhat und gaben sich frecherweise als die übernommenen Sniper aus. Yūki umfasste die Axt. »Die Masken ab. *Jetzt!*«

»Bist du verrückt geworden?« Der Anführer legte eine Hand an sein Katana. »Wie kannst du es wagen, uns aufzuhalten?«

»Weil ihr nicht zu uns gehört.« Yūki stieß einen Pfiff aus.

Zehn Mumien lösten sich aus der Verteidigungsformation und rückten an, um ihm beizustehen. »Wer seid ihr?«

»Wir sind die, die es zu Ende bringen.« Der Scharfschütze zog in einer fließenden Bewegung das lange Samuraischwert und drang auf ihn ein; die übrigen fünf zückten ihre Klingen und gingen zum Angriff über, bevor sich Waffen auf sie richten konnten.

Den ersten Hieb wehrte Yūki noch mit dem massiven Axtkopf ab. Aber sein Gegner verstand sich aufs Fechten, auch wenn es nicht die japanische Kendo-Weise war. Das brachte ihm zwei, drei Schnitte und Stiche ein, die dem ausgetrockneten Körper nichts anhaben konnten. *Die schwere Axt taugt nicht als Waffe gegen ein Katana.*

An seinem Widersacher vorbei verfolgte Yūki, wie die Angreifer teils sehr geübt, teils sehr dilettantisch mit den Klingen vorgingen. *Niemals ist das eine echte Spezialeinheit.* Einige Mumien waren dennoch enthauptet gefallen.

Seine Unachtsamkeit rächte sich in der nächsten Sekunde.

Yūki sah das lange Schwert in gerade Linie auf sein Gesicht zukommen, und schon fuhr die Klinge knapp unterhalb der Nase in den Schädel. Es schmerzte nicht, aber es fühlte sich unangenehm an. Widerlich. Lästig. So etwas wollte er kein weiteres Mal erfahren.

Dafür töte ich dich! Bevor Yūki die Axt zum Aufwärtshieb in die Genitalien des Maskierten heben konnte, wurde das Katana ruckartig nach oben geführt und teilte seinen Kopf.

Das war noch unangenehmer, schlimmer, unbeschreiblicher als die Perforierung. Seine Sicht verschwamm für wenige Sekunden. Stückchen des Knochens flogen aus der Schädeldecke und klackerten davon.

Dann bekam Yūki den Stiefel des Unbekannten gegen die Brust. Aber er behielt das Gleichgewicht und blieb auf den Füßen. »Es ist genug, Frevler!« Er nahm mehrere Schritte Anlauf und drückte sich ab, schwang die Axt im Sprung hoch über den Kopf, um seinen Gegner von oben nach unten zu spalten.

Doch der Maskierte wich zur Seite aus.

Als Yūki neben ihm landete und die schwere Axtschneide in den Boden hackte, die mehrere Zentimeter in den Untergrund eindrang und sich festfraß, wusste er: *Ich werde sterben. Ein zweites Mal.*

Sein Gegner schlug auf Halshöhe und in gerader Linie zu. Vornübergebeugt und noch beide Hände am Stiel, hatte Yūki keine Chance, dem heranzischenden Stahl zu entgehen, der auf seinen schutzlosen Nacken zielte.

Dabei geschah etwas Unerwartetes: Die Zeit schien sich zu verlangsamen, und seine Sinne waren ums Zehnfache geschärft, als wollten sie ihm einen letzten Dienst erweisen.

Yūki hörte aus dem Sprechfunk des Polizisten, dass die Evakuierung abgeschlossen sei und der Einschlag in das 46. Stockwerk in exakt T-30 Minuten stattfände. Die Gebieterin war in größter Gefahr. Und Lithos nicht weniger!

Die Klinge des Katanas surrte tief und verkündete säuselnd den kommenden Tod, das ewige Ende, von dem es keine Auferstehung gab.

Zugleich öffnete sich der zweite Fahrstuhl in Zeitlupe, und heraus kamen zwei gepanzerte Menschen, die thermoisolierte Anzüge und hitzebeständige Helme trugen. In ihren Händen hielten sie Flammenwerfer, vor deren Mündung kleine Gasflämmchen brannten. Kaum hatten sie die Kabinen verlassen, lösten sie die Waffen aus. Meterlange Lohen schossen fauchend und grollend in die Halle. Sobald eine Mumie getroffen wurde, machte das chemische Feuer sie zu einer Fackel.

Dann fuhr die Schneide in Yūkis Nacken und zerschnitt die Wirbel.

Als das Rückgrat vollständig durchtrennt war, fühlte er sich … frei. Er bedauerte, seine Gebieterin nicht mehr länger beschützen zu können, aber es war ein gutes Gefühl, von den Ketten der Knechtschaft befreit zu sein.

Yūki hörte noch das dunkle Rauschen der aufquellenden Flammenstrahlen, die gute zehn Meter in die Halle stachen und Mutemhats Krieger Stück um Stück dezimierten; Aschewölkchen verbreiteten sich und bedeckten Boden, Möbel und Umstehende. Keine andere Waffe wäre dermaßen effizient, die Wahl war weise gewesen.

Und dann endete Yūki Takahashis zweites Leben.

* * *

Anton hatte seinem Gegner die Arme abgeschlagen, bevor der siebte oder achte Hieb den Kopf vom Hals trennte. Der Kampf zeigte sehr deutlich, dass er Schreiner und kein Krieger war. Dabei sagte er sich unentwegt, dass die Menschen schon längst tot waren und nur durch die Macht der Priesterin über das Sterben hinaus am Leben gehalten wurden. *Nichts weiter als Marionetten.* Dass kein Blut floss, machte es für ihn einfacher.

Das dunkle Fauchen, die plötzliche goldrote Helligkeit und vor allem die immense Hitze, die von hinten gegen Anton wallte, brachte ihn dazu, sich zu den Fahrstühlen umzuwenden. *Was ist das? Eine geborstene Leitung?*

Zwei gepanzerte Angreifer mit geschlossenen Helmen brannten sich mit Flammenwerfern eine Schneise durch die untoten Verteidiger. Sobald die Lohen eine Mumie erfassten, verging sie nach wenigen Herzschlägen zu Asche. Wenn die meterlangen tankgespeisten Flammen nicht gerade aus den Mündungen zuckten, warfen die Gepanzerten Granaten in die Reihen der Mumien. Mit dem Knall stoben weitere Flammen hoch und weit in die große Halle, verteilten die Brandherde.

Sie haben die perfekte Methode gewählt. Anton duckte sich unter der immensen Hitze, die chemisch beißenden Gestank mit sich brachte. Auf den Anzügen und Helmen der beiden unterschiedlich großen Angreifer gab es keine Markierungen. Da es nur zwei waren, ging er nicht davon aus, es mit einer regulären Einheit zu tun zu haben, die im letzten Moment reingeschickt worden war, um den Einsatz fatalerer Mittel zu vermeiden.

»Weiter!«, rief ihm Mandeville zu. »Das ist die perfekte Ablenkung. Los, zu Lithos! Da ist die Priesterin.«

Zwischen Antons Füßen schlitterte eine Brandgranate wie ein fetter Eishockeypuck hindurch und zog eine mikrobisch kleine Rauchfahne hinter sich her. »Oh, Scheiße!« Er warf sich rücklings über die Anrichte und tauchte darunter ab.

Es knallte, und rings um ihn herum brannte in der nächsten Sekunde die Welt. Zu seinem Glück bewahrte ihn die Arbeitsplatte vor der flammenden chemischen Masse.

Endlich reagierte der Notbetrieb der Brandschutzanlage. Aus den Sprinklern ergoss sich ein kalter Regen, der jedoch nichts gegen das Feuer ausrichtete, das sich in den Bodenbelägen und Verkleidungen festfraß.

Napalm? Oder irgendeine Substanz mit Phosphor? Anton umging die brennenden Stellen und mied jeglichen Kontakt. Deutlich hatte er aus seinem Funkgerät die Durchsage der japanischen Einsatzzentrale vernommen, dass der Countdown lief. Ihre Befürchtungen wurden demnach wahr: Die Regierung und das Militär sahen nach der abgeschlossenen Evakuierung den Einsatz von Raketen als letztes Mittel vor. *Und wir mittendrin. Fuck!*

»Mister Gärtner?«, meldete sich Mandeville über Funk. »Geht es Ihnen gut?«

»Gehen Sie weiter. Ich komme nach«, antwortete er, um die Truppe nicht aufzuhalten, und schaute sich um, wohin er aus der Flammenhölle entkommen konnte.

»Nein, wir warten auf dich«, schaltete sich Wilhelm ein.

»Die Zeit haben wir nicht. Ich bin gleich hinter euch und sichere euch den Rücken vor diesen Typen mit den Flammenwerfern. Die gehören nicht zur Polizei.« Anton hatte eine Lücke in den rauchenden Flammenflecken am Boden entdeckt und bereitete sich für einen Sprint vor. *Ich ahne, wer in den Rüstungen steckt.* »Wir treffen uns im Laboratorium.«

»Einverstanden.« Mandeville gab den Befehl zum schnellen Vorrücken.

Anton hielt den Kopf unten und spurtete zwischen den aufsteigenden Lohen hindurch, sprang über größere Trümmer hinweg und musste mehrmals husten. Der Qualm verätzte die Lunge, die Sturmhaube bot keinen Schutz gegen die Dämpfe. Das unaufhörlich sprühende Wasser kühlte seine überhitzte Kleidung und verhinderte, dass sie sich entzündete.

Trotz seiner Achtsamkeit trat Anton in den Rand einer brennenden Pfütze, die Stiefel kokelten munter weiter und ließen sich nicht löschen, sodass er sie hinter einer Säule ausziehen musste, bevor sich der Brand durch die Sohle fraß.

Fehlen nur die Glassplitter am Boden, und ich komme mir vor wie John McClane.

Die beiden unterschiedlich großen Gegner mit den Flammenwerfern vernichteten immer noch Mumien, die auf Abstand zu den vernichtenden Feuerstrahlen blieben, und erwischten einige mit den geworfenen Granaten.

Da die Untoten keine Schusswaffen hatten, gab es für sie keine Möglichkeit, die Flammenwerfer auszuschalten. Sie schleuderten Mobiliar und was sie zu greifen bekamen. Ohne den gewünschten Effekt.

Als sich der kleinere Angreifer umdrehte, um sich nach Verfolgern umzuschauen, sah Anton einen Moment durch das Visier. *Laetitia!* Er hatte es sich aufgrund der unterschiedlichen Konturen der Gegner gedacht. *Der Riese muss Gunnar sein.*

Er pirschte auf Socken von Deckung zu Deckung, das Schwert in einer Hand. Die Flammen halfen gegen die Mumien, aber nicht gegen Mutemhats Kräfte. *Die Priesterin wird aus den beiden gehorsame Diener machen, sobald sie mitbekommt, was geschieht, und die Attacke ist beendet.* Mit dem Katana richtete er nichts gegen Laetitia und Gunnar aus. Es blieb ihm noch die Pistole im Halfter, doch er müsste sich auf einen Glückstreffer verlassen. Wenigstens lag der Reichweitenvorteil bei ihm.

Die Brandschneise, die das Duo zog, lief auf den Gang zu, der zum Laboratorium führte.

Anton sah auf seine Uhr. Es blieben weniger als 27 Minuten, bevor irgendeine Rakete hereinrauschte und den Tower pulverisierte. *Und Lithos wird reagieren.* Mit schrecklichen, unabsehbaren Konsequenzen für Tokio, Japan und vielleicht für diesen Bereich der Erde.

Plötzlich war sich Anton nicht mehr sicher, ob der schlichte Plan der Briten angesichts der veränderten Gegebenheiten der richtige war. Mit dem Umbringen der Priesterin war es nicht getan. *Wir müssen den Einschlag der Rakete verhindern.* Seine raschen Überlegungen führten zu einem neuen Plan, den er den anderen erklären musste. Sofern noch genügend Zeit blieb. *Andernfalls setze ich ihn auf eigene Faust um. Es geht nicht anders.*

Aber zuerst würde er sich um Laetitia und Gunnar kümmern.

Schnell zog Anton die Pistole aus dem Beinholster und lud sie einmal durch, wie er es in Filmen gesehen hatte, und entsicherte sie.

Mit beiden Händen packte er den Griff und hob den Lauf, visierte über Kimme und Korn – als Mutemhat unerwartet aus einem Konferenzraum stürmte und ihre neunschwänzige Peitsche schwang. Nicht im Traum dachte sie daran, diese zwei Menschen zu ihren Sklaven zu machen.

»Ihr habt meine treuen Diener verbrannt«, donnerte sie und schlug zu. »Dafür werdet ihr sterben, ihr elenden Frevler!«

»Gunnar!« Laetitia schwenkte die Mündung des Flammenwerfers herum, das blaue Gaslicht vergrößerte sich auf wenige Zentimeter, um den nachfolgenden Strahl aus hochbrennbarem Material zu entzünden.

Da trafen die Riemen den soliden Lauf, und die Lederbänder durchtrennten Arme und Hände der Frau ebenso wie Metall und Plastik. Das Gemisch sprühte aus den beschädigten Leitungen und auf den flackernden Brenner.

Dumpf aufschreiend verschwand Laetitia in einer Feuerkugel, deren Radius sich rasch vergrößerte und den überraschten Gunnar mit einschloss.

Oh, Scheiße. Anton senkte die Pistole und sprintete im Schutz der Detonation hinter seiner Deckung weiter, rannte, so schnell er konnte, ins Laboratorium. Solange die Priesterin mit dem Vernichten der beiden Gegner beschäftigt war, blieben sowohl Mastertür als auch Lithos unbewacht.

In seinem Kopf änderte sich der Plan erneut. *Diese unerwartete Gelegenheit lässt mehr Spielraum.* Aber als Anton durch den Kontrollraum eilte, sah er sofort, dass sein Vorhaben nicht funktionierte. *Die Tür ist noch nicht fertiggestellt!*

Wilhelm stand vor der übergroß errichteten Mastertür aus Particulae. Einzelne Fragmente schwebten frei in der Luft, mehrere kleine Lücken klafften in dem Konstrukt. Er hielt den Plan in der Linken, balancierte auf einem Stuhl und schob die letzten fehlenden Stücke an den richtigen Platz, um das Artefakt zu vervollständigen.

Mandeville und Strong kämpften gegen den zur Mumie gewandelten Professor Nikitin, der ein erbeutetes Schwert in der Hand hielt und nach den Briten stach und schlug. Auf dem Boden lagen der regungslose King, aus dessen Hals das

Blut rann, und die bewusstlose Milana; ein immenser Bluterguss zierte ihr Gesicht.

Nein! Zur Hölle, Mutemhat verwandelte den Professor! Anton machte einen Schritt in das Laboratorium und hob die Halbautomatik, die Mündung schwenkte auf den Kopf des Wissenschaftlers. *Er ist kein Mensch und nicht mehr zu retten.*

Lithos stand im Mittelpunkt des Raumes, glomm schwach und hielt mit kleinen Energiefingern die verbliebenen Particulae in der Schwebe. Wilhelm hatte inzwischen alle eingefügt bis auf drei.

»Gärtner! Her zu uns! Helfen Sie uns, den Professor zu töten«, verlangte Mandeville; klirrend parierte er Nikitins Hieb und schoss ihm mit dem Revolver durchs Gesicht, ohne dass die Mumie daran zugrunde ging.

Anton blickte auf die Uhr. *Keine zehn Minuten mehr.* Er wusste genau, dass sie nicht gegen Mutemhat gewinnen konnten. »Wilhelm, kannst du die Einstellungen der Mastertür vornehmen?«

»Sicher.« Der Schreinermeister drückte das letzte Element an seinen Platz, und ein lautes Knistern erklang, als sich die Particulae untereinander verbanden. Aus dem brüchigen Mosaik wurde ein massives Portal, vier Meter hoch, glatt und fugenlos, aber mit unglaublich wundervollen Details und Kleinigkeiten. Es entsprach exakt dem Plan. »Ich kann dir nicht sagen, was geschieht, wenn wir sie nutzen.« Er machte sich daran, die übergroßen Regler an den Seiten zu verschieben, die laut klackend einrasteten. Anton hätte die gleiche Wahl getroffen. »Am besten, wir verschwinden und –«

»Nein! Wir verschwinden nicht! Gärtner! Wo bleiben Sie?«, rief Mandeville wütend. »Wir müssen die Priesterin …«

Anton wollte etwas erwidern, als Mutemhat wie eine Furie hereinstürmte. »Weg von meinem Portal!«, schrie sie und schlug mit der Peitsche zu.

Die Lederriemen zischten heran und trafen Anton quer

über die Brust; hinter sich hörte er Wilhelm qualvoll aufschreien und zu Boden stürzen. Der Schmerz war heiß und sengend, die Schnüre hatten sich durch die Kevlarweste bis auf die Haut geschnitten und lange blutige Striemen hinterlassen; zwei Knötchen verfingen sich an den Arretierungen der Weste.

»Ihr elenden Sterblichen!« Mutemhat zog an der Peitsche, und Anton wurde ruckartig nach vorne gegen Lithos katapultiert. »Versteht ihr denn gar nichts?«

Trotz des schützenden Helms war der Aufprall schmerzhaft, und das Laboratorium wurde schlagartig dunkler, während er an der glatten, mattschwarz-silbrigen Oberfläche hinabrutschte.

Anton vermochte sich kaum mehr zu bewegen. Er hörte Mandevilles und Strongs Schreie, es knallte und sirrte, Schemen rannten an ihm vorbei und sprangen über ihn hinweg.

Vor seinen trüben Augen tickte die Uhr.

Er konzentrierte sich, um die Ziffern abzulesen. *Weniger als eine Minute!* Mühsam riss Anton sich zusammen, steckte den umherliegenden Bauplan ein, stemmte sich auf die Füße. Seine Sicht klarte auf. *Wir müssen Lithos wegschaffen.* »Mandeville!«

Ein Blick machte Anton klar: Er selbst war der Letzte, der noch stand. Mandeville, Strong und King waren nur noch blutige Fetzen. Die Priesterin hatte ihren Hass an ihnen ausgetobt und sie mit der Peitsche zerteilt, die Kadaverreste lagen im Laboratorium verstreut.

Wilhelms Hals war schon beim ersten Angriff von einem Lederriemen aufgeschlitzt worden, er war neben dem Portal zusammengebrochen und verblutet, die Augen gebrochen gegen die Decke gerichtet. Milana ruhte bewusstlos vor den Füßen ihres verwandelten Vaters.

Nein. Anton machte entsetzt einen halben Schritt zurück, ihm wurde schwindlig und schlecht. *Wir haben verloren.*

Mutemhat musterte ihn. »Mutig. Idiotisch. Verschwendet.« Ihr weißes Gewand zierten rote Flecken und Schlieren, sogar im Antlitz hafteten Spritzer. Die Augen brannten grün, und Elmsfeuer umspielte den goldenen Überwurf. »Was möchtest du vor deinem Tod sagen, Sterblicher?«

Anton nahm den gerissenen Helm und die Haube ab, Tränen stiegen in seine Augen. *Kathrin und die Kinder. Hoffentlich sind sie weit genug entfernt, wenn Lithos detoniert.* »Du wirst die Welt niemals beherrschen.«

Der Professor ließ das Schwert fallen. Er blickte auf seine ohnmächtige Tochter und schwieg. Was hinter dem vertrockneten Gesicht vorging, konnte Anton nicht erfassen. War es Sorge?

Mutemhat deutete mit der triefenden Peitsche zuerst auf Lithos, danach auf die Mastertür. »Ich besitze unendliche Energie, und ich bin dank dieses Portals innerhalb eines Wimpernschlags an jedem Ort der Welt. An jedem Ort des Universums. Keiner ist mir ebenbürtig!«

Durch den Gang sah Anton zu den zerstörten Fenstern, hinter denen sich ein leuchtender Punkt näherte. Das Triebwerk der nahenden Rakete war bereits mit bloßem Auge zu erkennen.

Der Gedanke an seine Familie ließ seinen Eigensinn aufflammen.

Ich will nicht sterben. Nicht in diesem Turm. »Das wird dir nichts mehr nützen.« Trotz aller Schmerzen hielt er sich bereit. *Mein Plan kann noch funktionieren.*

»Wie meinst du das?« Mutemhat bemerkte seinen Blick und schaute über die Schulter hinaus ins Freie. Auch sie erkannte das Geschoss, kurz bevor die Rakete in das Hochhaus krachte. Der Sprengkopf prallte an den ersten Pfeiler, die verheerende Detonation wurde in Gang gesetzt.

Darauf hatte Anton gewartet. Er sprang zum Portal, hüpfte auf den Stuhl und betätigte den Türklopfer über ihm, um das Kraftfeld auszulösen. Dann stieß er die Tür auf.

»Nimm sie mit«, rief Nikitin unvermittelt und packte seine bewusstlose Tochter am Kragen, schleuderte sie quer durch den Raum. »Sie hat den Tod nicht verdient.«

Er liebt sie noch immer! Geistesgegenwärtig fing Anton Milana auf und taumelte durch das Kraftfeld. *Das konnte der Fluch der Priesterin nicht verhindern.* Dabei vernahm er hinter sich das Knallen der Peitsche und eine zweite Detonation.

Dann stürzte er zusammen mit Milana in die Dunkelheit und landete in weichem, warmem Sand.

Blindlings stieß er die Tür mit dem Fuß zu und warf Milana von sich. Noch bevor das Kraftfeld erlosch, verstellte Anton den ersten Schieberaster, der seitlich am Rahmen angebracht war. Damit verschwand das Portal in Tokio und konnte von Mutemhat nicht genutzt werden.

Erst dann entdeckte Anton, dass ihn die Peitsche zum Abschied getroffen hatte: Sein linkes Bein fehlte vom Knie abwärts, das Blut plätscherte aus der offenen Wunde in den Sand.

Ich muss es abbinden, sonst … Antons Finger wurden eiskalt, und er verlor alle Kraft.

* * *

PROVIDENTIA, æ, die Vorsehung, wurde von den Römern für eine Göttinn gehalten, und als ein Frauenzimmer gebildet, das eine Kugel und einige Aehren, oder auch ein Füllhorn, einen Blitz, oder Mercuriusstab, oder Zepter u.s.f. in den Händen hat.

Benjamin Hederich:
Gründliches mythologisches Lexikon (1770)

KAPITEL IX

IRGENDWO

Milana erwachte, weil sie keine Luft mehr bekam. Sandkörner ausschnaubend, richtete sie sich ruckartig auf und blickte sich mit klopfendem Herzen um. *Wo bin ich?*

Sie lag im Hof eines grob gemauerten Gebäudes, auf dem Boden verteilte sich heller Sand, der etliche dunkle Stellen aufwies. Die glaslosen Fenster um sie herum waren dunkel, vereinzelt erklang ein Schnarchen durch die Öffnungen, vor denen filigrane Windfänge mit Holzornamenten hingen.

Batjuschka! Milana wandte sich um.

Hinter ihr erhob sich das majestätische, schwarz-silbrige Portal. Es war geschlossen und wirkte wie ein übergroßes Dekorationsstück, das sich schon ewig an diesem Ort befand, gleich einem Relikt aus vergessenen Dekaden, als an dieser Stelle ein titanischer Tempel stand. Milana verstand, dass sie nicht mehr in Tokio weilte, sondern durch die Mastertür gereist war.

Daneben kauerte Anton, dem der linke Unterschenkel fehlte, glatt abgeschlagen. Schwach versuchte er, die Arterie mit seinem Gürtel abzubinden, damit er nicht verblutete; das restliche Stück Bein samt Fuß lag nicht weit von ihm entfernt im Sand.

»Warte, ich helfe dir.« Sie rutschte neben den Schwerverletzten, der wie in Trance agierte.

Der Schock hielt Anton in merkwürdiger Stille. Weder schrie noch tobte er, sondern hantierte mit bleichem Gesicht und unsicheren Bewegungen mit dem Gürtel herum. Die von Striemen überzogene Brust unter der zerstörten Weste hob und senkte sich viel zu schnell, er stand kurz vor dem Hyperventilieren.

Milana ging ihm zur Hand, der Gürtel schnürte die Arterie ab, und der Blutfluss stoppte. »Was ist passiert? Wo sind wir? Und was ist mit meinem Vater?« Sie konnte keine Rücksicht auf seinen Zustand nehmen. Dem ersten Eindruck nach gab es in der Nähe kein größeres Krankenhaus, wo man ihm Blutkonserven verabreichte und das Bein wieder annähte.

Anton lehnte sich blass wie Schnee gegen den Rahmen des Portals, kalter Schweiß rann über seine Stirn. »Du lagst ohnmächtig am Boden. Als die Rakete einschlug, hat dich dein Vater zu mir geworfen. Damit ich dich rette. Die anderen sind tot.«

Milana unterdrückte ein Schluchzen.

Sie erinnerte sich an den grausamen Anblick. Ihr Batjuschka als mumifizierter Untoter, zu einem willenlosen Diener gemacht, der sie niedergeschlagen hatte, als sie ihn zu überzeugen versuchte, die Seiten zu wechseln. *Er wollte mich schützen,* verstand sie. *Vor sich selbst.* Hätte sie sich gegen Mutemhat gestellt, hätte er sie töten müssen.

Dass er kurz vor seinem Tod an sie gedacht und sie durch das Portal geworfen hatte, zeigte ihr, dass ein Funke von dem Mann übrig geblieben war, den sie trotz gelegentlicher Streitereien über ihre Lebensweise oder die Trennung von ihrem Partner sehr geliebt hatte. *Mein Batjuschka.*

Milana atmete tief ein und aus. *Konzentriere dich auf das Jetzt. Zusammenbrechen kannst du später.* »Dann existiert Lithos nicht mehr? Und Mutemhat auch nicht?«

»Ich kann es dir nicht sagen.«

»Wo sind wir?« Sie erhob sich und schaute zu den dunklen Durchgängen, die vom Hof ins Innere der Behausungen führten. »Ich muss Hilfe für dich organisieren.«

»Milana«, sagte Anton schwach.

»Ja?«

»Wir sind im Jahr 1882 in Kairo. Es ist der Abend, an dem Mandeville und seine Freunde im Rausch den Sarkophag der Priesterin kaufen und das Unheil seinen Lauf nimmt«, erklärte er zwischen stockenden Atemzügen. »Wilhelm hatte die Zeit eingestellt. Er und ich hatten denselben Gedanken.« Er deutete in den Durchgang. »Du musst gehen und verhindern, dass der Captain Unsinn macht.«

»Ich?«

Anton zeigte auf seine Wunde und lachte leise. »Du kannst mich gerne auf deinem Rücken tragen.«

Milana verstand. *Wir verändern die Zeitlinie!* »Wenn sie Mutemhats Sarkophag nicht schänden, wird die Priesterin nicht zum Leben erwachen, und all das, was wir erlebten, wird niemals geschehen.«

»Ganz genau.« Anton pochte gegen das Portal. »Damit reisen wir zurück, und wir führen ein wundervolles, unaufgeregtes Leben. Dein Vater wird am Leben sein, Wilhelm auch. Nichts Schreckliches hat sich jemals zugetragen. Weder bekam der Itsh-Tower in Tokio eine Rakete ab noch muss sonst jemand sterben.« Er verfiel in Zittern. »Beeile dich. Sonst wirst du alleine zurückkehren …« Er schloss die Augen und rutschte am Rahmen hinab in eine Ohnmacht.

»Scheiße.« Milana hatte noch viele Fragen, zur Rückkehr, zur Tür, zu den Konsequenzen ihres Eingreifens. Aber sie gab Anton recht: Zuerst musste der Auslöser für die Katastrophe beseitigt werden.

Rasch prüfte Milana den strammen Sitz der Arterienklemme, damit sich der Gürtel nicht löste, und erhob sich. *Wie stelle ich das an?*

Ihre Gedanken rasten. Sie war im Kairo des neunzehnten Jahrhunderts. Als weiße Frau fiel sie unter den Einheimischen ganz sicher auf. Das mochte von Vorteil sein: Sie konnte sich von einem Stadtbewohner einfach dorthin bringen lassen, wo die britischen Offiziere gerne feierten. Sie brauchte nicht einmal einen Vorwand. *Ich werde sagen, ich sei Europäerin. Nur meine Aufmachung passt nicht.*

Schnell kletterte Milana über die Außentreppen auf das Dach, wo sie hoffte, trockene Kleidung zu finden. Unter den gespannten Leinen, auf denen frisch gewaschene Wäsche im abendlichen Wind flatterte, ruhten etliche Schlafende. Leise pirschte sie zwischen ihnen hindurch, pflückte sich Brauchbares herab und zog sich um. Die schwarzen Einsatzklamotten stopfte sie in eine Amphore, die Halbautomatik bewahrte sie im Achselholster auf. Für Notfälle.

Dann eilte sie hinab auf die Straße.

Zu ihrer großen Freude stieß sie nach einigen Abzweigungen auf eine britische Patrouille, bestehend aus sechs Mann und einem Corporal namens Wilder. Die in Rot und Kaki gekleideten Soldaten bestanden darauf, die Russin ins europäischere Viertel der Stadt zu eskortieren. »Dort ist es doch wesentlich sicherer für eine abenteuerlustige Lady. Verkleidung hin oder her, Miss …?«

»Romanow.« *Besser hätte es kaum laufen können.* Milana plauderte von ihrem Aufenthalt in Ägypten, um die Wunder der Pyramiden mit eigenen Augen zu sehen und dass sie sich dabei in der Stadt verlaufen habe. Sogar den Namen ihres Hotels habe sie in der ganzen Aufregung der neuen Eindrücke vergessen. »Die Verkleidung ist Teil meiner Studie«, fügte sie hinzu und achtete darauf, die Haare bedeckt zu halten. Gewiss trug eine Lady im Jahr 1882 keinen Undercut. »Damit ich tiefer in die fremde Welt eintauchen kann.«

»Es ist dennoch gefährlich. Ihr Hotel werden wir rasch herausgefunden haben.« Corporal Wilder zählte einige Unterkünfte auf, von denen sie das erstbeste nannte.

»Kennen Sie eigentlich Captain Mandeville, den Helden aus der Schlacht von Tel-el-Kebir?« Indem Milana so tat, als seien sie und der Offizier gute Bekannte aus England, erfuhr sie, wo der Captain und seine Freunde feierten: im *Black Hole,* dessen arabischer Name kurzerhand ausgetauscht worden war.

Der Corporal riet ihr davon ab, diesen Ort zur Nacht zu besuchen. »Er ist nichts für eine anständige Lady, Miss Romanow.«

Milana brachte sie geschickt dazu, dennoch am *Black Hole* vorbeizugehen. »Falls der Captain sich gerade im Freien aufhält, kann ich ihn kurz grüßen.«

»Einverstanden. Es liegt ohnehin auf unserer Strecke, Miss Romanow.«

Nach einer halben Stunde schnellen Marschs durch das nächtliche Kairo hatten sie die Kaschemme erreicht.

»Oh, das ist es. Danke, Gentlemen. Ich erinnere mich wieder. Von hier aus finde ich alleine den Weg.« Milana bedankte sich ausgiebig und komplimentierte den Corporal und seine Leute davon. »Kommen Sie doch morgen zu mir ins Hotel. Für eine Teezeit. Als Geste meiner Dankbarkeit.«

»Das tue ich, Miss Romanow.« Wilder salutierte und rückte ab, auch wenn es ihn Überwindung kostete, die Frau zurückzulassen. Vielleicht war er von ihrer Ehrbarkeit nicht mehr ganz so überzeugt.

Gleich darauf stahl sich Milana in die Kneipe, in der es nach Schweiß, Essen, Tabakrauch und anderen Substanzen roch, die den Rauschmitteln zuzuordnen waren. Das Tuch legte sie sich vor ihr Gesicht und ließ lediglich die Augen frei.

Am Tresen bereitete man Wasserpfeifen, aber auch lange Opiumpfeifen vor. Die gerollten schwarzen Kügelchen wurden auf die Öffnung gelegt und waren bereit für den Genuss. An der hinteren Wand gab es ein Separee, das mit bodenlangen Perlenschnüren von den einheimischen und einigen verirrten europäischen Besuchern sowie den niedrigeren Diensträngen abgetrennt war. Dort sah Milana die Rotröcke der Briten aufschimmern.

Denk nach, denk nach. Mandeville hatte erzählt, dass er und seine Leute sehr betrunken gewesen waren. Sie musste die Offiziere außer Gefecht setzen, bevor sie dazu kamen, Mutemhats Sarkophag zu erstehen.

Ich weiß auch schon, wie. Als keiner hinter dem Tresen auf sie achtete, nahm Milana ein Klümpchen Opium von einer vorbereiteten Pfeife sowie eine Flasche Whiskey und verschwand im Gewühl des *Black Hole*.

Milana ging auf das Separee zu und krümelte die Substanz in den Alkohol, schüttelte die Flasche kräftig. Das Harz löste sich auf, der Whiskey trübte sich ein, was im schlechten Licht kaum auffiel. *Ich hoffe, es wirkt.* Dann trat sie durch die Perlenschnüre.

»Gentlemen. Einen angenehmen Abend wünsche ich«, sagte sie in die Runde und zog das Tuch vom Gesicht.

Ein gutes Dutzend Männer wandte sich verwundert zu ihr um. Als sie bemerkten, dass es sich bei der Besucherin nicht um die Bedienung handelte, sprangen sie auf und grüßten sie mit einem artigen Nicken. Einige schwankten leicht, andere hatten riesige Pupillen und einen verklärten Ausdruck auf den Zügen.

»Mein Name ist Jekatherina Romanow, und ich bin auf einer Expeditionsreise im schönen Ägypten, um die Bewohner für die *London Times* zu studieren«, erklärte Milana und ließ keine Pause zum Nachfragen. »Als ich bei meinen Recherchen hörte, dass ich hier tapfere Recken aus der Schlacht von Tel-el-Kebir finde, musste ich Sie aufsuchen und Ihnen meinen Dank aussprechen. Meine Cousins waren auch dort.« Sie stellte die präparierte Flasche Whiskey auf den Tisch, und die Männer pochten ihre Zustimmung aufs Holz. »Für Sie, Gentlemen. Frisch draußen beim Wirt erstanden. Es wird nicht auf Ihrer Rechnung erscheinen. Und natürlich insbesondere für die Captains Mandeville, Strong, King und Armitage.« Sie öffnete die Flasche und schenkte reihum aus, auch für sich selbst. »Auf das Königreich, auf Ihre Majestät und auf den Mut der Armee.« Sie reckte ihren Drink. »*Rule Britannia!*«

»*Rule Britannia!*«, donnerten die begeisterten Offiziere und stürzten den Whiskey in einem Zug hinab.

Milana nahm einen vornehmen kleinen Schluck, den sie im Mund behielt und unauffällig bei einer Drehung auf den Boden spuckte. »Dann möchte ich nicht weiter stören. Corporal Wilder sagte mir, das sei kein Ort für eine anständige Lady. Wenn die Herren Mandeville, Strong, Armitage und King mich morgen zum Tee auf einen Plausch besuchen möchten, freue ich mich. Hotel Empire. Ich habe einige Fragen zur Schlacht. Es wäre mir eine Ehre, mit den Helden zu reden und Sie in meinem Bericht zu erwähnen.« Sie deutete einen Knicks an. »Gentlemen. Einen angenehmen Abend wünsche ich.« So schnell, wie sie gekommen war, verließ sie das Separee mit klopfendem Herzen. *Geschafft!*

Sie nahm an, dass das Opium stark genug war, um die Männer außer Gefecht zu setzen. Damit käme es nicht zum Kauf der Mumie und das daraus resultierende Elend für die ganze Welt. *Batjuschka wird leben.* Als Milana das *Black Hole* verlassen hatte und einen Bogen um die Kaschemme schlug, sah sie an der Rückseite einen Mumienhändler, der vor seinen aufgestellten Toten schnarchend schlummerte. *Shit.*

Der Einheimische wartete auf Gelegenheitskäufer, die aus dem *Black Hole* torkelten. Einige der einbalsamierten Leichen präsentierte er im schlichten Holzsarg, manche ohne. Ein angeleinter Hund, der Milana sogleich im Auge hatte, half ihm beim Bewachen.

Sie ging langsam auf die kleine Leichenausstellung zu und wanderte in gebührendem Abstand daran vorbei, um den Hund nicht zum Bellen zu verleiten. *Ist Mutemhat darunter?*

Das Tier verfolgte sie mit seinen Blicken, den Kopf auf die Pfoten gelegt.

Das wird so nichts. Es war unmöglich, unter den in fleckige, bräunliche Bandagen gewickelten Mumien die Priesterin zu erkennen. Milana ergriffen Zweifel, ob der manipulierte Whiskey ausreichte. *Und wenn nicht?* Je mehr sie darüber nachdachte, desto unsicherer erschien ihr der Plan. *Kaufen sie Mutemhat trotzdem?* Sie glaubte, unter den Wicklungen einer Leiche einen Heqa-Stab auszumachen. *Ich erstehe die Mumie selbst.* Sie klatschte mehrmals in die Hände und scheuchte so den Händler in die Höhe. »Guten Abend. *Salam Aleikum.*«

»Oh, Sahiba! *Aleikum Salam.* Wie schön, Sie zu sehen.« Der Mann richtete sich verschlafen von der Strohmatte auf und wischte den Staub von seinem langen grauen Gewand, setzte eine bunte Kappe auf die kurzen schwarzen Haare. »Sie wollen bei Ali etwas kaufen, Sahiba?«

»Ja. Ich interessiere mich für diese Mumie.« Milana zeigte auf den einbalsamierten Leichnam, den sie als Mutemhat erkannt zu haben meinte. Der kostbare Sarkophag fehlte, aber der Holzkasten kam ihr bekannt vor. »Wer war diese Person?«

»Eine ausgezeichnete Wahl, eine ganz ausgezeichnete Wahl, Sahiba!« Ali pustete pro forma den Wüstenstaub von der Kiste, in der die Mumie aufrecht stand. »Das soll einst eine Priesterin gewesen sein. Eine sehr, sehr hochrangige Frau, Sahiba. Wird Ihnen sehr gerecht.« Er rieb sich die Augen und bemerkte erst jetzt, dass Milana alleine war. »Sie sind jedenfalls mutig. Die Verkleidung schützt Sie nicht sonderlich, Sahiba.«

»Mein Gemahl ist im *Black Hole*«, erwiderte sie freundlich. »Mir war langweilig, und ich dachte, ich richte ein Mumienfest für meinen Gatten aus. Wie man sie früher feierte. Mit Auswickeln und überraschen lassen, was sich unter den

Binden verbirgt.« Milana pochte gegen das Holz. *Ich frage ihn einfach.* »Gehört nicht ein Deckel dazu? Ich sehe Nagelspuren und Reste von Harz, mit dem die Kiste abgedichtet war. Das würde die Feier noch besser machen, wenn es einen Deckel gäbe.«

Der Händler betrachtete sie nachdenklich. »Das ist wohl so, Sahiba. Sie kennen sich aus.«

Milana beließ es bei einem Lächeln. »Den möchte ich natürlich auch.«

»Selbstverständlich, Sahiba.« Ali verschwand in einem Durchgang zum Haus dahinter und kehrte alsbald mit der passenden Abdeckung zurück. Darauf zeigten sich verschiedene Symbole, die Verzierungen bestanden aus Hieroglyphen, die im Laufe der Jahrhunderte in der Grabkammer ihren Glanz verloren hatten.

Er ist es! Milana fuhr mit der Hand darüber und sah die Particulae, die sich kunstvoll in die Darstellungen und die angedeutete Maske einfügten. »Sehr schön.« Sie überlegte. Außer ihrer modernen Pistole führte sie nichts von Wert mit sich. Möglicherweise ließ der Händler sich auf den Tausch ein. »Wie viel kostet es?«

Ali wackelte nachdenklich mit dem Kopf. Das orientalische Ritual des Handelns war eröffnet. »Sahiba, der Deckel ist sehr wertvoll. Und die Mumie eine Priesterin! Sehr alt, sehr bedeutsam.«

Milana hatte keine Lust, eine Minute länger als nötig zu vergeuden. Am Ende erschienen noch der berauschte Mandeville und seine Mannen. Einen Streit um Mutemhat wollte sie nicht führen.

»Ich möchte, dass Sie die Mumie zum Hafen schicken«, verlangte sie freundlich und langte unter ihre Kleidung. »Die Mumie senden Sie bitte ohne Umschweife an das Britische Museum in London. Dort wird sie bereits von meinen Freunden erwartet.« Sie zog ihre Waffe aus dem Halfter, und der

Händler wich erschrocken zurück. »Haben Sie keine Angst. Das ist die Bezahlung. Eine Pistole, wie sie sonst nirgends zu haben ist.« Sie legte die beiden Ersatzmagazine dazu und wies ihm die wichtigsten Handgriffe. *Archäologen werden ihre Freude haben.* »Sie ist von enormem Wert, Sir. Damit verfehlen Sie nie ein Ziel.« Sie zeigte ihm, wie man die Magazine wechselte. »Wenn Sie die an einen britischen Offizier verkaufen, werden Sie ein gemachter Mann sein. Ich verspreche es Ihnen.«

»Glock? So heißt die Pistole?« Ali untersuchte die Halbautomatik mehrmals, zog am Schlitten und bewunderte die Form und wie sie in der Hand lag, wie einfach der Abzug ging. »Schönes Ding. Woher haben Sie die, Sahiba?«

»Mein Mann arbeitet bei einem Rüstungsunternehmen. Ich bin an den neusten Waffen näher dran als die Queen.« *Nimm sie endlich!* Milana wurde ungeduldig. Sie sah sich den Händler schon niederschlagen, um den Sarkophag samt Mumie zu stehlen.

Er visierte über Kimme und Korn gegen die Hauswand, dann auf den Hund, der stoisch in die Mündung glotzte, um die Pistole danach wieder in der Hand zu wiegen und sie einzustecken. »Gut. Ich lasse mich darauf ein«, willigte er ein. »An das Britische Museum, Sahiba? Ist dort die Feier?«

Verdammt. »Ja. An den Direktor. Er wird das Fest ausrichten. Das wäre sehr freundlich von Ihnen.« Milana sah ihm tief in die Augen. »Sie sind ein Ehrenmann, und ich verlasse mich auf Ihr Wort. Ich bin morgen bereits wieder unterwegs und muss sicher sein, dass Sie die Mumie nach London verschiffen.«

»Ich schwöre es Ihnen bei dem Mond, den Sternen und …«

»Ihrer Mutter und Ihren Ahnen.«

Ali stutzte und musste lachen. »Gut, dass ich mit Ihnen nicht handelte, Sahiba. Ich glaube, ich hätte einen Verlust gemacht.« Er trug die Kiste mit Mumie und Deckel ins Haus.

Mit einer tiefen Verbeugung verabschiedete er sich von Milana. »Sie wird den langen Weg antreten, Sahiba. Allah soll mich strafen, wenn Ihr Mann nicht seine Feier im Britischen Museum bekommt.«

»Danke. Haben Sie vielen Dank. Sie machen damit meinem Mann eine riesige Freude.« Sie reichte ihm die Hand, die er zögerlich ergriff und behutsam schüttelte. »Haben Sie noch eine gute Nacht.«

»Sie auch, Sahiba.« Ali sah zum *Black Hole,* in dem die Lichter verlöschten. »Ah, es kommt keiner mehr. Es wird Zeit, das Geschäft zu beenden. Drinnen schläft es sich besser.« Nochmals verneigte er sich vor Milana und begann, die übrigen Mumien in sein Haus zu tragen. »*Salam Aleikum.*«

»*Aleikum Salam.*« Milana ging langsam los.

Hinter ihr erklangen die lauten Stimmen von Captain Mandeville und seinen betrunkenen Freunden. Einer übergab sich lautstark unter dem Gelächter der Übrigen. Das Opium hatte nicht ausgereicht, sie außer Gefecht zu setzen.

Los, Ali! Räum schneller zusammen! Sie blieb an der nächsten Häuserecke stehen und beobachtete angespannt, wie der Händler den letzten balsamierten Leichnam ins Innere verfrachtete. Er pfiff seinen Hund zu sich und schloss in dem Augenblick ab, als die Offiziere unter der Führung des torkelnden Mandeville um die Ecke bogen.

Aufatmend eilte Milana weiter. *Ich habe den Kauf verhindert!* Selbst wenn es nicht Mutemhat war, die sie dem Britischen Museum schickte, war es egal. Der Laden hatte geschlossen, Ali verkaufte Mandeville nichts. Keine lebendig gewordene Mutemhat, keine Katastrophe in Tokio, kein Lithos, das von einer Rakete getroffen wurde und vielleicht den Weltuntergang auslöste.

Euphorisch eilte Milana durch Kairo, um zurück zum Innenhof und zum Portal zu gelangen. Sie konnte es kaum erwarten, Anton von ihrem Erfolg zu erzählen und durch die Mastertür in ihre Zeit zurückzukehren.

Und danach besuche ich meinen Batjuschka in Cadarache und bitte ihn, eine neue Stelle anzutreten, entschied sie. *Weit weg von PrimeCon, Lithos und sämtlichen Schwierigkeiten, die daraus entstehen.*

Nach einigen Seitenstraßen glaubte Milana, sich verlaufen zu haben. Das Gewirr der Gässchen und Sträßchen, der Plätze und Durchgänge verwirrte sie. Dabei hatte sie sich die Strecke, auf der sie der Corporal begleitet hatte, so gut eingeprägt. *Verdammt. Anton braucht mich doch!* Erst nach einer Weile erkannte sie die Umgebung wieder und betrat den Innenhof.

Er war leer.

Weder gab es das Portal noch Anton; nur das Blut im Sand bewies, dass er sich an diesem Ort befunden hatte.

»Nein!«, stieß Milana aus und ging näher. *Er hat mich zurückgelassen? Nein, das kann nicht sein. Er war doch ohnmächtig! Kam jemand durch die Tür und nahm ihn mit? Oder hatte es damit zu tun, dass ich die Geschichte veränderte?*

Zeitreisengesetze waren nicht ihre Stärke. Deswegen hätte sie vorhin noch gerne mit Anton darüber gesprochen, welche Auswirkungen es haben würde, wenn Mutemhat nicht zum Leben erwachte.

Ich muss nachdenken. Sie sackte in den Sand. *Ohne Priesterin keine untoten Offiziere, kein Überfall auf die Kadoguchi-Stiftung. Und damit auch keine … Mastertür aus Particulae.* Milana schauderte. *Sie hat sich aufgelöst! Natürlich!* Ohne Mutemhat gab es kein Portal. Außerdem hatten sich Anton und sie in dieser neuen Version der Ereignisse nie kennengelernt. Folglich landeten sie nicht zusammen in Kairo.

Milana betrachtete das Blut des Schreiners. *Hätte es dann nicht auch verschwinden müssen?*

Doch alles Grübeln änderte nichts an einer Sache: Sie saß fest.

Im Ägypten des Jahres 1882.

Mit nichts außer der gestohlenen Kleidung, die sie am Leib trug.

Auch die Vorstellung, die Welt vor dem Untergang bewahrt zu haben, hielt Milana nicht davon ab, auf dem nächtlichen, verlassenen Hof in Tränen der Verzweiflung auszubrechen.

* * *

DEUTSCHLAND, ANNWEILER AM TRIFELS, WINTER

Anton fuhr mit dem Geländewagen den Waldweg entlang und suchte mittels GPS den Standort der Eiche, die er inspizieren wollte.

Der befreundete Förster hatte ihm Bescheid gegeben, dass in den kommenden Tagen Baumfällarbeiten anstanden. Die meisten Stämme waren bereits verkauft. Gerade bei Eichen mit einem großen Umfang meldeten sich namhafte Möbelhersteller, um an das beliebte Hartholz zu kommen. Der Förster war glücklicherweise ein Freund des lokalen Handels – und ein Fan von Antons Arbeiten. Somit bekäme er das Vorkaufsrecht, wenn der Baum seinen Ansprüchen genügte.

»Sie haben Ihr Ziel erreicht«, meldete das Navi.

Anton hielt den Wagen an und stieg aus.

»Wow«, entfuhr es ihm beim Anblick des Baumes. Die Eiche war mehr als hundert Jahre alt, stand aber ungünstig neben einer Landstraße und drohte seit dem letzten Sturm, aufgrund ihrer enorm ausladenden Äste und des Gewichts umzukippen. Straßensicherung ging vor Eiche, mochte sie noch so ehrwürdig sein.

Anton lief über den gefrorenen Boden hinauf zum Baum. *Daraus werden sich viele schöne Dinge anfertigen lassen.* Das sah er bereits von Weitem. Er marschierte bis zur Eiche, klopfte mit seinem Gummihammer gegen den Stamm und lauschte nach Anzeichen auf Morschheit. *Kling gut.* Danach schwang er sich an den unteren Ästen in die Höhe und kletterte ein paar Meter hinauf, um die Beschaffenheit weiter oben zu prüfen.

Einerseits tat es Anton um die Eiche leid, andererseits gab sie ihm die Gelegenheit, nach einiger Zeit des Lagerns die nächsten Kunstwerke zu erschaffen. Individuell und einzigartig, keine Massenware für Möbelhäuser oder Einrichtungshäuser mit Pseudoschick. Handarbeit, von Meisterhand und bis ins Detail mit den Kunden besprochen.

Plötzlich jaulte ein Motor auf und zerriss die angenehme Ruhe des Waldes – der Motor seines Geländewagens.

Da klaut einer mein Auto! Anton sprang auf den Ästen abwärts und landete auf dem raschelnden Boden, spurtete die Böschung hinab und näherte sich dem Jeep. »Hey! Halt!«

Der Motor lief, die Fahrertür war geöffnet. Es war niemand zu sehen.

Langsam ging er näher und sah sich nach allen Seiten um, zog den Gummihammer aus dem Gürtelclip. »Hallo?«

Wer immer versucht hatte, den Wagen zu stehlen, er hatte sich aus dem Staub gemacht.

Anton umrundete den Jeep und nahm sein Smartphone aus der Tasche. Sicherheitshalber informierte er den Förster, dass jemand durch den Wald schlich, der gerne fremdes Eigentum nutzte. Sein Bekannter sollte entscheiden, ob dies ein Fall für die Polizei sei oder nicht.

Unvermittelt sprang ein Maskierter neben dem rechten

Hinterrad in die Höhe und schwang einen Baseballschläger.

Der Angriff kam zu überraschend und zu schnell, das schwere, stumpfe Ende knallte an Antons Schläfe, er wurde gegen den Jeep geworfen und rutschte benommen daran herab. Der Hammer glitt ihm aus den Fingern. *Scheiße. Was … was wird das?*

Gleich darauf schleifte ihn der Unbekannte zum Kofferraum des Jeeps und warf Anton hinein, klemmte sich hinter das Steuer. Die Fahrt ging los, dem Wanken und Gewackel nach quer durch den Wald.

Anton hatte der Hieb übel erwischt. Er schmeckte Blut. Jedes Mal, wenn er unter Schmerzen die Augen öffnete, sah er Doppelbilder, die Hände konnte er nicht heben. Sein Hirn hatte offenbar Schaden genommen, und zwar mehr als eine einfache Erschütterung. *Fuck. Wieso kann ich mich nicht bewegen?* Panik befiel ihn, er hustete, atmete schwer. »Hey«, ächzte er. »Was wollen Sie?«

Keine Antwort.

Irgendwann hielt der Jeep, der Kofferraum schwang auf. Der Maskierte ähnelte durch den Schleier vor Antons Augen einem Ringgeist, der gekommen war, um ihn zu holen.

»Was wollen Sie?«

Der kräftige Mann packte ihn und warf ihn sich über die Schulter, stapfte durch eine kleine, neu angelegte Schonung. Anton kannte den Ort. Der Förster hatte ihm stolz die nächste Generation Eichen gezeigt, die hier eingefriedet vor dem Wild wachsen sollte. Die Schösslinge reckten sich hüfthoch und kratzten gelegentlich durch sein Gesicht, verfingen sich in den langen braunen Haaren.

In der Nähe gibt es einen alten Bunker. Das ideale Versteck für eine Entführung. »Bitte, ich zahle Ihnen, was Sie wollen«, lallte Anton. »Oder kontaktieren Sie meine Frau. Oder Wilhelm Pastinak. Sie werden –«

Ruckartig wurde er auf den Boden geworfen und landete auf der laubbedeckten Erde.

Sogleich stieg ihm der Geruch von frischer Krume in die Nase.

Stöhnend drehte Anton den Kopf.

Neben ihm gähnte eine ausgehobene Grube, in die er passen könnte, wenn er sich zusammenrollte.

»Wir müssen ein paar Dinge geraderücken«, flüsterte der Maskierte. »Und dazu musst du verschwinden, mein Freund.« Er zog den Spaten aus der Erde. »Ich pflanze eine Eiche über dir. Sie wird von dir zehren und die größte werden.«

Anton verfiel in Panik. »Nein! Bitte, töten Sie mich nicht!«

»Es gibt keine andere Möglichkeit. Damit die Zukunft in Ruhe wachsen kann, wie diese Eiche, müssen die Weichen rechtzeitig gestellt werden.« Der Maskierte nahm Maß für den Hieb. »Du wirst und kannst es nicht verstehen. Aber glaube mir, du stirbst für eine gute Sache.«

Das Adrenalin verlieh Anton Kraft. Er versuchte, nach dem Unbekannten zu treten, damit der stürzte und sich eine Chance auf Flucht auftat.

Doch der Maskierte wich dem Fuß aus und hob den geschliffenen Spaten. »Es tut mir wirklich sehr leid. Ich hätte dir einen Tod durch Schokolade gegönnt. Aber es soll nicht sein.«

Das Metallblatt sauste wie eine Guillotine herab und trennte spielend leicht den Kopf von Anton Gärtner ab. Der Schädel kullerte in die Grube, gleich darauf schob der Maskierte die warme, zuckende Leiche hinterher. Das herausssprudelnde Blut tränkte den dunklen Boden, während Schippe um Schippe schwarze Erde auf dem Ermordeten landete, bis schließlich der junge Eichenzögling über die Stelle gesetzt wurde.

»Ruhe in Frieden.« Der Mann streute ein paar Blätter auf

das Grab, damit nicht sofort offensichtlich war, dass sich jemand in der Schonung zu schaffen gemacht hatte, und ging davon.

Die Stille des Waldes kehrte zurück.

* * *

RUSSLAND, MOSKAU, WINTER

Milana öffnete die Eingangstür zu ihrem Apartment und zog beim Betreten die hochhackigen Schuhe aus und stellte die schwere Handtasche auf dem Sideboard ab. *Was für ein Tag!* Erleichtert warf sie den Pelzmantel an den Haken und ging ins dunkle Wohnzimmer, das auf ihren Sprachbefehl hin sacht illuminiert wurde.

Ihr Weg führte an der Bar vorbei, aus der sie die Flasche eisgekühlten Karamell-Salz-Wodka nahm und sich großzügig in ein Kristallglas füllte.

Zufrieden trat sie vor die Fensterfront ihrer Unterkunft, die ihr ein Freund zur Verfügung gestellt hatte. Die Lage war repräsentativ, perfekt, um damit vor neuen Kunden Eindruck zu schinden und sich neue Aufträge zu sichern.

Der Alkohol floss süß durch Mund und Kehle, und Milana lächelte sich selbst zu. »Auf dich«, sagte sie zu ihrem Spiegelbild und prostete sich zu.

Eine weitere Party der Moskauer High Society war ohne negative Vorkommnisse verlaufen und hatte die Erwartung der Kundin über die Maßen erfüllt. Am gleichen Abend hatte Milana die Kärtchen von zehn potenziellen Auftraggebern zugesteckt bekommen. Man wollte eine Feier, die von ihr geplant, vorbereitet und durchgeführt wurde. Sie war die Garantin für exklusive Feiern, ob nun schlicht, ausschweifend, pompös oder mit Motto – je nach den Wünschen der Kundschaft und deren Budget.

Milana streifte das verschwitzte Designerkleid sowie die teure Unterwäsche vor dem Fenster ab und ging nackt ins Badezimmer. Sollte es Spanner mit Ferngläsern in der Umgebung geben, wünschte sie ihnen viel Freude bei dem Anblick.

Sie ließ sich eine Wanne ein, gab Entspannungsaroma hinein und stieg mit einem zweiten Wodka in die heißen, duftenden Fluten.

»Igor. Licht in warmem Orange. Musik, halblaut, Playlist Ruhepol«, befahl sie der smarten Apartmentsteuerung. Die ersten leisen Töne erklangen, und Milana schloss die Augen.

Die Wärme steigerte die Wirkung des Wodkas, sie fühlte eine angenehme Leichtigkeit im Kopf, die sie sich nach den aufwendigen Vorbereitungen und dem stundenlangen Lächeln verdient hatte.

Unvermittelt spürte Milana die Präsenz eines Menschen in ihrer Nähe – was nicht sein durfte. Sie riss die Lider auf und sah einen Maskierten neben sich auf dem Wannenrand sitzen.

Dank der Musik und des Wodkas hatte sie nicht mitbekommen, wann er sich ins Bad geschlichen hatte. Oder wie lange er bereits dahockte und sie anstarrte. Zu sehen gab es nicht viel, der Schaum verteilte sich auf der Oberfläche und gewährte keinen Blick durch das Wasser.

Neben dem Mann standen zwei Kanister, auf denen mehrere Warnaufkleber prangten. Den Zeichen nach handelte es sich um hochgradig ätzende Flüssigkeiten, sobald die Substanz in Kontakt mit biologischem Material kam.

Die Müdigkeit verflog ebenso schnell wie die Wirkung des Wodkas. Milana war hellwach und wusste, was kommen würde. Allerdings hätte sie das anstehende Gespräch gerne unter anderen Umständen geführt. »Sie wurden geschickt, um Schutzgebühr einzutreiben«, sagte sie und versuchte dabei, so abgebrüht und unerschrocken wie möglich zu wirken. *Ich darf keine Angst zeigen.*

Der Maskierte lachte leise. »Das denken Sie?«

»Ich denke, dass die Mafia mitbekommen hat, wie viel Geld ich verdiene. Und dass sie einen Anteil haben möchte.« Sie zeigte mit dem halbleeren Wodkaglas auf die Kanister. »Sie sollen mir Angst machen. Damit ich bezahle und nicht zu meinen Freunden gehe.«

Der Maskierte schaute sie nur an, die Augen verschwanden im gedimmten Licht.

Milana trank vom Wodka. »Wie viel wollen Ihre Bosse? Zehn Prozent?«

»Wenn die Sache so einfach wäre«, gab er zurück.

»Erklären Sie es mir.«

»Kann ich nicht. Oder besser gesagt, Sie würden es niemals glauben.« Der Mann hielt einen latexbehandschuhten Finger ins Wasser. »Ziemlich heiß.«

»Ich mag es so warm.« Milanas Verwirrung stieg. Wenn er nicht wegen des Schutzgeldes gekommen war, was wollte er dann? Eine Firmenübernahme durch die Mafia? *Oder kommt er im Auftrag eines neidischen Konkurrenten?* »Also?«

»Miss Nikitin, ich muss Dinge vorbereiten. Damit nichts Schlimmeres geschieht«, eröffnete er.

»Und welche Rolle spiele ich dabei?«

»*Sie* haben eine sehr wichtige Rolle. Sie sind dabei sogar *entscheidend.*« Der Maskierte klang bedauernd. »Das fällt mir nicht leicht, müssen Sie wissen.«

Der Satz war Warnung genug, nicht länger untätig in der Wanne zu sitzen und abzuwarten. *Er wird mich umbringen!* Milana riss die Hände hoch, spritzte dem Mann Wasser und Schaum ins Gesicht und stützte sie rechts und links auf den Wannenrand, um sich herauszukatapultieren. »Igor, ruf –«

Der Maskierte schnappte sich ihre Fußgelenke und stand

auf. Dabei zog er Milana mit dem Oberkörper unter Wasser, ihre Finger rutschten vom Wannenrand.

Das heiße Wasser schoss ihr in Ohren, Mund und Nase. Im ersten Schock versuchte sie einzuatmen und bekam Flüssigkeit in die Lunge. Den Hustenreiz konnte sie nicht unterdrücken. *Er ertränkt mich!* Um zu verhindern, dass sie noch mehr Wasser inhalierte, machte sie einen Sit-up und kam über die Oberfläche.

Hustend und würgend spuckte sie Badewasser aus. Der Mann hielt sie an den Beinen und fluchte, als er sah, dass seine Überrumplungstaktik nicht aufging.

Du Wichser! »Igor«, versuchte sie es erneut, halb erstickt. »Wähle –«

Der Maskierte ließ die Beine los und warf sich zu ihr in die Wanne.

Sein Gewicht drückte sie unter Wasser, ihr Hinterkopf knallte gegen den Boden, ihr Schrei wurde zu Blubberblasen, die im Ambientelicht der Unterwasserlampen wie schwebende Kugeln aufstiegen.

Der Maskierte kniete auf ihrer Brust, presste den Sauerstoff aus ihrer Lunge und verhinderte, dass sie dem Bad entkam.

Scheiße! Scheiße, nein, ich … Milanas Kräfte erlahmten rasch.

Sie ertrank zu den gedämpften Klängen von Mussorgski.

Als sie sich nicht mehr rührte, stieg der Unbekannte fluchend aus der Wanne und ließ das Wasser ab.

Nacheinander entfernte er die Verschlüsse von den Kanistern und wartete, bis das Bad abgelaufen war, um den Pfropfen auf den Abfluss zu setzen und die Säure über die Tote zu gießen. Per Knopfdruck ließ er den Lüfter im Raum auf Höchstleistung hochfahren und goss die gesamte ätzende Flüssigkeit über die Leiche.

Zweimal musste sich der Mörder ins Klo übergeben, weil

er den Anblick des sich zersetzenden Fleischs und den Geruch nicht ertrug; ein paar Mal verließ er wegen der Dämpfe den Raum. Aber irgendwann war es geschafft und die giftigen Gase abgesaugt. Er entfernte den Stopfen, um die Handbrause aufzudrehen und die Reste von Milana Nikitin in den Kanal zu spülen.

Die wenigen verbliebenen, stark angegriffenen Knochenreste und Zahnplomben sammelte er ein. Er würde sie an einem ruhigen Ort bestatten, angemessen russisch unter einer Birke. Das war er seinem Opfer schuldig.

* * *

»Ich gebe schließlich auch zu, daß man gegen die Freiheit hervorragende Einwendungen erheben kann, aber ebenso treffliche kann man auch gegen die Existenz Gottes machen. Und da ich trotz aller Schwierigkeiten hinsichtlich der Probleme der Schöpfung und der Vorsehung dennoch an die Schöpfung und die Vorsehung glaube, so halte ich mich – selbstverständlich nur bis zu einem gewissen Grad – für frei trotz Ihrer gewichtigen Einwendungen. Ich glaube also Eurer kgl. Hoheit zu schreiben, nicht wie einem Automaten, der an der Spitze einiger tausend menschlicher Marionetten steht, sondern wie einem der freiesten und weisesten Menschen, die Gott je geschaffen hat.«

Brief von Voltaire vom 23. Januar 1738,
in Voltaires Briefwechsel mit Friedrich dem Großen

KAPITEL X

OSMANISCHE PROVINZ ÄGYPTEN, GIZEH, FEBRUAR 1883

Hier entlang, *Ladies and Gentlemen!*« Milana führte die englischsprachige Reisegruppe über die Dünen näher zu den Pyramiden. Sie hatte sich wie eine Einheimische in ein weites weißes Gewand gekleidet und war doch aufgrund ihres Auftretens und dem ausladenden Hut leicht von den Ägypterinnen zu unterscheiden; die blonden Haare hatte sie wachsen lassen, über ihrer rechten Schulter lag ein Sonnenschirm. »Da vorne ist schon die Cheopspyramide.«

Seit Monaten erwarb Milana ihren Lebensunterhalt damit, den Neugierigen aus Europa die ausgegrabenen Stätten zu zeigen. Die Gruppe aus überwiegend jüngeren Männern und Frauen folgte ihr durch den losen Sand, dahinter gingen Mütter mit ihren Sprösslingen. Die Damen trugen wie ihre Führerin Schirme gegen die Sonne oder hatten ein paar Diener für den Ausflug angeheuert, die sie mit Stoffsegeln beschatteten. Die meisten Herren bevorzugten das verwegene Aussehen mit umschlungenem leichtem Schal oder den klassischen Tropenhelm.

»Wer von Ihnen wird mit mir bis hinauf zur Spitze steigen?«

Milana hatte noch nicht genügend Geld, um die Gegend zu verlassen, aber so verdiente sie ausreichend, um ein halbwegs anständiges Leben führen zu können. Sie lebte in einem billigen Hotel und konnte sich über einen Mangel an Touren nicht beklagen. Seitdem die Briten über Ägypten herrschten, wagten sich gut Betuchte in das Land, um die viel gepriesenen Bauwunder mit eigenen Augen zu sehen.

Auf ihre Kletterfrage hin meldeten sich die frisch verlobten Männer, die ihren Heldenmut, ihre Ausdauer oder ihr Geschick unter Beweis stellen wollten.

»Ah, da haben wir die jungen Gentlemen. Wie wäre es mit einem Rennen? Wer zuerst oben ist?« Unter dem Applaus der Damen wurden die Einsätze gemacht.

Es lag Milana nicht, in Verzweiflung zu verharren. Als erfolgreiche Eventmanagerin wusste sie, wie man mit Menschen umging, die Geld hatten. Das Prinzip funktionierte mit leichten Anpassungen auch im neunzehnten Jahrhundert, wie sie rasch feststellte. Sich ihren Unterhalt zusammenzustehlen oder zu betteln oder einen reichen Europäer um Beistand zu bitten, widerstrebte ihr. Zudem hielt sie auf diese Weise ein Auge auf Captain Mandeville und seine Truppe. Sie waren immer noch in Kairo und dachten nicht daran, so bald die Segel zu streichen. Die Offiziere mochten das *Black Hole* sehr gerne.

»Und bitte, kaufen Sie keine Mumien als Mitbringsel für Ihr Eigenheim«, mahnte Milana. »Die meisten Leichen, die sie erstehen, sind nicht lange tot und wurden eigens präpariert und auf alt gemacht, damit man sie nichtsahnenden Touristen andrehen kann. Dazu gehören Sie, *Ladies and Gentlemen,* nun nicht mehr.«

Die Gesellschaft lachte.

»Und sollten Sie womöglich eine echte Mumie erstehen, könnte sie einen Fluch über Sie werfen, bis ihre Gebeine wieder zurück ins Grab gebracht sind.«

Milana war die Bedenken nicht losgeworden, dass der umtriebige Händler ihre Mutemhat mehrmals verkaufte, daher war sie vor einigen Monaten bei dem verwunderten Ali aufgetaucht und hatte sich von ihm die Frachtpapiere zeigen lassen.

Das hatte sie ein wenig entspannt.

Bald befand sich die Priesterin in den Händen von Archäologen und Experten, die sich über die unerwartete Gabe hoffentlich freuten. Sie würden den Wert des Exponats erkennen und sich nicht daran zu schaffen machen. *Es wird Mutemhat gefallen, im Mittelpunkt der Aufmerksamkeit zu stehen.*

Einer der Jungen, die im Schlepptau der Mütter mitgekommen waren, zeigte zu einer frischen Ausgrabungsstätte nördlich der imposanten Bauwerke, die zu Recht ein Weltwunder darstellten. »Da will ich rein. Nicht auf diese doofe Pyramide.«

Milana wollte ihm gerade erklären, warum das nicht möglich sei, als er sich von der Hand seiner Mutter losriss und davonspurtete. Schon war er in die Grube gehüpft und rannte vorbei an den verwunderten Arbeitern, die sandgefüllte Eimer aus dem gegrabenen Stollen trugen.

»Randolph! Randolph, komm sofort zurück«, rief seine Mutter, Lady Margery, und machte keine Anstalten, ihrem Sohn zu folgen. Stattdessen sah sie zu Milana. »Miss Romanow, wären Sie so nett? Sie kennen die Einheimischen besser als ich. Die sollen Ihnen helfen, meinen Randolph herauszuholen.« Sie pochte gegen ihre Handtasche, um zusätzlichen Lohn in Aussicht zu stellen. »Es wird Ihr Schaden nicht sein.«

In einer anderen Zeit hätte sich Milana vielleicht aufgeregt, dass die Mutter nicht selbst losging. Aber da es bei reichen Briten für alles und jeden einen Bediensteten gab, war die Reaktion vollkommen normal.

»Natürlich, Lady Margery.« Milana lächelte und eilte dem Jungen hinterher. Sie sprach Arabisch, das sich in diesem Jahrhundert etwas anders anhörte, und wurde von den Ägyptern verstanden. »*Salam Aleikum*«, grüßte sie die Arbeiter und zeigte in den mit Öllampen beleuchteten, niedrigen Stollen. »Die kleine Nilpest ist da hinein. Kann das gefährlich für sie werden?«

»*Aleikum Salam.* Da drin gibt es ein paar Löcher, Ustaz. Aber nichts, wo er sich den Hals brechen könnte«, antwortete einer der Männer. Die Anrede Ustaz bedeutete in ihrem Fall *Professor*, ein Spitzname, den sie sich innerhalb der letzten Monate durch ihre Touren und das fließende Arabisch erarbeitet hatte. Man kannte sie. »Einfach dem Gang folgen, dann findest du ihn.«

Milana winkte mit dem Schirm zu ihrer Gruppe. »Gute Neuigkeiten: Es kann Randolph nichts geschehen. Ich hole ihn, Lady Margery.« Sie nahm den Hut ab und legte ihn auf den Schirmgriff, den sie in den Sand gerammt hatte. »Den hole ich später ab.«

Dann tauchte sie in das Zwielicht ein, beugte sich leicht vor, um nicht gegen die Wand zu stoßen, und ging los.

Da es keine Gefahr für den Jungen gab, musste sie sich auch nicht beeilen. Gelegentlich kamen ihr schwitzende Sandträger entgegen, denen sie wegen der schweren Fracht Platz machte. Sie wurde teils ignoriert, teils gegrüßt. Das Licht war schummrig und stammte von Petroleumlampen, die bei jedem Luftzug rußten.

Nach gut zwei Minuten gelangte Milana in einen älteren und wesentlich größeren Gang, den die Arbeiter Eimer für Eimer vom eingedrungenen Sand befreiten. Die Wände waren aus festem Stein und mit Hieroglyphen übersät.

Ein Berg aus aufgeschichteten hellen Körnchen verhinderte das Weiterkommen. An der oberen Ecke war die dahinterliegende Mauer zu erkennen. Randolph hatte die schiefe Rampe aus losem Sand erklommen und scharrte ganz weit oben zur Belustigung der drei Männer, die sich im Schein von zwei Lampen und Fackeln auf ihre Schaufeln stützten und lachend sein Tun auf Arabisch kommentierten.

»Wie ein kleiner Hund.«

»Lasst den Idioten graben. Dann müssen wir es nicht.«

»Sollen wir ihm sagen, dass es Skorpione gibt?«

»Oh, seht mal! Da kommt seine Gouvernante.«

»Hübsch. Für eine Europäerin. Und eine Ustaz.«

Milana sah sie strafend an. »Wenn dem Jungen was passiert wäre, hätte ich euch dafür verantwortlich gemacht«, sagte sie in der Landessprache, was die Männer die Heiterkeit verlieren ließ. »Und außerdem bin ich *sehr* hübsch, merkt euch das.« Dann wechselte sie ins Englische. »Randolph. Komm bitte runter. Deine Mutter macht sich Sorgen.«

»Dahinter ist ein Grab. Ich weiß es«, erwiderte er keuchend und dachte nicht daran, zu ihr hinabzurutschen. »Ich will sein Entdecker sein.«

»Randolph, bitte. Es gibt Skorpione im Sand. Sollte dich einer stechen, kannst du sterben.«

»Das ist das Los der großen Entdecker«, gab er begeistert zurück und schaufelte unermüdlich mit seinen kleinen Händen den Sand durch die Beine in hohem Bogen davon. »Sie werden es nach mir benennen!«

Ich hätte den Schirm mitnehmen sollen. Milana wich dem fliegenden Dreck aus und sah zu den Arbeitern. »In welchem Auftrag grabt ihr?«, fragte sie auf Arabisch.

»Sheik Al Nahyan. Mit Erlaubnis der Briten, Ustaz.« Einer der Männer schaute zum Stollen. »Unser Aufseher ist gerade weg. Er könnte dir erklären, was der Sheik sich dabei dachte.«

Randolph stieß einen kindlichen Triumphschrei aus. »Da ist ein Loch!«, rief er und warf sich angstfrei wie ein Jagdhund nach vorne, sein Oberkörper verschwand und die herausschauenden Beine strampelten in der Luft. »Der Durchgang«, erklang seine Stimme dumpf. »Und es kommt Licht von oben in …« Noch ein leiser Schrei, dieses Mal vor Überraschung, und die Füße waren nicht mehr zu sehen. Randolph war durch die Öffnung gerutscht.

Milana stieß einen russischen Fluch aus und hetzte den Sandhügel hinauf, der an der oberen Kante wegbrach und zur anderen Seite davonrieselte. Der Junge hatte sich wirklich durchgegraben. »Randolph! Ist mit dir alles in Ordnung?« Sie winkte den Arbeitern zu. »*Yalla, yalla!*«

»Ustaz, warte!«, rief ihr einer der Männer furchtsam zu. »Da, an der Wand! Das ist das Zeichen von Anubis und eine Warnung, dass nur Nachfahren des Geschlechts von –«

Randolph schrie gellend aus der Kammer.

Nicht noch ein Fluch. Ich bin den letzten grad erst losgeworden. Milana schwang sich durch das Loch und rutschte die Erhebung hinab in das Halbdunkel. Mehrere Lichtstrahlen fielen von oben durch die Spalte in der Erde herein, gelegentlich rieselte Sand herab. Es roch muffig, aber nicht nach Fäulnis oder giftigen Gasen.

Milana sah Randolph in dem großen Raum hocken, der gewiss acht mal vier Meter maß und gute fünf in die Höhe reichte. Es gab drei Sarkophage, aus bemaltem Gips und Holz, wenn sie es in dem schlechten Licht richtig erkannte. Der Junge hielt sich den Knöchel. »Hast du dir wehgetan?«

»Ich bin umgeknickt. Als ich auf die Sarkophage klettern wollte.« Randolph sah zu ihr. »Aber *ich* habe sie entdeckt! Sie müssen sie nach *mir* benennen!«

»Du solltest froh sein, wenn wir keinen Ärger bekommen. Ein Sheik hat die Ausgrabung finanziert. Du darfst nicht einfach hineinstürmen.« Milana ging zu ihm und betastete den Knöchel. Gebrochen fühlte er sich nicht an. *Gut. Dann kann er laufen.* »Wir schaffen dich jetzt wieder raus.«

»Ich will wissen, was in den Sarkophagen ist.«

»Ein Fluch. Deswegen lassen wir sie zu.«

»Es gibt keine Flüche.«

»Doch. Die gibt es sehr wohl, junger Mann. Glaub mir.« Milana packte ihn am Kragen des Hemdes und hob ihn daran auf die Füße. »Halt dich an mir fest.« Milana nahm einen Stein vom Boden auf und schleuderte ihn durch das Loch, um auf sich aufmerksam zu machen. »Hey! Werft uns ein Seil runter, damit wir zurückklettern können! *Yalla!*«

»Wir suchen eines, Ustaz«, erklang die gedämpfte Antwort. Das Gesicht eines Arbeiters erschien über ihnen. Er küsste mehrfach ein Amulett, das ihm um den Hals hing. »Ich gehe nicht rein. Ich will Anubis nicht reizen, Ustaz.«

»Was hat er gesagt?«, wollte Randolph wissen.

»Dass es einen Fluch gibt. Die Inschrift draußen verrät es. Und daher kommt er nicht rein, um uns zu helfen, sondern wird uns ein Seil runterlassen.«

Der Junge sah unzufrieden aus. »Und wenn wir nur einen kurzen Blick –«

Ansatzlos flammte ein hellsilbriges Licht auf, das sie blendete, obwohl die Quelle in ihrem Rücken lag. Die muffige Luft wirbelte auf, eine Staubwolke flog in die Höhe.

Milana spürte, wie sich ihre Härchen aufrichteten. Leise summte Elektrizität und sandte Elmsfeuer über die Wände, den Hügel hinauf bis zum Arbeiter, der vor Angst schreiend verschwand. Zugleich ging ein Beben durch die Kammer, und Sand fiel von der Decke auf sie herab.

Randolph und Milana wandten sich zu dem Leuchten um, das sich mehr und mehr abschwächte und in ein bläuliches Glimmen überging. *Ist es das wirklich?* Sie erkannte die Umrisse eines Portals, das offen stand und in dem sich ein Energiefeld gebildet hatte.

Dann trat eine menschenähnliche Gestalt aus der Sphäre, die einen langen Speer in der Hand hielt und den Kopf eines Schakals auf ihren Schultern trug.

»Anubis! Das ist Anubis! Der Fluch!«, kreischte Randolph und ließ Milana los. Geschwind wie ein Äffchen kletterte er den Sandhügel hinauf, um sich durch die Öffnung zu werfen. »Lauf! Oder der Fluch trifft dich«, brüllte er von draußen. Darunter mischten sich die aufgeregten Rufe der Arbeiter.

Milana hielt eine Hand abschirmend vor die Augen. »Wer ist da?«

Das leise Lachen kannte sie.

»Anton?«

Der junge Schreiner ging auf sie zu und nahm den Helm in Form eines Schakalkopfs ab; den Speer steckte er mit der Spitze voran in den losen Sand. »Ich dachte, ich erscheine so, dass es keinen Zweifel an einem Fluch geben kann.«

Milana starrte abwechselnd ihn und das leise summende Portal an. »Das … das ist der Durchgang aus Particulae! Den Mutemhat erbaute! Nein, er ist viel kleiner. Aber wie kann das sein?«

»Das ist die Mastertür, wie sie in Wilhelms Plänen steht. Du wirst sie in besserem Licht erkennen.«

»Du … hast sie gebaut?«

»Genau. Mit den Anleitungen, die ich hatte.«

In Milanas Kopf überschlugen sich die Gedanken. »Aber du warst verschwunden! Das Portal und du, ihr seid weg gewesen, nachdem ich Mandeville vom Kauf der Mumie abbrachte. Ich dachte –«

Anton nahm sie bei der Hand. »Komm mit. Es wird Zeit, dass du in dein Leben zurückkehrst. Dein Vater und dein Sohn werden sich freuen, dich bei sich zu haben.«

Sie leistete keinen Widerstand, als er mit ihr durch die Sphäre ging. Die Energie umspielte sie, empfing sie wie Wasser, das in ihr Kribbeln und leichtes Piksen verursachte, und schon war sie hindurch.

Milana fand sich mitten in ihrem Wohnzimmer wieder. Im Apartment in Moskau, wo sie gefühlt vor Jahren das letzte Mal gewesen war. *Das träume ich doch!* Perplex drehte sie sich im Kreis und schaute sich um, musste den Tisch vor sich berühren, um es zu glauben. *Es riecht nach meinem Lieblingsduft.*

»Igor«, befahl sie dem smarten Haussystem. »Mach einen Espresso.«

Sofort sprang die Kaffeemaschine an, und das heiße Getränk plätscherte in die wartende Tasse. *Als wäre ich nie weg gewesen.*

»Danke.« Milana warf sich gegen Anton und umarmte ihn lange, küsste ihn rechts und links auf die Wange. »Danke, dass du mich abgeholt hast!«

Anton lachte und drückte sie auf einen Stuhl, dann ging er zur Maschine und brachte ihr den Espresso. »Um deine Frage zu beantworten: Ich *bin* damals durch das Portal, als es noch funktionierte. Die Wunde musste behandelt werden, und mein Plan war, mit dem Tor rechtzeitig zu dir zurückzukehren. Also aktivierte ich den Durchgang und reiste in die Zukunft, von der ich hoffte, dass man mir dort das Bein ansetzen kann.« Er pochte gegen das linke Knie. »Wie neu. Und besser.«

»Aber dann hat sich das Portal aufgelöst. Weil ich Mutemhats Fluch verhinderte«, ergänzte Milana und nippte an ihrem Kaffee. *Zeitreisegesetze sind schrecklich kompliziert.* »Gott, der schmeckt so unfassbar gut.«

Anton grinste. »Ganz genau. Fortan verlief die Zeitlinie anders. Wir als Nutzer des Portals waren von der Wirkung nicht betroffen. Wir liefen außerhalb der neuen Geschichte. Bis zu dem Tag, an dem wir geboren wurden.« Er breitete die Arme aus. »Bitte sehr. Heute ist der Tag, an dem du die Einladung nach Tokio bekommen *hättest*.«

»Aber sie wird nicht kommen?«

»Nein.« Anton setzte sich ihr gegenüber. »Ich wusste, dass ich richtig eingreifen muss. Da ich die eigentliche Mastertür fertig gebaut hatte, nutzte ich sie, um die Entführung deines Vaters und Wilhelms zu verhindern.« Er nahm ein Glas aus der Anrichte und goss sich vom Saft ein, den er aus dem Schrank holte. »Ich schnappte mir außerdem Lithos in Cadarache und versteckte es vor PrimeCon. Danach löschte ich jegliche Hinweise in den Weiten des Internets auf deinen Vater und meinen Ausbilder mithilfe einiger Gadgets, die ich aus der Zukunft mitbrachte. Somit wurden und werden die Leute um Laetitia niemals aufmerksam – weder auf sie noch auf dich oder mich. Außer du legst es ab jetzt darauf an.« Er prostete ihr zu. »Ich lebe mein Leben weiter. Als Schreiner mit eigenem Betrieb. Ohne dass jemand weiß, was ich … was wir beide erlebt haben. Und genau *das* kannst *du* auch.«

»Es … es gab das alles niemals!« Milanas Freude stieg. Weder waren Tokio verwüstet noch ihr Vater zu einem Untoten geworden. Sie tauchte auf keiner Liste eines Konzerns auf. *Mein Leben ist wieder normal.* »Ich bin eine einfache Eventmanagerin. Nichts weiter.« Sie sah zur geschlossenen Mastertür, die inmitten ihres Apartments stand. »Das ist irre. Verrückt.« Milana ergriff Antons Hände und drückte sie. In ihren Augen stiegen Tränen auf. »Ich weiß nicht, wie ich mich dafür bedanken soll.«

Anton drückte zurück und lächelte. »Kontakte zu reichen Russen sind immer willkommen. Vielleicht brauchen die einen guten Schreiner.« Er zwinkerte ihr zu. »Solltest du einen Ausflug mit der Tür machen wollen, ruf mich an.«

»Du *reist* damit?«

»Manchmal. Mit Wilhelm. Er war total glücklich, als ich sie scheinbar für ihn fertigstellte. In Wahrheit tat ich nur so. Sie stand ja schon bei mir in der Schreinerei.« Anton trank das Glas leer. »Mehr Happy Ends konnte ich nicht anleiern. Aber du könntest dich bei deinem Vater melden. Er arbeitet nicht mehr für PrimeCon. Nach dem Verlust von Lithos wurde das Unternehmen aufgelöst.«

»Wo ist er?«

»Er hat dir eine Mail geschrieben, wenn ich mich richtig erinnere. Da steht alles drin.« Anton korrigierte die Rasterstellungen an der Tür und hob den Klopfer. »Mach dir einen schönen Abend und dann zurück in dein altes Leben.« Er ließ das Metall auf die Platte treffen, und das gleißende Licht blendete Milana erneut.

Als sie wieder etwas sah, waren das Portal und Anton verschwunden.

Sie schaute aus dem Fenster, und dann lachte sie. Laut und befreit. Der Albtraum hatte nie stattgefunden. Die Welt war heil und friedlich, und die Vorbereitungen für die nächsten Events wollten getroffen werden.

Kurz dachte sie an den USB-Stick, den ihr Captain Mandeville gegeben hatte und der nun in der Vergangenheit verschwunden war. Damit war das Buch über die Briten verloren; eine weitere Geschichte, die es nicht mehr gab.

»Gott, das ist so schön, wieder hier zu sein.« Milana streifte die ägyptischen Kleider ab und begab sich ins Badezimmer. »Igor, lass mir ein Bad ein«, befahl sie und suchte aus ihrem Fundus eine Kapsel mit Entspannungsaromen heraus. »Und ich muss dringend zum Frisör.«

Verwundert stellte sie fest, dass eine fehlte. Die Emaille der Wanne glänzte perfekt und sauber. Es roch leicht nach Reinigungsmittel, die Putzfrau hatte sich Mühe gegeben wie lange nicht mehr. *Doch sie hat die Kapseln nicht aufgefüllt?*

Die Wanne lief mit heißem Wasser voll, die eingeworfene Duftperle flutete den Raum mit Wohlgeruch. Zu Mussorgskis Klängen von *Bilder einer Ausstellung* stieg Milana ins Bad und schloss die Augen, atmete tief ein und aus.

Ein und aus.

Der Schrecken hatte ein glückliches Ende genommen.

* * *

IN EINER ANDEREN WELT

Suna streifte fröstelnd durch Frankfurt, umspielt vom unablässig fallenden schwarzen Schnee, umgeben von Stille. Da es keine Fahrzeuge gab und die Eingänge zur S-Bahn verschlossen waren, ging sie zu Fuß.

Dabei schaute sie sich beständig um, um nicht von dem Einhorn überrascht zu werden.

Über den ungewöhnlichen Anblick des Wesens kam Suna nicht hinweg. Groß wie ein Shire Horse, weißes Fell, roter Kopf. Und diese blau leuchtenden Augen. *Wie in der Beschreibung von Ktesias.* Die größte Sorge bereitete ihr das fast ein Meter lange, dreifarbige Horn.

Inzwischen trug sie eine moderne Hightech-Axt und ein laut Aufdruck unzerstörbares Nylonseil bei sich. Auf ihrem ziellosen Umherstreifen war sie an einem Army-Shop vorbeigekommen und hatte sich genau das mitgenommen, was auch das tapfere Schneiderlein ausgesucht hätte, sowie einen langen schwarzen Mantel samt Hut gegen die Kälte.

In dieser Realität waren Frankfurts Straßen nicht in ihrer eigentlichen Reihenfolge angeordnet. Wer immer sie durch diesen Traum hetzte, sandte sie wahlweise an hell erleuchteten Bankentürmen oder Gründerzeitvillen vorbei, die in der Wirklichkeit nicht in direkter Nachbarschaft standen.

Ich muss das Einhorn fangen. Suna wechselte die schwere Axt von der rechten auf die linke Schulter. Sie war es nicht gewohnt, mit solchen Werkzeugen zu hantieren.

Sie stellte sich vor, wie sie von außen wirkte: die schlanke Hackerin im schwarzen Mantel über der Brokerkleidung, die in Sneakers, mit Axt und Seilrolle durch den dunklen Schnee marschierte. Malerisch. Filmreif. Episch.

Sobald ich aus dem Traum erwache, programmiere ich mir mein eigenes Game. Mit genau dieser Optik. Suna wusste nicht, wie sie das Einhorn anlocken sollte. Die Jungfrau-Nummer konnte sie abhaken. Derlei Damen vermochten die scheuen Tiere angeblich in ihren Bann zu schlagen.

Aber nicht dieses Exemplar.

Die alten Schriften aus der antiken Zeit sprachen stets davon, dass mit Einhörnern nicht zu spaßen sei und man keines lebend fangen könne.

Das hob ihre Stimmung keineswegs.

Ich fluche immer noch nicht. Suna kam sich inzwischen selbst so fremd vor wie jenes Frankfurt, durch das sie stapfte. Sie bog um die Ecke und stand auf der vielspurigen Straße, die am Messegelände vorbeiführte. *Weit und breit nichts und niemand.*

Doch genau in der Mitte der Fahrbahnen erhob sich ein Ginkgobaum, die sattgrünen Blätter leuchteten von innen heraus und gaben ihm eine Gloriole. Etwa zwanzig Meter ragte er inmitten der Bankentürme in die Höhe wie ein Protest der Natur. Der schwarze Schnee glitt von den weichen, dicken Blättern herab und vermochte nicht, daran zu haften und das Glimmen zu dämpfen.

»Das kann nicht sein«, entfuhr es Suna, die genau wusste, was sie vor sich hatte.

Der Goethebaum, wie er genannt wurde, stand eigentlich in Rödelheim. Er war der einzige Ginkgo seiner Art von dieser Größe in Deutschland. Und er war über 260 Jahre alt. Das Szenario blieb dem Märchenhaften treu.

Hinter Suna erklang ein Schnauben, gefolgt von einem Scharren, als ein Huf mit viel Druck und Kraft über den Asphalt gezogen wurde.

Langsam wandte sie sich zu ihrem Gegner um.

Das Einhorn stand mit erhobenem rotem Schädel im schwarzen Schneegestöber, das weiße Fell am Leib reflektierte die Helligkeit der Bankentürme; der Blick aus den stechend blauen Augen heftete sich auf die junge Hackerin, als würde eine Priesterin einen Gottesfrevler mit Verachtung und Abscheu bedenken.

Keine vierzig Meter trennten Wesen und Mensch.

Bis zum Baum waren es hingegen mehr als hundert, die Suna überbrücken musste, um das Einhorn auszutricksen, sodass es sein Horn in den Stamm rammte.

Hundert Meter hatte sie beim letzten Sporttest in knapp

fünfzehn Sekunden geschafft, in Laufklamotten und Turnschuhen, aber nicht in Sneakern auf einer verschneiten Straße, mit Axt und Seilrolle über der Schulter.

Erneut schnaubte das Fabelwesen, drehte den Kopf leicht, und die Atemluft schoss weiß wie heißer Dampf aus den blutroten Nüstern. Der rechte Huf hatte nicht nur die Kristalle weggekratzt, sondern auch eine tiefe Furche im Straßenbelag hinterlassen.

Suna starrte das Einhorn an. *Sobald ich mich bewege, wird es losgaloppieren. Und es ist viel schneller als ich.* In Märchen gab es für das tapfere Schneiderlein keinen Beistand, die Heldentat war alleine von ihm ausgeführt worden.

Behutsam setzte Suna einen Fuß rückwärts, der schwarze Schnee knirschte warnend.

Prompt machte das Einhorn einen Schritt nach vorne.

In Zeitlupe hob Suna das andere Bein. *Wenn ich vielleicht …*

Mit einem Brüllen, das mehr an ein Nashorn erinnerte als an ein Pferd, stürmte das Wesen los.

Scheiße! Suna warf sich herum und spurtete, zählte innerlich bis vier und sprang nach rechts.

Das Einhorn preschte an ihr vorbei, das gesenkte Horn verfehlte ihren Rücken.

Suna schlitterte durch den schwarzen Schnee, torkelte vorwärts und verfing sich im Seil. Keuchend zerrte sie die Axt hinter sich her und schaffte es gerade so, nicht zu stürzen.

Das Einhorn hatte den Schwung seines Angriffs abfangen müssen, die Hinterläufe rutschten über den vereisten Untergrund.

Hoffentlich bricht es sich den Hals. Suna rannte schräg versetzt auf den Ginkgo zu. Meter um Meter rückte sie näher an den grün leuchtenden Baum, den sie benötigte, um das Einhorn zu besiegen und aus dem Traumland zu entkommen. *Was schicken sie mir als Nächstes? Zwerge? Oder bösartige Eichhörnchen?*

Von links flog das brüllende Einhorn heran, wuchs innerhalb von Sekunden vor ihr in die Höhe.

Zu früh! Zu früh! Suna stemmte die Fersen gegen den Boden, und wieder zischte das Horn an ihr vorbei. Dafür wurde sie vom weißen Leib gerammt und zur Seite geschleudert, rücklings landete sie im dämpfenden Schnee, doch der Hinterkopf prallte hart auf. Sie brauchte mehrere Lidschläge, um die Sternchen vor den Augen zu vertreiben.

Und schon erschien der rote Kopf des Einhorns über ihr, es stellte sich breibeinig wie ein Wachhund über einen gestürzten Einbrecher. Die lange Spitze schob sich abwärts, genau auf Sunas Hals zu.

»Verpiss dich!« Sie wuchtete die Axt empor, hackte die Klinge tief in die Kehle des Tieres.

In einem Funkenregen zerstob das Einhorn, die glühenden Pünktchen umschwirrten die Axt und lösten sich auf.

»Was beim Sheitan …?« Suna erhob sich, hielt den Axtgriff mit beiden Händen. *Soll es so einfach gewesen sein?*

Erneut schnaubte es, und an der gleichen Stelle wie vorhin erschien ihr Gegner. Unverletzt und ebenso wütend.

Wie in einem Computerspiel. Vielleicht käme das Einhorn so oft wieder, bis es auf die korrekte Weise besiegt worden war. *Doch wenn ich sterbe, bin ich vermutlich … ja, was eigentlich? Tot? Richtig tot?* Suna wollte es nicht herausfinden. *Aber ich bin näher am Baum!*

Sie rannte los, das Seil über der Schulter und die Axt in der Rechten.

Das Klappern der Hufe und das wütende Brüllen des Einhorns folgten ihr, und es kam erneut zu schnell näher.

In der letzten Sekunde wich Suna dieses Mal nach links aus – und schrie vor Pein auf. Das Horn hatte sie am Rücken erwischt und ihr einen langen Schnitt versetzt. Wärme lief über ihre Haut abwärts, das Blut sickerte bis an den Hosenbund.

»Scheißvieh! Solltet ihr nicht niedlich sein? Und flauschig?«

Die Hufe rutschten die Straße entlang. Das Einhorn versuchte noch, in vollem Lauf zu wenden, aber der Schwung drückte es in die entgegengesetzte Richtung.

Dann hatte Suna den einmaligen Baum erreicht, krümmte sich unter Schmerzen und hielt Ausschau nach dem Gegner. *Jetzt muss ich nur rechtzeitig ausweichen.* Das schimmernde Grün der Blätter beruhigte sie, dämpfte sogar das schmerzhafte Ziehen in ihrem Rücken.

Klack, klack, klack, machten die Hufe in lockerer Schrittgeschwindigkeit.

Das Leuchten der Bankentürme verlor an Intensität, das Licht dimmte sich weiter. Jedwede Helligkeit stammte nun von den Blättern des exotischen Ginkgos, die schwarzen Schneekristalle wurden außerhalb des grünen Scheins zu Ascheschleiern, die wie sinkende Vorhänge wirkten.

Klack, klack. Das Einhorn blieb irgendwo in der Dunkelheit stehen.

Wo steckst du? Suna lehnte sich mit dem Rücken an den Stamm, der breit genug war, um ihr Deckung zu geben. Sie sah ihren Gegner nicht, trotz des weißen Fells. *Ich kriege dich, und dann werde ich dir das Horn …*

»Frau Levent? Hören Sie mich?«, rief eine männliche Stimme, die widerhallte. Die beiden Sätze prallten von den Fronten der Türme ab und steigerten sich zu einem Crescendo.

Suna hielt sich die Ohren zu. Die Stimme passte nicht zu dem Szenario und lenkte sie ab. Erst nach einer Weile endete das dröhnende Echo. *Wer war das?*

Klack, klack. Wieder verharrte der Gegner.

»Sie haben gezuckt. Sie hören mich! Sehr gut. Wachen Sie auf!«, verlangte die Stimme freundlich, aber bestimmt. Dieses Mal blieb der überlaute Effekt aus, er sprach jedoch wie aus einer großen Lautsprecheranlage zu ihr.

»Verschwinde!«, rief Suna zurück. »Du bist hier falsch.«

»Da, wieder! Sie hört mich. Okay, Professor. Mehr von dem Zeug. Jubeln Sie sie hoch. Ich will, dass das Gör die Augen aufmacht.«

Klack.

Suna kam es vor, als suchte das Einhorn die richtige Angriffsposition, um ihr das Horn durch die Brust zu rammen und das Herz aufzuspießen. Es lauerte, wartete hinter den düsteren Flocken auf seine Gelegenheit.

Der Ginkgo glomm auf, das Grün reichte bis weit in das stürzende, fallende Schwarz – und riss das Wesen aus seinem Schutz. Kaum wurde es vom Licht erfasst, stieß es einen dunklen, zornigen Schrei aus und preschte los.

Der rote Kopf mit dem Horn senkte sich bei jedem Schritt etwas weiter abwärts, die Spitze richtete sich auf Sunas Herz.

Nicht vom Fleck rühren, repetierte sie unaufhörlich. Wich sie zu früh aus, erkannte das Einhorn die Falle und bremste ab. Aber sollte sie sich einen Tick zu spät bewegen, bedeutete es ihr Ende. *Timing rettet Leben.*

Meter um Meter raste das zornige Tier heran, aus den geblähten Nüstern schoss weißer Atem wie milchige Lohen.

Ruhig. Ruhig und … Suna musste blinzeln und wischte sich ihren brennenden Schweiß aus den Augen.

Über ihr hing plötzlich eine niedrige weiße Decke mit verschiedenfarbigen Flecken und Spritzern daran. Zu ihrer Rechten baumelten drei Infusionsbeutel, die Schläuche führten zu ihrem Arm.

»Verfickte Scheiße!«, sagte sie mit kratziger Stimme, und ihr Hals schmerzte dabei. »Ich bin in einem beschissenen Krankenhaus?« Panisch schaute sie sich um. »Nein! Fuck, nein! Ich habe das Einhorn noch nicht besiegt!«

An ihrem Bett saßen und standen Männer und Frauen in Kitteln, mit medizinischen Masken und Haarhauben. Die Augenpartien verrieten, dass sie teils freudig, teils verwundert und teils erleichtert waren.

»Ihr blöden Ficker! Schickt mich zurück! Legt mich schlafen! Auf der Stelle!«, verlangte sie und richtete sich wütend in ihrem Bett auf. »Das Einhorn ist noch nicht gefangen!«

»Frau Levent, mein Name ist Schmidtchen«, stellte sich einer der Maskierten vor. »Ich soll Sie von Ihrem Freund Egon grüßen.«

»Egon?« Suna versuchte, sich zu konzentrieren und die aufsteigende Angst zu besiegen. »Wo bin ich? Wie komme ich …« In Wahrheit interessierte es sie nicht. Nichts interessierte sie, weder Takahashi noch der Hinterhof noch die Realität. Etwas sagte ihr, dass es wichtig für sie war, den Traum fortzusetzen. »Leg mich schlafen, Faltenauge.« Sie zeigte auf einen Mann mit Stethoskop um den Hals. »Du kannst das doch.« Danach richtete sie den Blick zu den Beuteln mit verschiedenen Flüssigkeiten. »Ich muss das –«

»Schluss mit der Scheiße«, fuhr sie Schmidtchen an. »Sie lagen im Koma, Frau Levent, und wir haben viel Zeit und viel Geld investiert, um Sie am Leben zu halten.«

»Das ist mir verfickt egal!« Suna sah die aufgezogene Spritze auf der Ablage neben einer Batterie von Ampullen. *Propofol.* Damit konnte sie sich selbst zurück in den Schlaf schicken. Sie musste lediglich diese Menschen loswerden. *Wartet das Einhorn so lange mit der Attacke?*

»Seien Sie nicht ganz so streng mit ihr, Herr … äh … Schmidtchen«, warf einer der Ärzte ein. »Denken Sie an die Nachwirkung des Komas und die neuralen Schäden, die wir im MRT sahen. Eine Art geistige Verwirrung, die sich vielleicht legt, sobald sie mit dem Verstand –«

»Wir haben einige Fragen an Sie«, begann Schmidtchen erneut. »Ich arbeite für den BND, und wir brauchen Zugänge zu –«

»Am Arsch. Du arbeitest garantiert nicht für den BND. Die würden so eine Kacke nicht machen.« Suna fühlte sich geschwächt, aber in der Lage, mit allem, was sie zu greifen bekam, um sich zu werfen und die Leute hinauszuscheuchen. Danach müsste sie nur die Propofol-Spritze in den Zugang stecken und bis zur ersten Markierung den Stempel zudrücken.

»Sie unterschätzen den Ernst der Lage«, warf Schmidtchen ein. »Wir –«

»Verpiss dich!« Rasch griff Suna die Schere neben sich auf der Ablage und schleuderte sie aufs Geratewohl gegen die Männer und Frauen, die in Deckung hasteten. Sie ließ mehrere Infusionsnadeln und Phiolen sowie Ampullen folgen. Klirrend und berstend gingen sie zu Bruch, hinterließen Flecken auf den Kitteln, Masken und Hauben.

»Scheiße! Hören Sie auf damit!« Schmidtchen warf sich auf sie und versuchte, ihre Arme in die Matratze zu drücken. »Schnell, bindet sie am Bett fest, bevor sie noch jemanden erwischt.«

Am Bett? Dann käme sie nicht mehr ans Propofol und an die Betäubung. Und das Einhorn mit ihrem Traum. »Du Scheißkinderficker!«, schrie Suna und wand sich unter dem schweren Mann, tastete umher – und bekam etwas zu fassen, das sie Schmidtchen seitlich in den Hals rammte und wieder herauszog.

Aufschreiend sprang er weg von ihr und hielt sich die blutende Wunde, die das Skalpell geschnitten hatte. Die Arterie sprühte das Blut des Mannes quer durch den Raum, der zehn Zentimeter lange Schnitt ließ sich nicht abdrücken. »Du dumme …« Er ging zu Boden und riss den Beistellwagen mit sich.

»Selber dumme Fotze!« Suna ergriff hastig das Propofol, stöpselte es an den Zugang und drückte die trübe Flüssigkeit bis zur Markierung nach unten. Das Einhorn wartete auf die Gefangennahme. *Das zählt und sonst nichts.*

Das Sedativum wirkte binnen Sekunden. Suna lehnte sich in die Kissen und dämmerte weg. *Ich kriege dich, Einhorn.*

Da tauchte Schmidtchen blutverschmiert neben ihr am Bett auf und griff nach ihrem Arm.

»Verschwinde, du Pisser«, murmelte Suna und schlug nach ihm.

Oder hatte es zumindest vor.

Ihre Kraft reichte für ein müdes Zucken der Finger, das Propofol schob sie behutsam in einen angenehmen warmen Schlaf. *Gleich ist das Einhorn wieder da,* dachte Suna erleichtert. *Ich werde es fangen.* Wegdämmernd vernahm sie das Klackern der Hufe. *Und dann … finde ich heraus … was …*

»Security«, rief der ausblutende Schmidtchen und versuchte, sich aufzurichten, aber rutschte mit seinen besudelten, glitschigen Fingern an der Bettkante ab. »Professor Hertz! Ich …« Im Zusammenbrechen drückte er versehentlich den Kolben der Spritze nieder.

Das übrige Sedativum schoss druckvoll in Sunas Vene. Alles.

Professor Peter Hertz wagte sich erst nach dem Sicherheitsteam in den Krankenraum. Die Überwachungsmonitore pfiffen und verlangten nach Aufsicht, die Patientin hatte entweder keinen Puls mehr oder sich selbst abgestöpselt. Aber ohne Unterstützung setzte er keinen Fuß in das Zimmer.

Die gepanzerten Männer winkten ihn und zwei Pfleger herein.

»Wir sind zu spät.«

Peter sah die riesige Blutlache, in der Dieter Knudson lag. Suna Levent hatte ihm den Hals mit einem Skalpell aufgeschlitzt, im Zugang an ihrer Hand steckte die vollständig entleerte Dosis Propofol; auf den Monitoren gab es nur gerade Linien und Nullen.

»Und was ist mit der Frau, Professor?«

Die Gefangene war nicht mehr zu retten. Sie hatten das Zimmer vor acht Minuten verlassen, und bei ihren neuronalen Vorschädigungen wäre eine Reanimation zwecklos, geradezu fahrlässig aus seiner Sicht.

»Das Anästhetikum hat sie getötet.« Peter trat an das Bett und prüfte routiniert Puls und Atmung, auch wenn die Monitoranzeigen den Exitus anzeigten. »Ich sage dem Vorgesetzten von Agent Knudson Bescheid. Sie können gehen, danke.«

Rasch schaltete er die Maschinen aus, das Pfeifen verstummte.

Die Sicherheitsleute nickten und verschwanden zusammen mit den Pflegern aus dem Raum.

Peter seufzte und zog der Toten das Laken über das Gesicht, die Augen waren friedlich geschlossen.

Er hatte Knudson gewarnt, zu viele Hoffnungen in die Hackerin zu setzen. Ihre Behandlung nach der Schießerei hatte zu spät eingesetzt, die Zeit ohne Sauerstoffversorgung ihr Hirn geschädigt. Aber Knudson hatte darauf bestanden. Wegen der Wichtigkeit der Daten.

Einige Sonderbefugnisse hatten dem BND-Mann geholfen, seine Anweisungen in der neu gegründeten Abteilung durchzudrücken, allen Vorbehalten zum Trotz. Mehrfach hatte Peter darüber hinaus gegen die unwürdige Behandlung des festgesetzten Hackers Egon Liebner protestiert.

»Ich hoffe, sie machen dieses halbe Guantanamo dicht«, murmelte er im Hinausgehen und nickte den wartenden Spezialkräften zu, die sich um die Leichen und das Durcheinander im Krankenzimmer kümmern wollten. In seinem Bericht würde er kein gutes Haar an Knudson lassen. *Das war alles eine große Scheiße.* Der Versuch des BND, mit einer eigenen Abteilung mit den härteren, illegalen Vorgehensweisen von CIA, Mossad oder MI5 zu konkurrieren, war gescheitert. »Wir können es nicht. Und sollten es auch nicht tun.«

Peter begab sich in sein kleines Büro auf der ausgemusterten Bohrinsel und setzte sich an den Bericht, der bis ganz nach oben zu den politischen Gremien und zu allen Abgeordneten im Bundestag wandern würde. Auf die Einsicht der übergeordneten BND-Stellen wollte er sich nicht verlassen. *Ich mache diesen Laden dicht.*

So etwas wie mit Suna Levent und Egon Liebner durfte nie wieder geschehen.

* * *

DEUTSCHLAND, ANNWEILER AM TRIFELS, WINTER

Anton trat durch das Kraftfeld der Mastertür in den Nebenraum seiner Werkstatt, in dem er verschiedene Hölzer und andere Materialien aufbewahrte, die für Einbrecher nahezu wertlos waren. Sie würden eher die teuren Maschinen einsacken als Türen, Bretter oder Furniere.

Er schloss das Portal, betätigte den Klopfer, und das Energiefeld fiel zusammen.

Mit seinem Ausflug nach Ägypten ins vergangene Jahrtausend war sein Aufräumen beendet. Er hätte Milana niemals in Kairo zurückgelassen.

Nun ist es genug. Seufzend stellte er die Mastertür gegen die Wand und warf ein Laken darüber, dann verließ er das Räumchen und durchquerte die dahinterliegende Werkstatt. Die Vorzeichnung für ein Kunstwerk aus Holz wartete auf ihn. Zumindest anfangen wollte er damit, bevor er nach Hause zu Kathrin und den Kindern fuhr.

Seine Familie ahnte nicht, dass sie einen Mörder liebte.

Den Mörder von Kathrins Mann, einem dreifachen Vater.

Den Mörder von Milana Nikitin.

Die Zeitlinie war nach Mutemhats Nichterwachen fortgeschritten. Manche Dinge hatten sich anders entwickelt, weil Mandeville und seine Freunde nicht dasselbe Leben führten wie bei ihrem ersten Durchlauf. Aber viele Jahre später waren ein Anton Gärtner und eine Milana Nikitin geboren worden.

Zum zweiten Mal.

Zwei mal dieselben Personen durfte es nicht geben.

Daher hatte Anton entschieden, sich selbst zu töten. Sich und Milana, um Platz zu schaffen.

Mit dieser Schuld konnte er gut leben, auch wenn es sich surreal angefühlt hatte, einen etwas anderen Selbstmord zu begehen. Das Umbringen der zweiten Milana hatte deutlich mehr Mut erfordert, aber es ging nicht anders. Sie musste weichen, damit er die echte Milana aus der Vergangenheit holen und sie in ihre vermeintlich heile Welt zurückbringen konnte.

Sie würde ebenso wenig einen Unterschied bemerken wie ihr Umfeld. *Wie auch? Sie ist identisch.*

Anton sah auf die Skizze. *Das kann warten.* Er zog sein Smartphone hervor und rief seine Frau an.

»Ja, hallo. Ich bin's, Schatz«, grüßte er glücklich. »Wollte dir nur sagen, dass ich dich liebe. Und dass ich gleich nach Hause komme. Ich mache früher Schluss. Wir kochen mit den Kleinen.«

»Oh, wie schön! Da freuen wir uns«, sagte Kathrin begeistert. »Das machst du in letzter Zeit öfter. So kenne ich dich fast gar nicht.«

Anton grinste. »Arbeit ist nicht alles. Ihr seid viel wichtiger. Bis gleich.«

»Bis gleich, Liebling.« Sie legte auf.

Anton löschte die Lichter in der Werkstatt und verließ das Gebäude, sperrte ab.

Nachdenklich ging er zu seinem Jeep. Im Kofferraum hatte er Blutspuren gefunden, die er bei Gelegenheit entfernen musste. Da es aber sein eigenes Blut war, irgendwie, hatte das noch Zeit.

NACHKLANG

[ONLINE-FRAGMENT AUF DER STORY-WEBSITE TELLITTOALL]

»OFFIZIERE UND GENTLEMEN«

Die Abenteuer des unsterblichen
Captain Archibald Mandeville
und seiner Freunde

von
Milana Nikitin
(basierend auf den Erinnerungen von Cpt. A. M.)

KAPITEL XI – DIE ÜBERFÄLLE

Es ist nicht so, dass wir nur schlechte Zeiten hatten. Das muss ich einräumen.
Und über allem schwebt, dass wir uns selbst einbrockten, was uns zustieß. In jener Nacht, als wir die Steine aus dem Sargdeckel brachen und verkauften.
Wir nahmen die Spur der Particulae auf, wie es uns Mutemhat befahl, und gingen nicht immer zimperlich vor. Die wenigsten von Ihnen werden ahnen, an welchen legendären Überfällen und spektakulären Einbrüchen wir beteiligt waren, um an die Steine zu kommen. Denn es stellte sich heraus, dass die Particulae aus dem Sarkophag

ihre ganz eigenen Wege genommen hatten, kaum dass sie den Deckel verließen.
Als flüchteten sie vor der Priesterin … Uns kam es jedenfalls so vor.
Einige von Ihnen werden sich vielleicht an den raffinierten Einbruch in Nizza erinnern. Am 18. Juli 1976, in die Bank Société Générale. Erbeutet wurden damals etwas mehr als fünfzig Millionen Francs aus den Schließfächern im Keller des Gebäudes.
Sie ahnen es: Mir und meinen Leuten ging es niemals um das Geld und die Wertsachen – sondern um den Stein, den wir dort vermuteten. In einem der Schließfächer, ohne dass wir genau wussten, in welchem. Also mussten sie alle geöffnet werden.
Und weil wir es alleine nicht schaffen würden, brauchten wir eine Bande, die wir mit einem Plan und der Aussicht auf Millionen von Francs lockten.
Armitage nahm Kontakt zu Albert Spaggiari auf, den sie später als mutmaßlichen Kopf verhaften sollten. Spaggiari sagte sofort zu, wir hatten den richtigen Köder bereitgelegt. Er organisierte die übrigen Leute, und wir schaufelten einen acht Meter langen und perfekt abgestützten Tunnel bis zum Keller. Dann legten wir mit Schneidbrennern und Brecheisen vor, genau an jenem verlängerten Wochenende, an dem wir uns Zeit lassen konnten.
Und da meine Kumpanen und ich Gentlemen sind, nahmen wir uns die Ruhe für eine richtig schöne Teatime, stilecht mit dem Silbergeschirr, das wir aus einem der Schließfächer geholt hatten. Spaggiari und seine Leute wollten es kaum glauben, als wir unsere Sandwiches und Scones mit Clotted Cream genossen. Die Presse schrieb danach, wir hätten Picknick gemacht. Unvorstellbar! Aber mir soll es recht sein. Niemand verdächtigte eine Bande unsterblicher Offiziere Ihrer Majestät hinter dem Coup.

Uns war es wichtig, dass keiner zu Schaden kam, und das gelang uns ausgezeichnet. In einem der Fächer hinterließen wir die Nachricht: *Ohne Schüsse, ohne Gewalt, ohne Hass.* Ich finde, die Botschaft konnte sich sehen lassen. Auf dem Rückweg mussten wir durch das Kanalisationswasser, das uns bis zum Hals stand, aber kein Problem. Natürlich mit einem der vermissten Particulae.

Wem er gehörte?

Einem Juwelier, der eine Charge unbekannter Meteoritensteine gekauft und an einem vermeintlich sicheren Ort platziert hatte, um sie in der Woche darauf in Nizza zu versteigern. Ich denke nicht, dass er wusste, was ihm wirklich genommen wurde.

Auch anderswo schlugen wir zu.

Und um dem Klischee gerecht zu werden: gern gegen Nazis. Es war am 15. November 1944, die Niederlande waren noch von den Nazis besetzt. Ziel war De Nederlandsche Bank in Almelo, wo wir etwa sechsundvierzig Millionen Gulden abgriffen, die für den Weitertransport nach Deutschland bestimmt gewesen waren.

Dreizehn Geldkisten voll.

Aber unser Ziel war die vierzehnte, die von den Artefaktjägern des Führers dort platziert worden war, um nach Berlin verschafft zu werden. Zu der Zeit hätten die Nazis sogar den Heiligen Gral oder die Bundeslade zum Einsatz gebracht, um den Krieg zu gewinnen. Entsprechend sammelten sie alles ein, von dem gesagt wurde, es habe übersinnliche Kräfte. Darunter befanden sich auch die Steine aus der Sonne, unsere Particulae, welche die Nazis beim Afrikafeldzug aufgetrieben hatten.

Sie werden jetzt denken: »Moment. Das klingt aber sehr nach *Indiana Jones.*«

Well, well, sagen wir, manchmal ist die Fiktion nah an der Wirklichkeit. Doch das wissen Sie selbst.

Auch dafür brauchten wir Mitstreiter, und die verschrieben sich einem hehren Ziel: Das Geld sollte dazu dienen, einen Eisenbahnerstreik zu finanzieren, um die Deutschen zu schwächen – hochoffiziell erlaubt von der holländischen Exilregierung.
Was soll ich sagen: Der Raub gelang, aber leider wurden unsere Widerstandsfreunde geschnappt. Durch eine verfluchte Routinekontrolle, und so fielen die dreizehn Kisten zurück an die Nazis.
Doch nicht die Steine.
Bevor ich Sie zu sehr mit alten Kriegsgeschichten langweile, nur noch eine Episode, auf die ich nicht ganz so stolz bin, aber sie gehört dazu, weil sie auch einen Teil des Wahnsinns zeigt, der in den Siebzigern im Nahen Osten herrschte.
Charles und Jeremiah erfuhren, dass ein Particula seinen Weg nach Beirut genommen hatte, wo es zusammen mit geraubten historischen Schmuckstücken in einem streng gesicherten Bankhaus aufbewahrt wurde. Erneut hatten wir das Problem, dass wir nicht wussten, in welchem Schließfach sich unser Stein befand. Und ja, wir waren unsterblich, vergaßen aber auch nicht, dass es vielleicht doch etwas geben könnte, was uns umbrächte.
Dieses Risiko wollten wir nicht eingehen.
Lange grübelten wir darüber nach, wie wir reinkamen – ausgerechnet in die British Bank of the Middle East. Es tat uns innerlich weh, eine britische Einrichtung zu plündern, aber welche Wahl hatten wir?
Dieses Mal stand uns der Zufall bei.
Sie müssen wissen: Damals herrschten Chaos und Bürgerkrieg im Libanon. Dabei gewann die PLO, geführt von Jassir Arafat, immer mehr an Macht. Aber sie brauchten Geld für ihren Kampf gegen Israel.
Charles hörte von dem Gerücht, dass sie eine Bank aus-

rauben wollten. Eine Bank, die gerade leer stünde, doch deren Schließfächer gefüllt seien.

Und es war die British Bank of the Middle East!

Dafür suchte man Spezialisten, die sich mit Sprengstoff und Schließfächern auskannten. Jeremiah bastelte uns die perfekte Legende und schleuste uns als korsische Profis in die Gruppe ein. Am 26. Januar 1976 begann der Coup. Wir sprengten uns durch die Seitenwand einer Kirche in den Tresorraum, wo wir munter die großen und kleinen Fächer ausräumten.

By Jove, wir brauchten mehrere Tage, um die Aktien, das Gold, die Juwelen und das Bargeld im Wert von knappen zweihundert Millionen Dollar mit Lastwagen wegzufahren!

George machte sich den Spaß und nahm ein Bad in Dollarscheinen. Charles zog sich nackt aus und hängte sich sämtlichen Schmuck um, den er fand, und ließ sich fotografieren. Herrlich! Er sah aus wie ein protzig-armseliger Weihnachtsbaum, inklusive Kronjuwelen.

In dem ganzen Durcheinander bekam die libanesische Geheimpolizei zu spät mit, was gespielt wurde. Da waren wir mit dem Particula längst über alle Berge.

[An dieser Stelle endet das Online-Fragment auf TellItToAll. Es wurde nie fertiggestellt.]

* * *

DREI SEKUNDEN –
DEINE ZWEITE CHANCE

Wen wirst du diesmal retten?
Entscheidest du dich anders?
Erfahre, was dann passiert, in …

DOORS – ENERGIJA

Untersuche mit Milana, weshalb ihr Vater sterben musste, der für einen Großkonzern in einem experimentellen Fusionsreaktor gearbeitet hat. Was hat es mit seinen mysteriösen Aufzeichnungen auf sich?

DOORS – WÄCHTER

Folge dem Schreiner Anton auf den Spuren seines alten Meisters, der nach antiken Bauplänen eine rätselhafte Tür anfertigen wollte. Wurde der Alte deswegen überfallen? Anton bleibt nichts übrig, als die Tür zu vollenden, wenn ihm sein eigenes Leben lieb ist.

Eine Söldnerin, finstere Mächte und Magie …

MARKUS HEITZ

DIE DUNKLEN LANDE

ROMAN

1629. Der Dreißigjährige Krieg mit seinen Konflikten erschüttert Europa und tobt besonders gnadenlos in Deutschland.

Die junge Abenteurerin Aenlin Kane reist in die neutrale Stadt Hamburg, um das Erbe ihres berühmten Vaters Solomon Kane zu ergründen. Zusammen mit ihrer Freundin Tahmina, einer persischen Mystikerin, gerät sie in die Wirren des Krieges. Sie nehmen einen folgenschweren Auftrag der West-Indischen Compagnie an: Eine zusammengewürfelte Truppe soll sich durch die Linien nach Süddeutschland durchschlagen, bis nach Bamberg, wo grausamste Hexenprozesse die Scheiterhaufen brennen lassen – doch es kommt vieles anders. Zu viel für einen Zufall!

Aenlin und Tahmina wissen um das Böse und die Dämonen, die sich auf der Erde tummeln und die Wirren des Krieges zu ihrem Vorteil nutzen. Schon bald geht es um mehr als einen Auftrag der Compagnie.

Und der Anführer der Truppe, Nicolas, hat ein düsteres Geheimnis …

Meisterhafte Dark Fantasy von SPIEGEL-Bestseller-Autor Markus Heitz: Historisches trifft Fantastisches – und belebt eine alte Legende neu!

KNAUR